琼 瑶

作 品 大 全 集

彩云飞

琼瑶 著

作家出版社

琼瑶，本名陈喆，作家、编剧、作词人、影视制作人。原籍湖南衡阳，1938年生于四川成都，1949年随父母由大陆赴台生活。16岁时以笔名心如发表小说《云影》，25岁时出版首部长篇小说《窗外》。多年来笔耕不辍，代表作包括《烟雨蒙蒙》《几度夕阳红》《彩云飞》《海鸥飞处》《心有千千结》《一帘幽梦》《在水一方》《我是一片云》《庭院深深》等。

多部作品先后改编成为电影及电视剧，琼瑶也因此步入影视产业。《六个梦》系列、《梅花三弄》系列、《还珠格格》系列等，影响至深，成为几代读者与观众共同的记忆。

琼瑶以流畅优美的文笔，编织了众多曲折动人的故事。其作品以对于梦的憧憬和爱的执着，与大众流行文化紧密结合，风靡半个多世纪，成为华文世界中极重要的文学经典。

我为爱而生，我为爱而写
文字里度过多少春夏秋冬
文字里留下多少青春浪漫
人世间虽然没有天长地久
故事里火花燃烧爱也依旧

　　　　　　　　　　馥禄

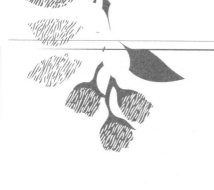

第一部
涵妮

风絮飘残已化萍，泥莲刚倩
藕丝萦，珍重别拈香一瓣，记前生。

人到情多情转薄，而今真个
悔多情，又到断肠回首处，泪偷零。

清·纳兰性德

第一章

冬夜的台北市。

孟云楼在街上漫无目的地走着，雨丝飘坠在他的头发、面颊和衣服上。夜冷而湿，霓虹灯在寒空中闪烁。他走着，走着，走着……踩进了水潭，踩过了一条条湿湿的街道。车子在他的身边穿梭，行人掠过了他的肩头，汽车在他身旁狂鸣……他浑然不觉，那被雨淋湿的面庞毫无表情，咬紧了牙，他只是一个劲儿地向前走着，向前走着，向前走着……仿佛要这样子一直走到世界的尽头。

车声、人声、雨声、风声……全轻飘飘地从他耳边掠过去了，街灯、行人、飞驰的车辆……在他眼中只是一些交织的光与影，没有丝毫的意义。他听而不闻，视而不见，在他全部的意识和思维中，都只有一个人影——涵妮；都只有一种声音——琴声。

一连串的音符，清脆地、叮叮咚咚地流泻出来，一双白皙纤瘦的小手从琴键上飞掠过去，亨德尔的《快乐的铁匠》、德沃夏克的《幽默曲》、德彪西的《棕发女郎》、李斯特的《钟》、马斯内的《悲歌》……一连串的音符，一连串的音符，叠印着涵妮的脸、涵妮的笑、涵妮的泪、涵妮的歌、涵妮的轻言细语……琴声、涵妮，涵妮、琴声……交织着，重叠着；交织着，重叠着……

"哦，涵妮！"他咬着牙喊，用他整个烧灼着的心灵来喊，"哦，涵妮！"他一头撞在一个行人的身上。那人拉了他一把，咒骂着说："怎么了，喝醉了酒？"

他是喝了酒，但是他没醉，涵妮的影像如此清晰，他醉不了。涵妮、涵妮、涵妮……他走着，跌跌撞撞地走着，涵妮、涵妮、涵妮……

两道强烈的灯光对他直射了过来，刺痛了他的眼睛，传来尖锐的刹车声。他愕然地站住，瞪视着他面前的一辆计程车，那司机在叽里咕噜地说些什么？他不知道。他脑子里只有琴声和涵妮。人群围了过来，有人拉住了他。

"送他去警察局，他喝醉了酒。"

这些人是做什么的？他挣脱了那人的掌握，冲开了人群，有人在喊，他开始奔跑，漫无目的地奔跑，没有意识地奔跑。

"抓住他！那个醉鬼！"

有人在嚷着，有人在追他，他拼命地跑，一片汽车喇叭声，警笛狂鸣，人声嘈杂。他冲开了面前拦阻的人群，琴声奏得好响，是一阵快拍子的乐章——《匈牙利狂想曲》，那双小手忙碌地掠过了琴键，叮叮咚咚、叮叮咚咚……他跑着，雨淋着，他满头的水，不知是雨还是汗，跑吧，跑吧，那琴声好响好响……

他撞在一堵墙上，眼前猛然涌起一团黑雾，遮住了他的视线，遮住了涵妮。他甩了甩头，甩不掉那团黑雾，他的脚软而无力，慢慢地倒了下去。人群包围了过来，有人在推他，他的面颊贴着湿而冷的地面，冰冰的、凉凉的，雨淋着他，却熄灭不了他心头那盆燃烧着的烈火。他的嘴唇碰着湿漉漉的地面，睁开眼睛，他瞪视着地面那些水光和倒影，五彩缤纷的，五颜六色的，闪闪烁烁的。他想喊一句什么，张开嘴，却是发出一声啜泣的低唤："涵妮！"

涵妮，涵妮在哪儿？像是有人给了他当头一棒，他挣扎着站了起来，惊慌地茫然四顾，这才又爆发出一声令人心魂俱碎的狂喊："涵——妮！"

第二章

一九六三年，夏天。

经过了验关、检查行李、核对护照各种繁复的手续，孟云楼终于走出了机场那间隔绝的检验室，跟随着推行李的小车，他从人堆里穿了出去，抬头看看，松山机场的大厅里到处都是人，形形色色的，闹哄哄地布满在每个角落里，显出一片拥挤而嘈杂的气象。这么多人中，没有一张熟识的面孔，没有一个熟悉的声音。想想看，仅仅在一小时之前，他还被亲友们包围在启德机场，他那多愁善感的、软心肠的母亲竟哭得个稀里哗啦，好像生离死别一般，父亲却一直皱着眉头在旁边叫："这是怎么的？儿子不过是到台湾去念大学，寒假暑假都要回来的，又不是一去不回了，你这样哭个不停干吗？总共只是一小时的飞行，你以为他是到月亮里去吗？"

"我知道，我知道！"母亲仍然哭着说，"只是，这总是云楼长到二十岁以来，第一次离开家呀！"

"孩子总是要离开家到外面去闯的，你不能让他在家里待一辈子呀！"

"我知道，我知道！"母亲还是哭个不住，"只是，只是……我舍不得呀！"

唉，母亲实在是个典型的母亲！那么多眼泪，使孟云楼简直不知道该怎么办才好，站在母亲身边的妹妹云霓却一个劲儿地对他做鬼脸，在他耳边低低地说："记住帮我办手续，明年我和美萱都要去！"

美萱，她一直静静地站在一旁，带着微微的笑。奇怪，两年的交往，他一直对美萱没有什么特别深的感情。但是，在这离别前的一刹那，他反而感到一份淡淡的离愁，或者，是由于她眼底那抹忧郁、那抹关怀，又或者是因为离别的场合中，人的感情总是要脆弱一些。

"记住，去了之后要多写信回家，要用功念书，住在杨伯伯家要懂得礼貌，别给人家笑话！"

父亲严肃地叮嘱着，仿佛他是个三岁的孩子，他有些不耐烦。母亲的泪，父亲的叮嘱……这种局面让他觉得尴尬而难挨。因此，上了飞机，他反而大大地松了一口气。

而今，他站在台北的阳光之下了，九月的午后，阳光灼热地曝晒着街道，闪得人睁不开眼睛来。他站在松山机场的门口，从口袋里摸出父亲写给他的，杨家的地址，仁爱路！仁爱路在何方？杨家是不是准备好了他的到来？他们真的像信中写的那么欢迎他吗？他有些怀疑，虽然每次杨伯伯到香港都住在他们家，但那只是小住几天而已，不像他要在杨家长住。这个时代，"友情"

似乎薄弱得很，尽管杨伯伯古道热肠，那位从未谋面的杨伯母又会怎样呢？收起了地址，他挺了挺背脊，别管他了！第一步，他要先到杨家再说。

招手叫来了一辆计程车，他正准备把箱子搬进车中，一辆黑色的轿车忽然风驰电掣地驶了过来。车门立即开了，他一眼看到杨子明——杨伯伯从车中跨了出来。同时，杨子明也看到了他，对他招了一下手，杨子明带着满脸真挚的喜悦，叫着说："云楼，幸好你还没走，我来晚了。"

"杨伯伯。"云楼弯了一下腰，高兴地笑着，他有种如释重负的感觉，有熟人来接他，总比要他在陌生的城市里找街道好些，"我没想到您会来接我。"

"不来接你怎么行？你第一次来台北，又不认得路。"杨子明笑着说，拍拍云楼的肩膀，"你长高了，云楼，穿上西装完全是个大人样子了。"

"本来就是大人了嘛！"云楼笑着，奇怪所有的长辈，都要把晚辈当孩子看待。

"上车吧！"杨子明先打开了车子后面的行李箱，云楼把箱子放了进去，一面问：

"杨伯伯，您自己开车？"

"是的。"杨子明说，"你呢，会不会开？"

"我有国际驾驶执照。"云楼有点得意，"要不要我来开？"

"改天吧！等你把路认熟了之后，台北的交通最乱，车很难开。"

坐进了车子，杨子明向仁爱路的寓所驶去，云楼望着车窗外面，带着浓厚的兴趣，看着街道上那些形形色色的交通工具，板车、三轮车、脚踏车、摩托车……你简直计算不出来有多少种不同的车子，而且就这么彼此穿梭纵横地交驰着，怪不得杨子明说车子难开呢！抬头看看街两边的建筑，和香港也大大不同，尤其车子开到新生南路以后，这儿居然林立着不少独门独院的小洋房，看样子，在台北住家要比在香港舒服得多呢！

杨子明一边驾驶着车子，一边暗暗地打量着坐在身边的年轻人，宽宽的额角，明朗的大眼睛，沉思起来像个哲人，而微笑起来却不脱稚气。孟振寰居然有个这么出色的儿子！他心头掠过一阵复杂的情绪，模糊地感到一层朦胧的不安，约他住在自己家里，这到底是明智还是不智？

"爸爸妈妈好吗？"他忽然想起这个早就该问的问题，"你妈舍得你到台湾来？"

"呵，哭得个一塌糊涂。"云楼不假思索地答复，许多时候，母亲的爱对孩子反而是一种拘束，但是，母亲们却很少能体会到这一点。"云霓说她明年也要来。"他接着说，完全忽略了自己的答话与杨子明的回话不符，他是经常这样心不在焉的。

"云霓吗？"杨子明微笑地望着前面的街道，"明年来了，让她也住在我们家。我们屋子大人少，不知多久没有听到过年轻人的笑闹之声了。你们都来，让我们家也热闹热闹。"

"可是，您不是也有位小姐吗？"云楼看了他一眼，不经心地问。

"你是指涵妮？"杨子明的语气有些特别，眉头迅速地皱拢在一起，什么东西把他脸上的阳光全带走了？云楼有些讶异，自己说错了什么吗？"她是……"杨子明把下面的话咽住了，要现在告诉他吗？何必惊吓了刚来的客人？他轻咬了一下嘴唇，底下的话化为一声无声的叹息。车子转了个弯，驶进一条宽阔的巷子，停在一扇红漆的大门前面。

"我们到了。"杨子明按了按汽车喇叭，"你先进去，我把车子开进车房里去。"

孟云楼下了车，打量着那长长的围墙，和围墙上面伸出的榕树枝桠，看样子杨子明的生活必定十分富裕。大门开了，开门的是个十八九岁、面目清秀的下女，杨子明在车内伸头喊："秀兰，把孟少爷带到客厅里坐，然后给我把车房门打开。"

"好的，先生。"秀兰答应着，孟云楼奇怪着台湾的称呼，用人称男主人是"先生"而不是"老爷"。跟着秀兰，他来到一个占地颇广的花园里，园内有一条碎石子路通向房子，路的两边整齐地种着两排玫瑰，靠围墙边有着榕树和夹竹桃。在那幢二层楼房的左侧，还有一个小小的荷花池，荷花池上架着个红栏杆的小木桥，池边种植着几棵柳树和木槿花。整个说起来，这花园的布置融合了中式、西式和日式三种风格，倒也别有情调。沿着碎石子路，他走进了一间有落地大玻璃窗的客厅，垂着绿色的窗帘，迎面就是一层迷蒙的绿。从大太阳下猛然走进这间绿阴阴的客厅，带给他一阵说不出的舒适与清凉。

绿，这间客厅一切的色调都是绿的，绿色的壁布、绿色的窗帘、绿色的沙发套，和绿色的靠垫、桌布。他带着几分惊讶，在沙发上坐了下来。他很少看到有人用单色调来布置房间，但是那份情调却是那样雅雅的、幽幽的、静静的，给人一种难以形容的感觉。仿佛并不是置身在一间房间里，而是在绿树浓荫之中，或是什么绿色的海浪里，有那份沁人心脾的清凉。

那个名叫秀兰的下女已经退出了，室内很静，静得听不到丝毫声响。云楼正好用这段时间来打量这间房间。客厅里有个宽宽的楼梯直通楼上，栏杆是绿色为主，嵌着金色的雕花，楼梯下有一盆叫不出名字的植物，在客厅的一个角落里，有座小巧玲珑的钢琴，上面罩着一块浅绿色的罩巾。上面还有个绿色灯罩的小台灯，台灯旁边有个细瓷花瓶，里面并没有插花，却插着几根长长的孔雀毛，孔雀羽毛也是绿色与金色的。

这一切布置何其雅致！云楼模糊地想着，雅得不杂一丝人间的烟火味，和香港家中的情调完全是两个世界。他简直不敢相信，仅仅在一个多小时以前，他还在香港那紊乱嘈杂的家中，听那些亲友们杂乱烦器的叮嘱。

一声门响，杨子明走了进来，他身后紧跟着秀兰，手里拎着云楼那两个皮箱。云楼感到一阵赧然，他把皮箱已经忘到九霄云外了。

"秀兰，"杨子明吩咐着，"把孟少爷的箱子送到楼上给孟少爷准备的房间里去，同时请太太下来。"

"我来提箱子吧！"云楼慌忙站起来说，尽管秀兰是用人，提箱子仍然应该是男孩子的工作。

"让她提吧，她提得动。"杨子明说，看看云楼，"你坐你的，到我家来不是做客，别拘束才好。"

云楼又坐下身子，杨子明点燃了一支烟，抬头看看楼上，楼上静悄悄的，怎么回事？雅筠为什么不下来？是不知道他回来了？还是——他皱皱眉，扬着声音喊："雅筠！"

楼梯上一阵细碎的脚步声，云楼本能地抬起头来，一个中年妇人正步下楼来，她穿着件黑色的旗袍，头发松松地在脑后挽了一个髻，淡施脂粉，身段高而苗条。云楼不禁在心中暗暗地喝了一声彩，他知道这一定就是杨子明的太太，却不知道杨伯母如此高贵雅致，怪不得室内布置得这么清幽呢！

"雅筠，"杨子明说着，"你瞧，这就是孟振寰的儿子孟云楼！"

云楼又站起了身子，雅筠并没有招呼他，却很快地对杨子明使了一个眼色，低低地说了句："轻声一点，才睡了。"

"又不好了？"杨子明的眉目间掠过一抹忧愁。

"嗯。"雅筠轻哼了一声，掉转头来望着云楼，她脸上迅速地浮上个奇异的表情，一对清亮而黝黑的眼睛率直地打量着面前这个年轻人，眼底浮动着某种难解的、生动而易感的神色。云楼困惑而迷惘了，怎样的眼神？被人这样率直地逼视是难堪的。他弯了弯腰，试探地问："是杨伯母？"他并不敢确定，到现在为止，并没有人给他介绍过眼前这个女人。

"他长得像振寰年轻时候，不是吗？"雅筠没有答复他，却先转头对子明说。

"唔。"子明含糊地应了一声。

"噢。"雅筠重新望着云楼，唇边浮起一个温柔的笑，她那清朗的眼睛里有着冬日阳光般的温暖，"欢迎你到我们家里来，云楼。你得原谅我直呼你的名字，你母亲怀你的时候本来答应把你给我做干儿子呢！"她笑了，又看着子明说："他比他父亲漂亮，没那股学究样子。"

"你别老盯着他看。"杨子明笑着说,"你把他弄得不好意思了。坐吧,云楼,女人总是那么婆婆妈妈的让人吃不消。"

"是吗?"雅筠掉过头来,扬起眉毛对杨子明说。

"哦,算了,我投降。"杨子明慌忙说。

雅筠笑了,杨子明也笑了,云楼也不由自主地跟着笑了起来。他心里有股模糊的欣羡,在自己家里,父母间从不会这样开玩笑的,父亲终日道貌岸然地板着脸,母亲只是个好脾气、没个性的典型中国女性。丈夫就是天,是世界,是宇宙,是一切的权威。父母之间永远没有笑,家中也就缺乏一份温情,更别说这种谈谈笑笑的气氛了。他望着雅筠,已经开始喜欢她了,这是个懂得生活情趣的女人,正像她懂得室内布置一样。

"好了,我不惹人讨厌,子明,你待会儿带云楼去他房间里看看缺什么不缺,我去厨房看看菜,今天给云楼接风,咱们要吃好一点。"

"伯母,您别为我忙。"云楼急急地说。

"才不为你呢!"雅筠笑容可掬,"我自己馋了,想弄点好的吃,拉了你来作借口。"

"你别先夸口,"子明说,"什么好吃的,人家孟太太的菜是有名的,等下端出来的菜不够漂亮,惹云楼笑话。"

"入乡随俗啊,"雅筠仍然微笑着,"到了我们家,我们家算好菜就是好菜,可不能跟你妈做的菜比。"

"我妈的菜我已经吃腻了,您的菜一定好。"

"听到没有?"雅筠胜利地看了子明一眼。

"云楼,"子明笑着,"瞧不出你的嘴倒蛮甜的,你爸爸和你妈妈都不是这样的，你这是遗传的谁？"

云楼微笑着没有答话，雅筠已经嫣然一笑地转过身子，走到后面去了。子明也站起身来，拍拍云楼的肩膀说：

"来吧，看看你的房间。"

跟着杨子明，云楼上了楼，这才发现楼上也有一个小小的休息室，放着一套藤编的、十分细致的桌椅。以这间休息室为中心，三面都有门，通到三间卧室，另一面通走廊。子明推开了楼梯对面的一扇门，说：

"这儿，希望你满意。"

云楼确实很满意，这是间光线充足的房间，里面桌椅床帐都齐全，窗子上是全新的、米色的窗帘，一张大大的书桌上面，有盏米色罩子的台灯，有案头日历，有墨水，还有一套精致的笔插。

"这都是你伯母给你布置的。"子明说。

"我说不出我的感激。"云楼由衷地说，环视着四周，一双能干的、女性的手是能造成怎样的奇迹啊！

"我想，你或者需要休息一下，我也要去公司转一转，吃晚饭的时候我让秀兰来叫你。"

"好的，杨伯伯。"

"那么，待会儿见，还有，浴室在走廊那边。"杨子明指指休息室延伸出去的一条走廊，那走廊的两边也各有两扇门，看样子这幢房子的房间实在不少。

"好的。您去忙吧！"

杨子明转身走了，云楼关上了房门，再一次打量他的房间，他感谢杨子明把他单独留在这里了，和长辈在一起无论如何是件不很舒服的事。

他在书桌前的转椅里坐了一会儿，又在窗前小立了片刻，从他的窗子看出去，可以看到荷花池和小木桥，这正是盛夏，荷花池里亭亭玉立地开着好几朵荷花。离开了窗子，他打开他的皮箱，把衣服挂进壁橱，再把父母让他带给杨家的礼物取了出来，以便下楼吃饭的时候带下去。礼物是父亲和母亲包好的，上面分别写着名字，杨子明先生、杨太太、杨涵妮小姐。杨涵妮小姐？那应该是杨子明的女儿，怎么没见到她？是了，这并不是星期天，她一定还在学校里念书。她有多大？他耸耸肩，吃饭的时候就知道了，现在，想这些干吗？

东西整理好了，他开始感到几分倦意，本来嘛，昨晚一夜都没睡，云霓她们给他开什么饯别派对，接着母亲又叮嘱到天亮。现在，他是真的倦了，仰躺在床上，他枕着手，看着天花板上的吊灯，朦胧地想着父母、云霓、美萱，还有他的这份新生活，杨伯伯、杨伯母、杨涵妮……涵妮，这个名字很美，想必人也很美，是吗？他翻了一个身，床很软，新的被单和枕头套有着新布的芬芳，他合上眼睛，朦朦胧胧地睡着了。

第
三
章

　　孟云楼被一阵敲门声惊醒了，睁开眼睛来，阳光不知道何时
已经隐没了，室内堆积着暗沉沉的暮色，他坐起身子，用手揉揉
眼睛，不由自主地又打了个哈欠，好一个小睡！睡得可真香。门
外，秀兰正在轻声唤着：

　　"孟少爷！吃晚饭了！孟少爷！"

　　"来了！"他叫，一翻身下了床，随便地用手拢了拢睡得乱
蓬蓬的头发，衣服也皱了，算了，这时候难道还换了衣服去吃饭
吗？打开房门，他迈着轻快的步子走出去，三级并作两级地跑下
楼梯。楼下餐厅里，杨子昄夫妇正在等着。他看了杨子明夫妇一
眼，不好意思地微笑了起来。

　　"对不起，"他仓促地说，"让你们等我，我睡了一大觉。"

　　"睡得好吗？"雅筠深深地注视了他一下，温和地问。云楼那
略带孩子气的笑，那对睡足了而显得神采奕奕的眼睛，那年轻而
富有生命力的举动，以及那不修边幅的马虎劲儿……都引起她一

种特殊的感情，一种属于母性的柔情和激赏。这孩子多强壮啊！她欣羡地想，咽下了一声不明所以的叹息。

"好极了。"云楼吸了吸鼻子，室内弥漫着菜香，这引起他的好胃口，他发现自己饿了。抬起头来，他扫了饭桌一眼，这才看见一个陌生的少女，正坐在一张椅子中，带着个置身事外的微笑，满不在乎地看着他。涵妮！他想，这就是杨子明夫妇的女儿，一想起这个名字，他就又猛地想起忘了把父母送给杨家的礼物带下楼来了。没有经过思索，他立刻掉转身子，想跑回楼上去拿礼物。雅筠惊异地喊：

"云楼！你干吗？"

"去拿礼物，我忘了把礼物带下楼了，是爸爸送你们的！"

"哦，算了，这也要急匆匆的？"雅筠失笑地说，"先坐下来吃饭吧，菜都要凉了。"她忽然注意到桌前的少女了，又笑着说："瞧，我都忘了给你们介绍……"

"我知道。"云楼很快地说，望着那少女，她有张很匀净的圆脸，有对黑白分明的眼睛，和一张厚嘟嘟的、挺丰满的嘴唇，年纪不会超过二十岁。她并不怎么特别美，但是，她身上发散着某种属于女性的、青春的热力，而且还给人种洒脱的、无拘无束的感觉，看来是清新可喜的。"我知道，"他重复地说，盯着眼前的少女，"你是杨小姐，杨——涵妮。"

"扑哧"一声，那位少女毫不掩饰地笑了起来，眼睛里闪过一丝调皮的笑意，含糊地说："唔，我是涵妮，你呢？"

"得了，"雅筠瞪了那少女一眼，"又调皮了！"转头对着云楼，她解围地说："这不是涵妮，这是我的外甥女，涵妮的表姐，周翠薇小姐。"

我是多么莽撞啊！云楼想，脸孔陡地发热了，尤其周翠薇那对充满了顽皮和好奇的眼睛正笑谑地盯着他，更让他感到一层薄薄的难堪和尴尬。对周翠薇微微地弯了一下腰，他口吃地说：

"哦，对不起。"

"这有什么，"杨子明插进来说，把手按在他的肩膀上，"坐下来，快吃饭吧！今天是你伯母亲自下厨呢，看看合不合你的胃口。"

云楼坐了下来，环席看看，除了杨氏夫妇和周翠薇之外，他没有看到别人了，端起饭碗，他迟疑地说：

"杨——小姐呢？"

"涵妮？"雅筠愣了愣，眉头很快地锁拢在一起，眼睛立刻黯淡了，"她——有些不舒服，在楼上吃饭，不下来了。"

"哦。"云楼泛泛地应了一声，涵妮下不下楼吃饭与他毫无关系，他一点都不在意那个从未谋面的女孩子。端着饭碗，他的好胃口被那桌十分丰盛的菜所吸引了，忘记了客套，他那不拘小节的本性立即回复了，大口大口地吃着菜和饭，他由衷地赞美着："唔，好极了。"

他的好胃口使雅筠高兴。他吃得那么踊跃，不枉费她在厨房里忙了半天。她用一种几乎是欣赏的眼光，看着云楼那副"吃相"。周翠薇好奇地扫了雅筠一眼，这男孩子为什么使雅筠如此关怀？

雅筠对云楼的关怀同样没有逃过杨子明的注意，他悄悄地对雅筠注视了一会儿，又掉过眼光来看着云楼，后者那张年轻的脸庞上充满了生气与光彩，这实在是个漂亮的孩子！他咽下一口饭，对云楼说：

"九月底才开学，你还有十几天的空闲，怎样？要不要利用这段时间去旅行一下？到日月潭、阿里山，或者横贯公路去玩玩？到台湾一趟，这些地方你是非去不可的，只是，可惜我没时间陪你。"

"您别管我吧，杨伯伯，我要在台湾读四年大学呢，有的是时间去玩。"云楼说。

"要不然，让翠薇带你到台北附近跑跑，"雅筠说，"碧潭啦，阳明山啦，野柳啦……对了，还可以到金山海滨浴场去游泳。你会游泳吗？"

"会的。"云楼笑笑，"而且游得很好。"

"怎样，翠薇？"雅筠看着翠薇，"你这次在我们家多住几天，帮我招待招待客人，好不？"

"如果涵妮不需要我，"翠薇微笑地说，"我倒没关系，反正我没事。"

"涵妮？"雅筠的睫毛垂了下来，笑意没有了，半天，才慢慢地说，"是的，你陪陪涵妮也好，她是——"她的声音降低了，低得几乎听不出来，"太寂寞了。"

杨子明的眉头又紧紧地蹙了起来，饭桌上的空气突然变得沉闷了，室内荡漾着一种奇异的、不安的气氛。云楼警觉地看看杨子明又看看雅筠，怎么回事？自己的到来是不是扰乱了这一家人的生活秩序？他犹豫了一会儿，用迟疑的口气说：

"杨伯伯，杨伯母，你们实在不必为我操心的，我可以自己管自己。明天我想去街上逛逛，你们不必陪我，我又不是孩子，不会迷路。"

"不，我们一点都没有为你麻烦，"雅筠说，脸上又恢复了笑意，"好吧，明天再计划明天的事吧！"

"其实，我可以陪孟——孟什么？"翠薇仰着头问，她坦率的眸子直射在云楼的脸上。

"云楼。"云楼应着。

"我可以陪你出去走走，如果涵妮不需要我的话。"她转头望着雅筠，诚恳地说，"说实话，涵妮并不见得需要我，姨妈，她有她自己的世界。"

"她不会说的，即使她需要。"雅筠忧郁地说，忽然叹了一口气。

云楼不解地看看雅筠，涵妮，这是怎样一个女孩？他们为什么要把她藏起来？这家庭中有着什么？似乎并不像外表那样平静单纯啊！他咽了一大口饭，天生洒脱的个性使他立刻抛开了这个困扰着他的问题。管他呢！他望着翠薇，他多幸运，刚到台湾的第一天，就有一个女孩自告奋勇地愿意陪伴他。尤其，还是个很出色的女孩子！

"你在读什么学校？"他问。

"我没读大学，"她轻声地说，有些赧然，接着却又自我解嘲地笑了，"我没考上。所以，整天东混西混，没事干。姨妈让我来陪陪涵妮，我就常跑到姨妈家来住，在家里，我爸爸太凶了，你知道？"她笑着，很好玩地耸了耸鼻子，"我怕爸爸，他一来就教训我，正好逃到姨妈家来住。"看着云楼，她怪天真地挑着眉梢，"你呢？来读什么？"

"师大，艺术系。"

"艺术？"她扬扬眉毛，很高兴，"我也喜欢艺术，但是爸爸反对，他要我学化学或者是建筑。结果弄得我根本没考上。"

"为什么？"他问。

"出路好呀！"她耸耸肩，无可奈何地又瞟了杨子明一眼，"老一辈的比我们还现实，是不？"

"你尽管批评你老子，可别把我扯进去！"杨子明笑着说。

云楼也笑了笑，翠薇的这位父亲和自己的父亲倒很像，看着翠薇，他一时不知道该说什么，正好雅筠把他的碗里夹满了菜，他也就乘此机会，老实不客气地大吃起来。

饭后，雅筠亲自煮了一壶咖啡，大家坐在客厅里谈着天，慢慢地啜饮着咖啡。在一屋子静幽幽的绿的笼罩之下，室内有股说不出来的静谧与安详，那气氛是迷人的，熏人欲醉的。云楼对雅筠的感觉更深刻了，她是个多么善于协调人与人的关系、多么善于营造气氛的女人！杨子明是有福了。他饮着咖啡，咖啡煮得很好，不浓不淡，很香又很够味，煮咖啡是种艺术，他也能煮一手好咖啡。

翠薇斜靠在沙发上，伸着长长的腿，她穿着件红白条条相间的洋装，剪裁得很合身，大领口，颇有青春气息，一目了然，她也是出自一个经济环境很好的家庭。一屋子绿色之中，她很有种调和与点缀的作用，她那身红，她那种调皮样儿，她那生动的眉毛和眼睛，使房间里增加了不少生气。如果没有她，这房间就太幽静了，一定会幽静得寂寞。

"姨妈，"翠薇开了口，"你们应该买个唱机。"

"我们家里并不缺少音乐。"雅筠微笑着说。

"那——那是不同的。"翠薇说，望向云楼，问，"你会不会跳舞？"

"不，"云楼回答，"不大会，只能勉强跳跳三步四步。"

"我不相信，香港来的男孩子不会跳舞？"翠薇又扬起了她那相当美丽的眉梢。

"并不见得每个香港的年轻人都是爱玩的，"云楼微笑着说，"云霓她们也都常常笑我。"

"你应该学会跳舞，"翠薇说，对他鼓励地笑笑，"台北有好几家夜总会，你有兴趣，我们可以去玩玩，看看台北是不是比不上香港。"

杨子明坐在那儿，默默地抽着烟，饮着咖啡，他显得很沉默，似乎有满腹心事。他不时抬起眼睛来，往楼梯上悄悄地扫上一眼。他在担忧什么吗？云楼有些狐疑。忽然，他又想起了礼物，站起身来，他向楼梯走。

"做什么？"杨子明问。

"去拿礼物。"他跑上了楼梯。

"这孩子！"雅筠微笑着。

他上了楼，径直走进自己的房间，取了礼物。他走出房间，刚刚带上房门，就一眼看到休息室的窗前，伫立着一个白色的人影。那人影听到背后的声响，立即像个受惊的小动物般向走廊遁去，就那么惊鸿一瞥，那人影已迅速地隐进走廊的一扇门里去了。他只看清那人影的一袭白纱衣服，和一头美好的长发。他怔了几秒钟，心头涌起一阵难解的迷雾，这是谁，她为什么要藏起来？涵妮吗？他摇摇头，这幢静谧而安详的房子里隐藏了一些什么呢？抱着礼物，他走下楼，刚走了一半，就听到杨子明在低声地说：

"……你该让她出来，这样对她更不好……"

"她不肯，"是雅筠的声音，"她胆小……你就随她去吧！"

他走下了楼梯，夫妇两个都住了嘴。怎么了？他看看杨子明夫妇，捧上了他的礼物。但是，他的心并不在礼物上面，他相信杨氏夫妇对礼物也没有多大兴趣，父亲买的东西全是最古板的：杨子明是一对豪华的钢笔，雅筠是一件衣料，涵妮的是一个缀着亮珠珠的小皮包。

"噢，好漂亮的小皮包，"雅筠拿着那小皮包，赞美地说，接着就是一声长长的叹息，"可惜，涵妮是用不着的。"望着翠薇，她说："转送给你吧。好吗？"

"给我？"翠薇犹豫了一下，"……涵妮……"

"涵妮？"雅筠笑得好凄凉，"你想，她用得着吗？"

云楼惊异地看着这一切。涵妮，涵妮，涵妮是怎样的一个女孩？她是真的存在着，还只是一个虚无的影子？涵妮，她在哪里呢？

第
四
章

夜里，孟云楼失眠了。

午后睡了那么一大觉，晚上又喝了一大杯浓咖啡，再加上
新来乍到的环境，都是造成他失眠的原因。仰躺在床上，他头枕
着手，在黑暗中静静地躺着，眼睛望着那有一片迷蒙的灰白的窗
子。他并不急于入睡，也没有焦灼或不安的情绪，相反，他觉得
夜色中有一种柔和而恬静的气氛，正是让人用思想的大好时间。
思想，这是人类最顺从的朋友，可以随意怎样安排它。

他不知道在黑暗中躺了多久，也不知道时间，他的思想朦朦
胧胧的，一些对未来的揣测、一些对过去的回忆，还有对目前这
新环境的好奇……他的思想并不集中，散漫地、随意地在夜色中
游移，然后，忽然，他听到了一些什么声音，使他的耳朵警觉、
神经敏锐。侧着头，他倾听着，门外拂过了轻微而细碎的声响，
是什么？在这夜深人静的时分，有什么东西是在夜里活动着的？
一只猫，或是一只小老鼠？他再听，声音消失了，夜空里有着玫

瑰和茉莉混合的淡淡的香味，还有几只不知名的小虫在窗外的花园中低鸣。夜是恬静、安详，而美好的。他翻了一个身，把头埋进了枕头，准备要入睡了。

但是，一阵清晰的声音重新震动了他，使他不由自主地集中了注意力，带着几分不能相信的惊愕，侧耳倾听那在夜色里流泻着的声浪。那是一串钢琴的琴声，叮叮咚咚的，敲击着夜，如一串滚珠走玉，玲玲琅琅地散播开来。他下意识地坐起身子，更加专心地听着那琴声。在家里，他虽然不能算一个古典乐的爱好者，但是却很喜欢听一些古典或半古典的小曲子，在他的感觉中，钢琴独奏一向远不及小提琴的独奏来得悠扬动人。但是，今夜这琴声中，有什么东西深深地撼动了他，那弹奏的人手法显然十分娴熟，一个接一个的音浪生动地跳跃在夜色里，把夜弹醉了，把夜弹活了。

那是支柴可夫斯基的小曲子，《如歌的行板》，轻快、生动，而活泼。一曲既终，孟云楼竟有鼓掌的冲动。接着，很快地，一支新的曲子又响了起来，是韦伯的《邀舞曲》。然后，是支不知名的曲子，再下来，却是英国民谣，《夏日最后的玫瑰》。孟云楼按捺不住了，一股强烈的好奇，和一股无法抗拒的吸引力，使他轻轻地站起身来，披上一件晨衣慢慢地打开了房门。

琴声更响了，是从楼下传来的，这立即使孟云楼记起客厅中的那架钢琴，弹奏的人会是谁？雅筠？翠薇？还是那神秘的——涵妮？他不知不觉地步出了房门，在一种半催眠状态下走下了楼梯，他的脚步很轻很轻，没有弄出一点声音来，他不想惊动那弹琴的人。

下了楼，他立即看到那弹琴的人了，他觉得心中有阵奇异的悸动，这是那个穿白衣服的女孩子！他站在楼梯脚，只能看到这女孩大半个后背和一点点的侧面。那盏绿色灯罩的台灯亮着，大厅内没有再开其他的灯。那女孩披着一头乌黑的长发，穿着件白色轻纱的睡袍，沐浴在那一圈淡绿色的灯晕之中。她的手迅速而轻快地从钢琴上飞掠过去，带出一串令人难以置信的、美妙的声音。室内在仅有的一盏灯光之下，静幽幽地仿佛洒上一层绿色的迷雾，那女孩神往地奏着她的琴，似乎全心灵都融化在那些音符之中。整个的房间、钢琴、灯，和女孩合起来，像一个虚幻的、神仙的境界，像一幅充满了迷蒙的美的画。那是诱人的、令人眩惑的、完全不真实的一种感觉，孟云楼呆住了。

　　好半天，他才轻轻地在楼梯的台阶上坐了下来，用手托着腮，他就这样静悄悄地坐着，凝视着那少女的背影，倾听着那一曲又一曲的琴声。肖邦的《幻想即兴曲》《蝴蝶练习曲》，古塞克的《嘉禾舞曲》，然后是约纳森的《杜鹃圆舞曲》……弹琴的人完全弹得入了迷，倾听的人也完全听得入了迷了。

　　时间不知道流过去了多少，孟云楼听得那么痴，已不知身之所在。他的入迷并不完全是因为那琴声，这演奏当然赶不上那些钢琴独奏曲的唱片，何况他也不是一个音乐的狂好者，那女孩弹的许多曲子他根本就不知名，他只听得出一些较通俗的小曲子。让他入迷的是这种气氛、这灯光、这夜色、这梦幻似的女孩，和她本身沉迷在音乐中的那份狂热。这种狂热是极具感染性的，他看着那女孩耸动着的瘦削的肩头，和那隐隐约约藏在轻纱衣服下的单薄的躯体，感到自己全心都充塞着某种强烈的、难言的情绪。

　　然后，终于，当一支曲子结束之后，那女孩停止了弹奏。面对着钢琴，她发出一声深深的叹息。像是满足，又像是依恋，她的手轻轻地抚摸着那些琴键，就像一个溺爱的母亲抚摸她的婴儿一般。接着，她盖上了琴盖，带着种发泄后的疲倦，她无限慵懒地、毫不做作地伸了个懒腰，慢慢地站起身来。孟云楼突然惊觉到自己的存在了，他来不及思索，也来不及遁形，那女孩已经转过身来，面对着他了。在这一刹那，他有种奇异的、虚飘的感觉，他想他一生都无法忘记这一瞬间的感觉，那样强烈地震撼着他。他面对着一张年轻的、少女的脸庞，苍白、瘦削，却有着那样一对炯炯然燃烧着的眸子。这是张奇异的脸，融汇着一切属于性灵的美的脸，一张不很真实的脸。那瘦瘦的小下巴，那小小的、薄薄的唇，那弧度柔和的鼻子……她美吗？以世俗评论女性的眼光来看，她不美。但是，在这绿幽幽的灯光下，在她那放射着光彩的眼睛的衬托中，她美，她有说不出来的一种美，是孟云楼从未在任何一个女性身上看到过的。他惊愕了，也眩惑了。

　　那少女也一眼看到了他，她迅速地瑟缩了一下，似乎受到了很大的惊吓，她用手抓住胸前的衣服，想退避，但是，钢琴拦阻了她。于是，她站定了，开始静静地凝视着他，那惊吓的情绪很快地从她脸上消失了，取而代之的，是一种近乎孩子气的惊奇。

　　"你是谁？"她轻轻地问，声音是柔和而悦耳的。

　　"孟云楼。"他回答，也是轻轻的，他害怕自己会惊吓了她，因为她看起来像个怯怯的小生物，一个完全需要保护的小生物。

　　"哦，"她应了一声，"你是那个从香港来读书的人，是吗？"

"是的，你呢？"他反问。

"涵妮。"她低低地说。

涵妮？孟云楼重复了一遍这个名字，事实上，他早就料到这是涵妮了。涵妮，这名字对他似乎已那么熟悉，熟悉得他可以直呼不讳。

"你在这儿做什么？"涵妮问，她不再畏惧他了，相反，她脸上有着单纯的亲切。她向他走了过来，在他面前的一张矮凳上坐下来。用手抱住膝，她开始好奇地注视他，他这才发现自己一直坐在楼梯的台阶上，像个傻子般动也不动。

"我在听你弹琴。"

"你听了很久吗？"

"是的，几乎是你刚刚开始弹，我就坐在这儿听了。"他说，盯着她看，他无法把自己的眼光从她脸上移开。

"哦。"她发出一声轻哼，脸陡地发红了。看到那过分苍白的面颊上涌上了红晕，竟使孟云楼有阵心旌震荡的激动。"你笑我了？"她问，"我弹错了很多地方。"

"是吗？"孟云楼说，"我听不出来。"这倒是真话，他的音乐修养绝对无法挑出她的错误来。

"如果我知道你在听，我会弹得好一些，"她微笑了，忽然有些羞涩，"不过，如果我知道你在听，我就不会弹了。"

"为什么呢？"

她抿着嘴角一笑，那样子像个天真烂漫的小女孩，不谙世事的，楚楚可怜的。

"我从不弹给别人听，我是说弹给——客人听。"

"我不是客人，"孟云楼的声调竟有些急促，他发现自己急于要获得这女孩的信任和友谊，"我要长住在这儿，你看我会变成你们家的一分子。"

她又笑了笑，不胜娇怯地。然后，她站了起来，用手抱着裸露着的手臂，瑟缩了一下说：

"我冷了。"

真的，窗子开着，夜风正不受拘束地吹了进来，带着点凉意。冷吗？应该不会，夏季的夜风是令人舒适的。但是，他看了看对方裸露在外的、瘦弱的手臂，就有些代她不胜寒怯起来。

"要不要披上我的衣服？"他问，站起身来，解下晨衣想给她披上去。

她迅速地后退了，退得那么急，使他吓了一跳。她瞪大了眼睛望着他，显出一股惊慌失措的样子来，她的手又习惯性地握住胸前的衣服，嗫嚅地说：

"你——你干吗？"

"对不起，"他收回了衣服，为了自己让她受惊而感到非常不安，他从没有看过像她这样柔弱和容易受惊的人，"我只是想给你披一下衣服。"

"哦，哦，"她镇定了自己，可是，刚刚那种柔和与亲切的友谊已经没有了，她抬起眼睛来，悄悄地扫了楼梯一眼，以一种淡漠的语气说，"我要上楼了。"

孟云楼仍然站在楼梯口，换言之，他挡住了涵妮的路。他想让开，让她走过去，但，另外有种不情愿的情绪，近乎依恋的情绪却阻止了他。他的手按在扶手上，无形间拦住了她。

"为什么到现在才见到你？"他问，凝视着她，"为什么他们要把你藏起来？"

"藏起来？"她仰视他，眸子里带着天真和不解，"什么藏起来？"

"你。你看，我到你家大半天了，你没有下楼吃晚饭，也没有来喝咖啡。"

"我在睡觉。"她轻轻说，"我睡了一天，所以现在睡不着了。"

"我也跟你一样，下午睡了一大觉，现在睡不着了。既然睡不着，何必急着走呢？在房里没事干，不是很无聊吗？"

"真的，是很无聊，"涵妮点着头，他似乎说中了她最怕的事，因而也瓦解了她脸上的淡漠，"非常非常无聊，有时，一整天又一整天的，就这样子迄着，除了弹琴，我不知道做什么。翠薇只是偶然来住一两天，她很耐心地陪我，但是，她那么活泼，一定会觉得厌气的。"

"你没有念书吗？"云楼惊异地问，这女孩在过一种怎样的生活呢？他奇怪杨子明夫妇在做些什么，要把一个女儿深深地关闭起来。

"念书？"涵妮微侧着头，欣羡地低语，然后低低地叹息了，"很多年前念过，很多年了。"她微微地眯起眼睛，似乎在回忆那很多年前的日子。接着，她轻轻一笑，在楼梯上坐了下来，弓起了膝，她把面颊倚在膝上，样子娇柔动人而可爱。"我也过不惯那种日子，人多的地方会让我头晕。"

孟云楼审视着她，带着不能自已的好奇与关怀，她的皮肤那样白皙，白得没有丝毫血色，那对眼睛又那样黑，黑得像夜，这是怎样一个女孩？孟云楼有一些明白了，这根本不像一个实在的生命，倒像是一股烟，风一吹就会散掉的一股烟。看她倚着栏杆，静静地坐在那儿，蜷曲着小小的身体，看起来是弱不禁风的。她怎样了？最起码，她不是个正常的少女，她可能在一种神经衰弱的状况中。

"你多少岁了？"他问，也在楼梯上坐了下来。

"十八，不，十九了。"她望着他，"你呢？"

"二十，我比你大。"他微笑着，事实上，他觉得自己比她大很多，几乎不可能只比她大一岁。

"你要住在我家吗？"

"是的。"

"那很好，"一层喜悦染上了她的眉梢，"住久一点，我可以弹琴给你听。"她热情地说，眼里有着期盼的光彩。他忽然领略到她的寂寞了，她像个孤独的孩子，渴求着伴侣，而又怕别人不接受她似的，她担忧地抬起眼睛来："你爱听我弹琴吗？"

"非常爱，所以我才会跑到楼下来听呀！"

她笑了，立即对他有种单纯的信赖。

"胡老师很久没有来教我了，要不然我可以弹得更好一些，妈妈要我暂时停止学琴，她说我会太累了。"她歪着头，注视着他的眼睛，忽然轻轻地说，"你知道我的情形吗？"

"你的情形？"他困惑地望着她，"什么情形？"

"我在生病，"她悄悄地说，近乎耳语，"妈妈爸爸费尽心机来瞒我，他们不要我知道，但是我知道了。李大夫常常来看我，给我打针，你不明白我多怕打针！他们告诉我，打针是因为我的身体太弱了。不过，我知道的，"她把手压在胸口上，"我这里面有问题。有时，里面会痛得很可怕，痛得我昏过去。"

"是吗？"他怜惜地望着她。

"这是秘密，嗯？"她的黑眼珠信任地停在他脸上，"你不要让爸爸妈妈知道我知道了。好吗？"

"好的。"

"一言为定？"她孩子气地扬着眉。

"一言为定！"

"那么，钩钩小指头。"

她伸出了她那纤细的、瘦弱的小手指，那手指是可怜兮兮的。他也伸出了小手指，他们像孩子般地钩了手指。然后，她笑了，笑得很开心，很高兴，仿佛由于跟他有了共同的秘密，而把他引为知己了。她看看他那张健康的、被阳光晒成微褐色的大手，又看看他那高大的身子，和伸得长长的腿，羡慕地说：

"你多么高大啊！"

"我是男人，男人比女人天生是要高大的。"他说，安慰地拍拍她的小手，"你应该多晒晒太阳，那么，你就不会这样苍白了。"

她立即敏感地用手摸了摸自己的面颊，毫不掩饰地问：

"我很难看吗？"

"不，不，"他慌忙地说，"你很美，我从没看过比你更美的女孩。"

"真的？"她不信任地问，"你撒谎。"

"真的。"他严肃地说，"我发誓。"

她又笑了，要换得她的喜悦是件相当容易的事。拉了拉衣角，她把身子倚在栏杆上，愉快地说：

"告诉我一些你的事。"

"我的事？"他有些不解。

"你的事、你的生活、你的家庭……告诉我香港是怎样的，你有弟弟妹妹吗？"

于是，他开始述说起来，他说得很多，他的童年、他的家庭、他的抱负及兴趣……她津津有味地倾听着，很少插口，每当他停顿下来，她就扬起睫毛，发出一声询问的声音：

"哦？"

于是，他又说了下去，为她而说了下去，因为她是那样有兴味地倾听着。其实，他并不认为自己的叙述有什么新奇之处，他的一切都太平凡了，典型的家庭，按部就班的读书……可是，她的目光使他无法终止。就这样，他们并坐在楼梯的台阶上，在这夏季的深夜里，一直倾谈了下去。

夜，越来越深了，他们已不知谈了多久，孟云楼已经忘记了时间，也忘记了这是他到杨家的第一天，面前这个少女还是他第一次谋面的陌生女孩，他述说着，说起了他和父亲的争执，为了学艺术而引发的争论，涵妮用一对充满了同情的眸子注视着他，那样地代他忧愁和委屈，让他感到满腹温柔的感动。然后知道他的争执获得了胜利，她是那样由衷地为他喜悦，更使他充塞了满怀的激情。

就这样，他们谈着，谈着……直到有个声音惊动了他们，在楼梯顶，一串细碎的脚步声奔跑了过来，他们同时抬起了头，雅筠正站在楼梯顶，惊异地望着他们，用一种不赞同和责备的语气喊：

"哦！涵妮！"

"妈妈，"涵妮仰着头，满脸的喜悦和兴奋，"我们谈得非常开心！"

"你应该睡觉，涵妮，"雅筠说，询问地把眼光投向云楼，"怎么回事？"

"我听到琴声，"云楼解释地说，猛然发现这样深更半夜和涵妮并坐在楼梯上谈天确实有些不妥当，难怪雅筠要用这样烦恼的眼神望着他了，"被琴声吸引着下了楼，我们就——认识了。"

"你又半夜里跑下楼来弹琴了，涵妮！"雅筠带有轻微的埋怨，却带着更多的关怀，"瞧你，等会儿又要感冒了，衣服也不加一件。"

"我睡不着，我白天睡得太多了。"涵妮轻声地说。

"来吧，去睡吧！"雅筠走下楼梯，挽着涵妮那单薄的肩头，"我送你回房去，去睡吧。"望向云楼，她终于温和地笑了："我一觉睡醒，听到楼下有声音，就知道是涵妮又睡不着了，却没有料到你也在这儿。"她看看涵妮，又看看云楼，忽然惊奇地说："你们倒自己认识了，嗯？"

"我们谈得很开心。"涵妮重复地说了一句，对云楼悄悄微笑着。

"是吗？"雅筠惊奇的神色更重了，注视着云楼，她不解地摇了摇头，"你一定很有办法的，"她似笑非笑地说，"我这个女儿是很怕羞的呢，我希望你没有吓着她才好。"

“他没有，妈妈。”涵妮代他回答了。

“那就好了，去睡去。”雅筠说，对着云楼，她又说，“你也该睡了吧！云楼。”

“是的，伯母。”云楼有些不安，“抱歉惊动了您。”

“算了，与你无关。”雅筠说着，揽住涵妮的肩膀，把她带上楼去。云楼在她脸上看到那种强烈的母性，她显然用着全心灵在关爱着涵妮。

“再见！”涵妮回过头来对他说，“我怎么叫你？”

“云楼。”

“再见！云楼。”她依恋地说。

“明天见！涵妮！”他冲口呼出她的名字。

雅筠迅速地掉头看了他一眼，立即，那层烦恼又飞进了她的眼睛，她很快地皱了一下眉头，带着涵妮，隐没在楼梯的尽头了。

云楼在楼下又伫立片刻，然后，他走到钢琴前面，代涵妮熄灭了那盏台灯。在黑暗中，他仍然站了很久，依稀能感到夜空之中，涵妮所留下的衣香。一个多么奇异的女孩！他摇了摇头，有满怀说不出来的、眩惑的情绪。这是他有生以来的二十年中，从来没有过的。

第五章

　　孟云楼一向是个心智健全的青年，虽然对艺术的狂热，造成了他个性中比较软弱的一面：重感情，爱幻想，而且或多或少带点浪漫气息。但是，他是个无神论者，他坚强而自信，他相信自己远超过相信天或命运。因此，他也绝不相信奇迹，他的一生是刻板而规律化的，也从未发生过奇迹……直到走进杨家来。在他的感觉中，这第一夜就是个难以置信的奇迹，因为，当他回到卧室之后，他无法把涵妮从他脑中剔除了。

　　他几乎彻夜失眠，这令他自己都感觉惊奇和不解。黎明来临的时候，他就起床了。整幢房子里的人都还在沉睡着。涵妮，她一定也还没有起床，昨晚上床那么晚，现在必然还在梦乡吧。他胡思乱想地揣测着，不安地在房间里走来走去，等待着吃早餐的时间。

　　他希望能在早餐桌上看到涵妮，但是，他失望了。涵妮没有下楼来吃早餐。翠薇穿着件相当漂亮而触目的红色洋装，神采奕奕地坐在那儿，对他高高地扬起了眉毛。

"早！"她说，年轻的脸庞上充满了活力，显得容光焕发，"夜里睡得好吗？"

"谢谢你。"他回避地回答，奇怪昨夜的琴声并没有惊醒这些人，可能他们对于午夜的琴声已经习惯了。

"你早餐吃什么？"雅筠深深地看了他一眼。

"你们吃什么，我就吃什么，"他笑着说，看了餐桌一角，桌上放着几碟小菜，杨家的早餐是稀饭，"好的，我就吃稀饭。"

"你在家里吃什么？"雅筠追问。

"面包。"

"那么，我叫他们给你准备面包。"

"不要，伯母，"云楼急急地说，"我高兴吃稀饭，换换口味，面包早就吃腻了。"

"真的？"雅筠微笑地看着他，"吃不惯你要说啊，在这儿不是做客，你要是客气就自己倒霉。"

"我没有把自己当客，"云楼说，坐下身来，才顾到对杨子明打招呼，"早，杨伯伯。"

"吃饭吧，云楼。"杨子明说，"饭后让翠薇带你去走走。翠薇，没问题吧？"

"随便。"翠薇笑着说，看了云楼一眼。

云楼没说什么，他倒并不想出去走走，但是也不忍辜负杨子明的安排，端起饭碗，四面望望，不禁犹豫了一下，雅筠立即说：

"你不必管涵妮，她经常不下来吃饭的，秀兰会送东西到她屋里去。"

云楼低下头吃起饭来，他很想问问涵妮是怎么一回事，但是，杨子明夫妇既然没有说起，他也不好主动地提出问题，到底，他只是到这儿来借住的，他没有资格去过问别人家庭的事情。

早餐很快就结束了。饭后，杨子明靠在沙发里，点燃了一支烟，对翠薇和云楼说：

"可惜我不能把车子让给你们，我要去公司，但是我可以送你们到衡阳路。云楼，你身上有钱吗？"

"是美金。"

"你跟伯母折换成台币吧。台北街上这两年变化不少，值得去看看。"

"中午得回来吃午餐。"雅筠说，微笑地望着他们。

于是，他们搭了杨子明的便车，到了台北的市中心区。杨子明是一个化工厂的总经理，他原是留德专攻化学的，二十几年前，在德国和云楼的父亲是同校同学。目前这个化工厂，杨子明也有相当大的股份，他可以说是一个典型的、在事业上小有成就的中年人，有个贤惠的妻子，有个美满的家庭。云楼坐在杨子明身边时，就一直模糊地想着这些，杨子明显然比父亲成功，不论在事业上，或是在家庭上。

他和翠薇在衡阳路下了车，虽然并非星期天，街上仍然布满了熙来攘往的人，到处都呈现出一片繁荣景象。商店林立，而商品琳琅满目。

"这儿好像比香港还热闹，"云楼说，"除了商店以外，有什么特别可看的吗？"

"你指什么？"翠薇很热心地问。

"有什么代表文化特色的东西没有？"

翠薇好奇地看了云楼一眼，香港来的男孩子！在街道上找文化特色！这真是奇怪的人呢！不过倒蛮讨人喜欢的，她很少看到这种类型的男孩子，有一份洒脱，却也有份书卷味儿。

"有个博物馆，假若你有兴趣！"她说。

"我有兴趣，"云楼很快地说，"在哪儿？"

他们去了博物馆，云楼倒真的对每一样东西都发生兴趣，足足在里面逛了一个半小时，翠薇耐心地陪伴着他，两人在博物馆内细细浏览。从博物馆出来，他们绕到了重庆南路，云楼又对书店大感兴趣，他逛每家书店，买了不少的书。然后，他们再绕回衡阳路，翠薇走得相当疲倦了，尤其是在这样的大太阳下。她叹了口气说：

"我们绕了一个大圈子。"

"对不起，"云楼说，看到她额上的汗珠，才惊觉到自己的糊涂，"我总是这样只顾自己，我们找个地方坐坐，喝点冷饮，怎样？"

他们去了"国际"，坐定之后，云楼叫了杯霜淇淋咖啡，翠薇叫了橘子汁。因为走多了路，翠薇的脸颊红艳艳的，额上有细细的汗珠。云楼凝视着她，不由自主地又想起了涵妮，这两个女孩有多大的不同！云楼想着，翠薇的容光焕发，涵妮的娇柔怯弱，她们像两个天地中的产物。

"你看什么？"翠薇被他盯得不好意思了。

"哦，没什么。"云楼掉开了眼光，不由自主地脸红了。

翠薇微笑了起来，笑得好顽皮。她喜欢看到这个漂亮的男孩子脸红，这满足了她爱捉弄人的脾气，许多时候，她仍然童心未泯。

"你在香港有没有女朋友？"她笑着问。

"有。"他简单地回答，想到美萱，奇怪，他自到杨家以来，好像就没有想过美萱了。

"你们很好吗？"

"并不，很普通的朋友。"

傻气，翠薇想，谁问他普通的女朋友呢？她注视着云楼，他的眉毛生得很挺，很有男儿气概，眼睛大大的，也蛮漂亮。带那么点儿傻气更好，她想着，男孩子总是有点傻气的。她对他的好感更加重了。

"你常住在杨家吗？"云楼开口了。

"偶然而已，为了陪涵妮。"

"涵妮，"云楼掩饰不住他的关怀，"她怎样了？"

翠薇皱起了眉毛。

"她只是个人影。"

"人影？"云楼不解地问。

"这是姨父说的，他常常叹着气说，涵妮只是个影子，是不实在的，是随时会幻灭的。"

"怎么说？"

"她从小就不对头，医生说她随时可能死掉！"

"什么？"云楼一震，几乎泼翻了咖啡杯子，翠薇诧异地看着他，从没见过面的女孩子，竟让他这样紧张？他是个感情丰沛而富同情心的男人啊！

"这是大家都知道的，她只是过一天算一天，"翠薇忧愁地说，提起涵妮，使她心酸而难过，涵妮，那是没有人能不喜欢她的，"只有她自己不知道，她一直以为自己仅仅是身体衰弱而已。"

"什么病？"云楼近乎软弱地问。

"大概是心脏还是肺动脉怎么的，我也弄不清楚，是生下来就有的病。事实上，她不能上学，不能读书，不能出门，不能看电影，不能旅行……这个也不能，那个也不能，如果我是她，我真宁愿死掉！唉！"她叹了口气，那份顽皮不知不觉地收敛了。

原来是这样的！云楼握着咖啡杯子，带着种痛苦的恍然的情绪，想着那个孤独寂寞而苍白的小女孩。涵妮那张瘦小的脸庞和那渴望友情的眸子立即浮到他的眼前，他感到心中有一阵抽搐般的悸动，就觉得再也坐不下去了。

"其实，陪伴涵妮是一件很难的事，"翠薇说，慢慢地啜了一口橘子汁，"她整日关在家里，对许多事都不太了解，你很难跟她谈话，她只能弹弹钢琴，还不能弹太久，太久会使她疲倦。但是，她又渴望着朋友，她好孤独、好寂寞，有时我说笑话给她听，她笑得什么似的。你不知道，她是个很可爱的女孩子！"

我是知道的！云楼想着，猝然站起身来，他对于自己占据了翠薇而难过。他想着涵妮，那小小的身子，那怯怯的笑，那祈求似的声音：

"住久一点，我可以弹琴给你听。"

她多寂寞！他了解了。而他竟让翠薇来陪伴他了，把寂寞留给那个孤独的小女孩。举起杯子，他一口咽掉了杯里剩余的咖啡，命令似的说：

"我们回去吧！"

"急什么。"翠薇有些惊奇，"还早呀！"

"我们答应回去吃午饭的，我也还要写几封信。"

"给你的女朋友吗？"翠薇唇边又带着那顽皮的笑。

"唔，哼。或者。"云楼哼了一声，脸上也浮起一个狡黠的笑，他开始了解翠薇的调皮了，也开始学会对付她的办法了。果然，他的答话使翠薇无辞以答了。

不到十一点，云楼和翠薇就回到了杨家。走进客厅，翠薇把自己抛在沙发上，长长地呼出一口气说：

"热死了！"

客厅里有冷气，凉凉的，从正午燠热的阳光下走进这间绿阴阴、凉沁沁的房间，确实有说不出来的舒服。但，云楼没有心情休息，他四面张望着，没看到涵妮的影子，他的潜意识及明意识里几乎都充满了涵妮，尤其在听到翠薇说出涵妮的情况以后。她在哪儿？又躲在她的小房间里吗？她生活的圈子多么狭小！

雅筠听到声音，从楼上下来了，看到他们，她笑着说："怎么就回来了？"

"没什么好玩的，"翠薇说，"热死了！"

"夏天还是待在家里最舒服。"雅筠说，看看云楼，这孩子为什么满面沉重？他和翠薇处得不好吗？玩得不愉快吗？云楼正拾级而上。"去了些什么地方？"她问云楼，后者脸上那深重的愁苦使她惊异。

"随便逛逛。"云楼心不在焉地回答。

忽然，云楼站定了，他的眼睛直直地落在楼梯顶上，呆呆地望着。什么事？雅筠跟随他的视线，回过身子，向楼梯顶上看去。涵妮！在楼梯顶，涵妮正轻悄悄地走了过来。

走到楼梯顶端，她也站定了，倚着栏杆，她唇边浮上一个怯怯的笑，静静地看着云楼。她一只纤瘦的手扶着栏杆，穿着件套头的白色洋装。她的眼睛清幽而有神，她的笑温存而细致。雅筠大惑不解地看着这张小小的脸庞，她显得多么特别！又多么美！

"嗨！涵妮！"好半天，云楼才吐出一声招呼，他的目光定定地停在她身上，怎样的女孩子！轻灵如梦，而飘逸如仙。

"你真的没走？"涵妮问，毫不掩饰她的喜悦之情。

"我说过要住在这儿的，不是吗？"云楼温和地说。

涵妮点了点头，慢慢地走下了楼梯，她含笑的眸子一直没有离开云楼的脸，她的脚步轻灵，衣袂飘然。雅筠愕然地看着这一切，仅仅是头一夜的邂逅，就能造成奇迹般的感情吗？她心中涌上了一股难言的忧郁和近乎恐惧的感觉，这绝不可能！绝不可能！

"哦，涵妮，"雅筠振作了一下，说，"怎么不睡了？你怕不怕冷？要不要把冷气关掉？"

"不要，妈妈，我不冷。"涵妮温温柔柔地说，停在云楼的面前，仰头看着云楼，她比云楼矮了一大截，"你热吗？你在出汗。"

"我刚刚从外面回来。"云楼说，努力想挤出一个微笑来。面对着这张年轻的脸庞，他不敢相信她寿命不永。她太年轻，她应该还有一大段美好的生命，假如像翠薇所说，那就太残忍了。上帝既然赋予了人生命，就应该对这些生命负责呀！他近乎痛苦地想着，忘了自己是个无神论者。

"从外面回来？"涵妮看了看窗外阳光明亮的花园，自语似的说，"我也想出去走走呢！外面好玩吗？"

"没有家里好，"云楼很快地说，"外面太热。"

"你说我应该晒晒太阳的。"涵妮用手抚摸着面颊说。

她竟记在心里！云楼满腹恒恻地望着她。

"不，你晒不晒太阳都一样，你够美了！"插进嘴来的是雅筠，拉着涵妮的手，她急于要把她从云楼身边带开。怎么了？他们之间会发生什么？这是可怕的！"涵妮，"她说，"到翠薇这边来坐坐吧！你真的不会冷吗？"

"不会，妈妈。"涵妮顺从地走过去，眼睛仍然微笑地望着云楼。

"怎么，你和孟云楼已经认得了？"翠薇一直用种惊异的态度在旁观看，这时才开口对涵妮说。

"昨夜，他听了我弹琴。"涵妮说，静悄悄地微笑着，带着份偷偷的愉悦。再看了云楼一眼，她说："你真的爱听我弹琴吗？"

"真的。"云楼一本正经地说。

"没有骗我？"

"绝对没有。"

喜悦满布在涵妮的眼睛里和面颊上，人类几乎是从孩提的时候开始，就需要赞美、友情和欣赏。她的眼睛发着光，苍白的面颊上竟染上了红晕。雅筠忧喜参半地望着涵妮那反常的、焕发着光彩的脸，多久以来，这孩子没有这样愉快的笑容了！翠薇坐在一边，用一对聪明的眸子，静静地看着这一切。

"你现在要听我弹琴吗？"涵妮问云楼，仿佛在这间屋子里，没有雅筠，没有翠薇，只有云楼一个人。

"如果你不累。"

"我不累，"涵妮高兴地说，走向钢琴，"我还会唱歌呢，你知道吗？"

"不，不知道。"

于是，涵妮打开了琴盖，开始弹起了一支古老的情歌，一面弹，一面唱着，她的歌喉细致而富于磁性，咬字清晰，声调里充满了真实的感情。那歌词是：

　　　　昨夜，那夜莺的歌声，将我从梦中惊醒，

　　　　皓月当空，夜已深沉，

　　　　远山远树有无中。

　　　　我轻轻地倚在我的窗边，

　　　　看露光点点晶莹。

　　　　那夜莺，哦，那可爱的夜莺，

　　　　它诉说着你的事情。

　　　　……

　　她唱得那么好，带着那么丰沛的感情，孟云楼完全被它震慑住了。他不知不觉地走到钢琴旁边，把身子倚在琴上，愣愣地看着涵妮，涵妮注视着他，眼睛更亮了，声音更美了，唱着下面的一段：

白天我时常思念你，

夜晚我梦见你，

梦中醒来，却不见你，

泪珠在枕边暗滴，我听到微风在树林里，

轻轻地叹息、叹息。

那微风，哦，那柔和的微风，

它是否在为我悲泣？

······

　　孟云楼深深地望着涵妮，深深深深地，看着那发光的小脸，听着那歌词的最后几句，他的眼眶不由自主地潮湿了。

第六章

夜里，孟云楼独自坐在书桌前面。桌上，摊开着一本杰克·伦敦的《海狼》，但是，他并没有看。他曾经尝试阅读了好几次，却总是心不在焉地想到了别的事情。今夜，涵妮不会再去弹琴了，白天她已经弹够了琴，他怕她会过分疲劳了。他不应该让她一直弹下去的，整个下午，她坐在钢琴前面，弹着，唱着，笑着，好像世界上找不出第二个比她更快乐的生命。每当雅筑上前阻止她弹奏的时候，她就以那样可爱的笑容来回答她的母亲。

"妈妈，我不累呀，我真的不累。我弹得好开心！"

于是，雅筑不忍再阻止了，她也就继续地弹了下去。她会不会太累了？看着她那样充满了精力和欢乐，使孟云楼对翠薇的话怀疑了起来，她不会有什么病，只是身体衰弱一点而已，她缺乏的是阳光和友情，许多独生女都是这样。假若让她过一般少女的正常生活，有适当的运动、适当的休息、适当的饮食调护，说不定她反而会健康起来。她除了苍白瘦弱之外，也看不出有任何病态呀!

"我要帮助她,"他想着,"帮她过正常生活,帮她恢复健康。我相信一定能做到!"

他的自信又来了,他一向相信"人定胜天"的。站起身来,他绕着房间行走,一面揣测着如何将他的计划付诸实施。

门外有声音,然后,有人轻轻地敲了敲他的房门。

涵妮!他立刻想。走到门边去,他低问:

"谁?"

"是我。"那是雅筠的声音。

他开了房门,惊讶地望着雅筠,快午夜十二点了,什么事使她深夜来敲门?

"伯母?"他疑问地说。

"嘘!"雅筠把手指按在唇上,警告地嘘了一声,走进屋来,她反手关上了房门,低声地说,"我有话要跟你单独谈谈,我不想让涵妮知道。"

云楼狐疑地转过身子,把椅子推到雅筠的面前,雅筠坐了下来,说:

"我看到你屋里还有灯光,希望没有打扰你睡觉。"

"我没睡,我正在看书。"云楼说,坐在书桌旁边,"有什么事?"

"关于涵妮。"雅筠深深地锁起了眉头。

"涵妮?"云楼注视着雅筠。

"你有没有知道一点她的情形?"

"您是指她的病?我听翠薇说起一些。"云楼说,"我想她夸张了病情,应该不很严重吧?"

雅筠用一对沉痛而悲哀的眸子望着云楼，慢慢地摇了摇头。

"不，很严重，非常非常严重。"她的声音低而沉重，"她随时有失去生命的可能。"

"真的？"云楼问，觉得胃部起了一阵痉挛，"是什么病？"

"先天性的心脏血管畸形，这个病的学名叫肺动脉瓣膜狭窄。"

"肺动脉瓣膜狭窄。"云楼机械地重复了一遍这个名称，那是个多么拗口而又复杂的病名，他心中有些恍惚，涵妮，仅仅是个虚设的生命？随时都可能从这世界上隐没？他不相信，不能相信。"这病不能治疗吗？"他近乎软弱地问。

"如果仅仅是肺动脉瓣膜狭窄，我们可以尝试给她动心脏矫正的手术，虽然危险，却有希望治好。但是，"雅筠长长地叹息了一声，云楼可以看出她那属于母性的悲痛，和她肩上、心上、情感上的那层重重的负荷，"她的情况很复杂，她的右心室漏斗部狭窄，整个肺动脉瓣孔环也变狭窄，在心插管检查中显示出不宜动手术，因此，虽然在她童年我们就发现了她的病，一来那时的医学还不发达，二来也没有这个勇气尝试开刀，就只有用营养照护和药物来帮助她。等到我们想冒险开刀的时候，她已经不能开刀了……"她停顿了一下，眼睛里盛满了深重的忧愁。

"哦？"云楼询问地望着雅筠，那些医学名词对于他陌生而遥远，他一点也不懂，唯一懂得的事情，就是这些陌生的词将带走一条美好的生命！

"她的病情已经造成了严重的贫血，右心衰竭，而且引起了心内膜炎的并发症，她不能动手术，药物对她也没有太大的帮助。多年以来，我们对她的病，就只能希望奇迹出现了。"她望着云楼，悲哀地说，"你懂了吗？"

"这是残忍的。"云楼喃喃地说，深深地抽了口气，"她是那样一个美好的女孩。"

"唉！"雅筠无可奈何地叹了口气，"为了她，你不知道我们做父母的受了多少煎熬，子明还罢了，他是男人，男人总洒脱一点，他认了命。而我呢，我那么那么喜欢她，涵妮，她是我的宝贝！在她婴儿的时候，我抱着她，望着她娇娇嫩嫩的小脸，我说，我要她好好地长大，长成一个最美最快乐的女孩！结果……"她咽住了，一阵突来的激动，使她的语音哽塞，"这难道是我的命吗？是命中注定的吗？"

"或者，我们还能期望奇迹。"云楼由衷地说，期盼地说，"她现在不是还活得好好的吗？"

"对了，这就是我来看你的原因，"雅筠挺了挺背脊，一层希望的光芒又燃亮了她的眼睛，"五年前，医生就说她随时会死亡，可是，五年过去了，她还活着，假若能再延个五年、十年或十五年，说不定那时候的医药更进步了，说不定那时的心脏病已不再构成人类的威胁了，说不定根本就可以换个心脏了，那她的病就不成问题了。谁知道呢？科学进步这么快，许多以前我们认为不可能的事，现在都可能了，人类都已经向太空发展了，还有什么做不到的事呢？"

"是的，确实不错。"云楼应着，感染了雅筠那份属于母性的勇气。

"所以，我们目前最重要的一个问题，是让她好好地活下去。"雅筠深深地凝视着云楼，"是吗？"

云楼微蹙着眉梢，望着雅筠，她的眼神里有着一些什么，好像能不能让涵妮好好活下去的关键在他身上似的。

"当然。"他回答。

"涵妮不能受刺激，不能太兴奋，不能过劳，不能运动……这些都可以送掉涵妮的命，你明白吗？我们甚至不敢带她看电影，怕电影的情节刺激了她，不敢对她说一句责备或重话，怕会刺激她。她有时看了比较动人的、悲剧性的小说，都会不舒服，会胸口疼痛。我们只有小心翼翼地避免一切能触发她病的因素，让她的生命能延续下去。"

云楼注意地倾听着。

"所以……"雅筠突然有些碍口，似乎很难于措辞，"我必须请你帮助我们。"

"我能怎样帮忙？伯母？"云楼热心地问。

"是这样……是这样……"雅筠困难地说，"我们要让她避免一切感情上的困扰……"

"哦？"云楼紧紧地盯着雅筠，他有些明白了。

"换言之，"雅筠终于坦率地说了出来，"我希望你跟她疏远一点。"

云楼望着雅筠，雅筠的眼睛里含满了抱歉的、祈谅的、无奈的神情，这把云楼折服了。世上不可能有第二种爱能和母爱相比。

"您是不是担心得太早了一些？"他低低地说，"我和涵妮不过刚刚才认识一天。"

"未雨绸缪，"雅筠凄凉地微笑起来，"这是我一贯防备问题发生的办法。”

“不过，您认为您的方法对吗？”云楼深思地问，“您不认为她太孤独？友谊或者对她有益而无害？”

“友谊，是可能的。”雅筠慢慢地说，“可是，爱情就不然了。而友谊是很容易转变为爱情的。”

云楼感到一阵燥热，窗外没有风，天气是燠热的。

“您何以见得，爱情对她是有害的呢？”他问。

“世界上没有一份爱情里，是没有惊涛骇浪和痛苦的。”雅筠深沉地说，“而且，涵妮不能结婚。她不能过婚姻生活，也不能生儿育女。”

云楼站起身来，在室内走了一圈，然后他停在窗子前面。倚着窗子，他站了好一会儿，窗外的天空，璀璨的无数的星星，草里有着露光闪烁。他想起涵妮唱的歌：

> 我轻轻地倚在我的窗边，
> 看露光点点晶莹。
> 那夜莺，哦，那可爱的夜莺，
> 它诉说着你的事情。

他从心底深深地叹息了。回过身子，他面对着雅筠，许诺地说：

“您放心，伯母，我不会做任何伤害涵妮的事。”

雅筠注视着云楼，后者那张坚决的，而又充满了感情的脸那么深地撼动了她！她不由自主地站起身来，走到他面前去，用诚恳而热烈的语气说：

"你要知道，云楼，假若涵妮是个正常而健康的孩子，我真会用全心灵来期望你和她……"

"我了解的，伯母。"云楼很快地说，打断了雅筠没有说完的话，他用一对坦率而真诚的眼睛直视着雅筠，"我将尽量避免给你们家带来麻烦，或给涵妮带来不幸。"

雅筠从云楼眼里看出了真正的了解，她放心了。长长地叹了口气，她说：

"好了，我耽误了你不少时间，夜已经深了，你也该睡了，再见吧！"

"再见！伯母。"云楼送雅筠到了房门口。

打开房门，雅筠轻悄悄地退了出去，临时又回过头来，叮嘱了一句："还有，云楼，你别在涵妮面前露出口风来，这孩子至今还糊里糊涂地蒙在鼓里呢！"

"我知道，伯母。"

目送雅筠走了，他关上房门，靠在门上，他伫立了好一会儿。涵妮真的被蒙在鼓里吗？他想起昨夜和涵妮的谈话，她显然已略有所知了，噢，这样的生命岂不太苦！走到床边，他躺了下来，瞪视着天花板。和昨夜一样，了无睡意，雅筠的谈话完全混乱了他。到这时，他才懵懂地感觉到，他对涵妮竟有一份强烈的感情。他是不相信什么一见钟情这类话的，他讨厌一些小说家笔下安排的莫名其妙的爱情，可是，他拂不掉涵妮的影子！这个仅仅认识了一天的小女孩！这个随时会幻灭的生命！这个根本不能面对世界的少女！一种强烈的、悲剧性的感觉深深地铭刻进了他的心中。

"从明天起，我要离她远一点。真的，杨伯母是个聪明的女人！"

他想着，关掉灯，准备要睡了。但是，涵妮的面容浮了上来，充满在黑暗的空间，比雅筠来访前更生动、更鲜明、更清晰。

　　接连三天，孟云楼都是早出晚归，一来由于杨子明热心的建议，要让他在开学之前，好好地把台北附近的名胜地区玩一玩；二来由于翠薇自告奋勇的陪伴，拒绝女孩子总是件不礼貌的事；三来——这大概是最主要的原因——他想避开涵妮。于是，他和翠薇畅游了阳明山、碧潭、金山、野柳、北投、观音山等地，在香港，难得看到一点绿颜色的山野。这三天的畅游，倒也确实带给他相当的愉快。而且，翠薇是个好的游伴，她活泼、愉快、年轻，而又吸引游人的注意，所以，他们这一对很引起一些羡慕的眼光。云楼对这些眼光虽不在意，翠薇却有份下意识的满足。

　　每天倦游归来，往往都是晚饭以后了，所以，一连三天，云楼都几乎没有见到过涵妮。只有一天早上，她目送他和翠薇出门，坐在那儿，她安安静静地望着他们，什么话都没有说。当大门在云楼身后合拢的时候，云楼才怛恻地感到，这门里面关住了几许寂寞。

第四天的深夜，孟云楼突然被琴声惊醒了，那琴声从楼下清晰地传来，弹的是《匈牙利狂想曲第二号》，琴声急骤如狂风暴雨，弹奏的人显然心情凌乱，错了很多地方，竟连孟云楼都可以听出来。涵妮，她怎么了？云楼诧异地坐起身子，她的琴从来不像这样的，她不像是弹琴，倒像是在发泄什么地敲击着琴键。

这是涵妮吗？当然，这幢房子里不可能有第二个人在深夜时弹琴，而且，也只有涵妮能弹得这么好。她怎么了呢？她今夜为什么一反常态，不弹一些优美的小曲子？

孟云楼用了极大的克制力，制止自己想下楼的冲动，雅筠那天晚上对他说的话犹在耳边，他不能下去，他无法保证自己能够不对这苍白怯弱的小女孩用情，事实上，他已经对她动了感情，很深很深的。他必须躲避，躲得远远的，他不能再陷下去了，否则，涵妮没有怎样，他将感到痛苦了。痛苦，这两个字一进入到他思想中，他就猛然觉得心底抽过了一阵刺痛和酸楚。他无法分析这刺痛是怎么回事，倒回床上，他把头埋进枕头中，对自己说：

"睡吧！就当你没有听到这琴声！"

像是回答他的话，那琴声戛然而止了。他不禁吃了一惊，因为那曲子只弹了一半，涵妮从不会半途而废的。他竖起了耳朵，下意识地等待着那琴声继续下去，可是，再也没有了。这突然的沉寂比琴声更震动他，他睡不稳了，重新坐起身子，他侧耳倾听，没有脚步声，也没有人上楼的声音，涵妮在做什么？

沉默继续着，静，一切都那么静，听不到任何声音。他全神贯注地坐在床上，又倾听了好一会儿，沉寂充塞了整幢房子里。终于，他再也按捺不住了，翻身下了床，他找着自己的拖鞋，走到门边，他打开了房门。

他看到楼梯上的灯光，这证明楼下确实有人，刚刚的琴声不会是出自他的幻觉了。他无法制止自己强烈的好奇和不安，走出房门，他迅速地向楼下走去。

下了楼梯，他一眼看到涵妮了。涵妮，果然是涵妮，仍然穿着她那件白纱的睡袍，她坐在钢琴的前面，琴盖已经合了起来，她的头却伏在琴盖上面，一动也不动，像是睡着了，或是昏倒了。

"涵妮！"

孟云楼惊呼着，飞奔了过去。她昏倒了，发病了，还是——死神的手已伸过来了？他几乎是一跳就跳到了她的身边，用双手一把抓住她的胳膊，他蹲下身子恐慌地喊着：

"涵妮！涵妮！"

出乎意料地，她的头迅速地抬了起来，望着云楼，她蹙起眉头说：

"你吓了我一跳！"

"你才吓了我一跳呢！"云楼说，长长地吐出一口气来。可是，立即，一种新的惊吓又让他震动了，他看到涵妮那苍白而瘦小的面庞上，竟满是亮晶晶的泪痕，那长而黑的睫毛上，也仍然挂着晶莹的泪珠。

"涵妮！"他低喊，"怎么了，你？"

涵妮没有回答，只用一对楚楚可怜的眸子，呆呆地凝望着他，睫毛上的泪珠，映着灯光闪烁。

"涵妮！"他感到心中猛然充塞进了一股恻然的柔情，涵妮那孤独无助，而又泪眼凝咽的神情绞痛了他的神经，"你怎么了？

涵妮？谁欺侮了你？谁让你不高兴了？告诉我，涵妮！"他用充满了感情的口吻，诚挚地说着，他的手仍然紧握着她那瘦小的胳膊。

涵妮依然默默无语，依然用那对含泪含愁的眸子静静地瞅着他。

"你说话呀，涵妮！"云楼说，深深地凝视着她，带着不由自主的怜惜和关怀，"你为什么流泪？为什么一个人躲在这儿哭？"

涵妮的睫毛轻轻地闪动了一下，眼睑垂了下去，掩盖了那对乌黑的眸子。好半天，她重新扬起睫毛来，带着股畏缩的神情，望着云楼，终于低低地开了口：

"她又美、又好、又健康，是吗？"

"谁？"云楼困惑了一下。

"翠薇。"她轻轻、轻轻地说。

云楼猛地一震，他紧盯着面前这个女孩，她是为了这个而在这儿哭吗？他望着她，她的眼睛深幽幽地闪着泪光，她那小小的嘴唇带着轻微的颤动，她的神情是寂寞的、凄苦的，而又谦卑的。

"涵妮，"他轻唤着，感到自己的声音涩涩的，"没有人比你更美、更好，你懂吗？"

她可怜兮兮地摇摇头。

"我不懂。"她说，"我但愿有翠薇一半的活力。"

云楼看了她好一会儿，然后，他振作了一下，掏出手帕来，出于本能，他为她拭去了脸上的泪痕。然后，用故意的、轻快的口气说：

"你不要羡慕翠薇，涵妮。你有许许多多地方都比她强，你看，你能弹那么好的钢琴，能唱那么好的歌，她还要羡慕你呢！来吧，振作起来，弹一支曲子给我听听。还有，记住不要流泪，眼泪会伤害你的眼睛，你不知道你的眼睛有多美。"

涵妮望着他，一层红晕涌上了她的面颊。

"你在哄我。"她说。

"真的，不哄你。"他站起身来，倚在钢琴上面，"你不愿弹给我听？"

"愿意的！"她轻喊着，眼睛里闪着光彩，打开了琴盖，她仰着头望着他，"你要听什么？"

"《梦幻曲》。"他说，舒曼的这支曲子一直对他有极深的感染力，"多弹两遍，我喜欢听。"

她弹了起来，眼睛一直没有离开他的脸。她的手熟练地拂着琴键，那纤细的手指，在琴键上飞掠过去，带出一串串柔美的叮咚之声。她重复着《梦幻曲》，一遍又一遍，直到他不忍心地抓住了她那两只忙碌的小手。

"够了！"他叫，"你累了。"

"我不累。"她的眼睛清亮如水，而又热烈似火，一瞬也不瞬地盯着他，"我不累，如果你要听。"

他瞪视着她，好半天说不出话来。从没有一个女孩这样震动他，这样弄得他全心酸楚。

"我要你休息。"他说，声音喑哑，"你应该去睡觉，夜已经很深了，是不？去睡，好吗？"

"如果你要我去睡，我就去。"她说，像个听话的、要人赞美的孩子。

"我要你去，"云楼说，温柔地凝视着她，她那两只瘦小的手仍然停留在他的手掌中，"你知道，充足的睡眠可以使你强壮起来，强壮得像翠薇一样。"

"到那时候，你也带我出去玩？"她问，很孩子气的，带着满脸的期盼。

"一定！"他许诺地说。

"好的，那么我就去睡。"她顺从地站起身来，依依地把手从他掌中抽出来。合上了琴盖，她转过身子，真的向楼梯那儿走去。他情不自禁地跟着她到楼梯口，她忽然站住了，抬起头来看着他，低低地、急促地，而又祈求似的说："明天你不出去，好吗？"在他没回答以前，她又很快地说："我弹琴给你听，弹《梦幻曲》，很多遍、很多遍。好吗？"

他的心痉挛了一下，这女孩祈求的眸子使他悸动。

"好的。"他说，"我留在家里，听你弹琴。"

喜悦飞进了她的眼睛，她对他做了个非常可爱的笑容。这句话带给她的喜悦竟那么大、那么多，使他深深地为这一连几天的外出抱歉起来。她那样渴望着朋友啊！雅筠的方案是错误的。

"你真好！"她说，望着他的脸，好半天，她才掉转头，快乐地说，"我去睡了！"

她几乎是"奔"上了楼梯，脚步轻快而活泼，到了楼梯顶，她又站住了，回头对他含笑地摆了摆手，说：

"明天见！"

"明天见！"他也摆了摆手。

她走了。云楼关了灯，慢慢地走上楼，回到自己的卧房里。躺在床上，他又久久不能入睡。

早晨，当他下楼吃早餐的时候，很意外地，涵妮竟精神奕奕地坐在早餐桌旁。他们很快地交换了一瞥，也很快地交换了一个微笑。他觉得，他和涵妮之间有一种微妙的了解，所谓"心有灵犀一点通"也不过如此。涵妮的笑里包含了很多东西：期盼、快乐、欣慰，和一份含蓄的柔情。

"早啊，"他对涵妮说，"难得在早餐桌上看到你。你看来清新得像早晨的露珠。"

"我以后都要下楼来吃早餐。"涵妮微笑着说。

"算了，"雅筠说，"我宁愿你多睡一下呢！"

"早，"翠薇向云楼打着招呼，"今天的计划如何？"

"计划？"云楼愣了愣。

涵妮迅速地抬起头来望着云楼。

"我们可以去指南宫，"翠薇咬了一口鸡蛋，口齿不清地说，"那是一个大庙，包你喜欢。"

"不，今天不出去了，"云楼说，"今天我想留在家里。"他看了涵妮一眼，涵妮正低下头去，脸埋在饭碗上，在那儿悄悄地笑着。"连天出去跑，晒得太厉害，今天想在家里凉快凉快。"

"要凉快，我们去游泳，"翠薇心无城府地说，"去金山，姨父，您今天要用车吗？"

"假若你们要用，我可以让给你们一天，"杨子明笑着说，"不过，不许翠薇开，你没驾驶执照，让云楼开。"他望着云楼，"我相信你的驾驶技术。"

"好呵！"翠薇欢呼着，"云楼，你有游泳裤吗？没有的话，我们先去衡阳路买一件。"

微笑从涵妮的唇边迅速地隐没了，她的头垂得更低，阳光没有了，欢乐消失了，她轻轻地啜着稀饭，眼睛茫然地望着饭碗。

"不用了，"云楼很快地说，再看了涵妮一眼，"我今天哪儿都不想去，而且，我也要准备一下功课，马上就要开学了。杨伯伯，您还是自己用车子吧！"

翠薇惊奇地看了云楼一眼，困惑地锁起了眉头，云楼投给了她抱歉的一瞥。她笑笑，不再说话了。

杨子明看看云楼，没有说什么。他对于他们出不出去，并不怎么关心。涵妮的眼光从云楼脸上溜过去，微笑又飞进她的眼睛中，而且，莫名其妙地，她的脸红了，红得那么好看。云楼费了大力才把自己的眼光从涵妮脸上移开。雅筠放下了饭碗，她的敏感和直觉已经让她怀疑到了什么，看看涵妮，再看看云楼，她的眉峰轻轻地聚拢了。

饭吃完了，涵妮抛下了她的饭碗，径直走进客厅里，立即，云楼听到钢琴的声音，《梦幻曲》！琴声悠扬地在清晨的空气中播送。他不知不觉地走进了客厅，在沙发中坐了下来。涵妮回过头来，对他很快地微笑了一下，就又掉头奏着她的琴，她的手指生动而活泼地在琴键上移动。

雅筠也走过来了，坐在云楼的对面，她审视着面前这个男孩子。云楼，你错了！她想着，却说不出口。你竟不知道爱之适以害之，云楼，你这善良、多情而鲁莽的孩子，你错了！

云楼抬起眼睛来，和雅筠的眼光接触了，他无语地又垂下头去，他在雅筠眼中读出了询问和责备，他用手支着头，望着涵妮的背影，那单薄的、瘦弱的身子，那可怜兮兮的肩膀，那在琴键上飞掠着的小手……我只有这样做，他想。伤这个少女的心是件残忍的事！我不能伤她的心！我要帮助她、保护她，给她快乐，这些，是不会要她的命的！

一曲既终，涵妮转过身子来，她充满了喜悦和快乐的眸子在云楼脸上停留了片刻，云楼也用含笑的眸子回望着她，于是，她又转过身子，开始再一遍弹起《梦幻曲》来。

琴声抑扬而柔和地扩散，云楼专注地倾听着，显然心神如醉。雅筠呆呆地望着这一切，有什么事要发生了！有什么事要来临了！她恐惧地想着，仰首望向窗外的天空，她不知未来的命运会是怎样的。

第八章

　　云楼开学了，刚上课带来了一阵忙碌，接着就又空闲了下来。一年级的课程并不重，学的都是基本的东西，这些云楼是胜任的。每天除了上课以外，云楼差不多的时间都停留在家里，他没有参加很多课外活动，也不喜欢在外逗留，这，更严重地困扰了雅筠。

　　翠薇回家去住了，不知从何时开始，涵妮已不需要翠薇的陪伴了，她俩在一起，两人都无事可做，也无话可谈，显得说不出来地格格不入。翠薇走了，涵妮反而大大地松了一口气，好像摆脱了一份羁绊似的。

　　近来，雅筠时时刻刻都怀着心事，她常常在午夜惊醒，感到一阵心惊肉跳，也常常席不安枕，彻夜失眠。她总觉得有什么可怕的事要发生了，那隐忧追随着她，时时刻刻都不让她放松。她很快地憔悴了，苍白了。杨子明眼看着这一切的发展，常劝解地说：

"雅筠，你实在犯不着为了涵妮而糟蹋自己，你要知道，我们为这孩子已经尽了全力了。"

"我要她好好地活下去。"雅筠凄苦地说。

"谁不要她好好地活下去呢？"杨子明说，忧愁地看着雅筠，"但是你在我心中的分量比涵妮更重，我不要你为了她而伤了自己的身体。"

"你不喜欢她！"雅筠轻喊着，带着点神经质，"你一直不喜欢涵妮！"

"你这样说是不公平的，雅筠，"杨子明深蹙着眉说，"你明知道我也很关怀她，我给她请医生，给她治疗，用尽一切我能用的办法……"

"但是你并不爱她，我知道的。"雅筠失神地叹息了，"假若当初……"

"算了，雅筠，"子明打断了她，"过去的事还提它干吗？我们听命吧！看命运怎样安排吧！"

"我们不该把云楼留在家里住的，我知道有什么事要发生了！一定会发生！"

"留云楼住是你的意思，是不？"子明温和地说。

"是的，是我的意思，我本以为……我怎会料到现在这种局面呢！我一定要想办法分开这两个孩子！"

"你何不听其自然呢？"子明说，"该来的一定会来，你阻止也避免不了。你又焉知道恋爱对涵妮绝对有害呢？许多人力没有办法治疗的病症在爱情的力量下反而会不治而愈，这种例子也不少呀！"

"但是……但是……她根本不能结婚呀！而且，这太冒险……"

"让他们去吧！雅筠。"

"不行！你不关心涵妮，你宁可让她……"

"停住！雅筠！"子明抓住了雅筠的胳膊，瞪视着她，"别说伤感情的话，你明知道这孩子在我心中的分量，我们只有这一个女儿，是吗？我和你一样希望她健康，希望她活得好，是吗？如果有风暴要来临，我们要一起来对付它，是不是？我们曾经共同对付过许多风暴，是不是？别故意歪曲我，雅筠！"

"子明！"雅筠扑在子明肩上，含泪喊，"我那么担心！那么担心！"

"好吧，我和云楼谈谈，好不？或者，干脆让他搬到宿舍去住，怎样？"

"我不知道该怎么办，我只知道要阻止他们两个接近！"

"那么，这事交给我办吧，你能不能不再烦恼了？"

雅筠拭去了泪痕，子明深深地望着她，多少年了，涵妮的阴影笼罩着这个家，这是惩罚！是的，这是惩罚！雅筠，这比凌迟处死还痛苦，它在一点点地割裂着这颗母性的心。这是惩罚，是吗？多年以前，那个凌厉的老太太指着雅筠诅咒的话依稀在耳：

"你要得到报应！你要得到报应！"

这样的报应岂不太残忍！他想着，不由自主地打了个寒战。云楼、涵妮、雅筠……一些纷杂的思想困扰着他。是的，留云楼在家里住是不明智的事、很不明智的事，涵妮生活中几乎根本接触不到男孩子，她又正是情窦初开的年龄，万一坠入情网，就注定是个悲剧，绝不可能有好的结局，雅筠是对的。他想着，越想越可怕，越想越烦恼，是的，这事必须及时制止！

但是，人类有许许多多的事，何尝是人力所能制止的呢？杨子明还来不及对云楼说什么，爱神却已经先一步张起了它的弓箭了。

这天，云楼的课比较重，晚上又有系里筹备的一个迎新舞会，因此，他早上出门之后就没有再回杨家，晚上直接去参加了舞会。等到舞会散会之后，已经是深夜了。好在杨子明为了使他方便起见，给他配了一把大门钥匙，所以他不必担心回家太晚会叫不开门。从舞会会场出来，他看到满天繁星，街上的空气又那样清新，他就决定安步当车，慢慢地散步回去。

他走了将近一小时，才回到杨家。深夜的空气让他神清气爽，心情愉快。开了大门，他轻轻地吹着口哨，穿过花园，客厅的灯还亮着，谁还没睡？他愣了愣，涵妮吗？那夜游惯了的小女神？不会，他没有听到琴声。那么，是雅筠了？杨子明是一向早睡的。

轻轻推开客厅的门，他的目光先习惯性地扫向钢琴前面，那位子空着，涵妮不在。转过身子，他却猛地吃了一惊，在长沙发上，蜷卧着一团白色的东西，是什么？他走过去，看清楚了，那竟是涵妮！她蜷在那儿，已经睡着了，黑色的长发铺在一个红色的靠垫上，衬得那张小脸尤其苍白，睫毛静静地垂着，眉峰微蹙，似乎睡得并不很安宁。那件白色的睡袍裹着她，那样瘦瘦小小的，蜷在那儿像一只小波斯猫，楚楚动人的，可怜兮兮的。

云楼站在那儿，好长一段时间，就这样呆呆地看着她。刚刚从一个舞会回来，看到许多装扮入时的、活泼艳丽的少女，现在再和涵妮相对，他有种模糊的、不真实的感觉。涵妮，她像是不属于人间的，像是来自另一个世界的，浑身竟不杂一丝一毫的世俗味。

夜风从敞开的视窗里吹进来，拂动了她的衣衫和头发，她蠕动了一下，沙发那样窄，她显然睡得很不舒服。她的头侧向里面，发出一声长长的叹息。然后，忽然间，她醒了，张开了眼睛，她转过头，直视着云楼，有好几秒钟，她就直望着他，不动也不说话。接着，她发出一声轻喊，从沙发里直跳了起来。

"噢！你回来了！你总算回来了！"

云楼蹲下身子，审视着她，问："你怎么在这儿睡觉？为什么不在房里睡？当心吹了风又要咳嗽。"

"我在等你嘛！"涵妮说，大大的眼睛坦白地望着他，眼里还余存着惊惧和不安，"我以为你回香港去了，再也不回来了。"

"回香港？"云楼一愣，这孩子在说些什么？等他？等到这样三更半夜？涵妮，你多傻气！

"是的，妈妈告诉我，说你可能要回香港了。"她凝视着他，嘴唇微微地发着颤，她显然在克制着自己，"我知道，你准备要不告而别了。"

"杨伯母对你说的，我要回香港？"云楼惊问，接着，他立即明白了。他并不笨，他是敏感而聪明的，他懂得这句话的背后藏着些什么了。换言之，杨家对他的接待已成过去，他们马上会对他提出来，让他搬出去。为了什么？涵妮。必然的。他们在防备他。那天晚上，雅筠和他的谈话还句句清晰。为了保护涵妮，他们不惜赶他走，并且已经向涵妮谎称他要回香港了。他的眉头不知不觉地锁了起来，为了保护涵妮，真是为了保护涵妮吗？还是有其他的原因？

看到他紧锁的眉头和沉吟的脸色，涵妮更加苍白了。她用一只微微发热的手抓住了他。"你真的要走？是不是？"

"涵妮，"他望着她，那热切的眸子每次都令他心痛。他觉得很难措辞了，假若杨家不欢迎他，他是没有道理赖在这儿的。他可以去住宿舍，可以去租房子住，杨家到底不是他的家啊！"涵妮，"他再喊了一声，终于答非所问地说，"你该上楼睡觉了。"

"我不睡。"涵妮说，紧盯住他，盯得那么固执而热烈。然后，她的眼睛潮湿了，潮湿了，她的嘴唇颤抖着，猛然间，她把头埋进弓起的膝上的睡袍里，开始沉痛地啜泣起来。

"涵妮！"云楼吃惊了，抓住她的手臂，他喊着，"涵妮！你不要哭，千万别哭！"

"我什么都没有，"涵妮悲悲切切地说，声音从睡袍中压抑地透了出来，"你也要走了，于是，我什么都没有了。"

"涵妮！"云楼焦灼地喊着，涵妮的眼泪绞痛了他的五脏六腑，他迫切地说，"我从没说过我要走，是不是？我说过吗？我从没说过啊！"

涵妮抬起头来，被眼泪浸过的眼睛显得更大了、更亮了。她痴痴地望着他，说："那么，你不走了，是不？请你不要走，"她恳求地注视着他，"请不要走，云楼，我可以为你做许多事情，我弹琴给你听，唱歌给你听，你画画的时候我给你做模特儿，我还可以帮你洗画笔，帮你裁画纸，你上课的时候我就在家里等你回来……"

"涵妮！"他喊，声音哑而涩，他觉得自己的眼睛也湿了，"涵妮！"他重复地喊着。

"你不要走，"涵妮继续说，"记得你第一天来的时候，夜里坐在楼梯上听我弹琴吗？我那天弹琴的时候，你知道我在想些什么？我想，如果有个人能够听我弹琴，能够欣赏我的琴，能够跟我谈谈说说，我就再也没有可求的了。我愿意为他做一切的事情，为他弹一辈子的琴……我一面弹，就一面想着这些。然后，我站起身子，一回头，你就坐在那儿，坐在那楼梯上，睁大了眼睛看着我，我那么吃惊，但是我不害怕，我知道，你是神仙派来的，派给我的。我知道，我要为你弹一辈子琴了，不是别人，就是你！我多高兴，高兴得睡不着觉。哦，云楼！"她潮湿的眼睛深深地望着他，一直望到他内心深处去，"翠薇不能把你从我身边抢走，你是我的！这些天来，我只是为你生存着的，为你吃，为你睡，为你弹琴，为你唱歌……可是……可是……"她重新啜泣起来，"你要走了！你要不声不响地走了！为什么呢？我对你不好吗？爸爸妈妈对你不好吗？你——你——"她的喉咙哽塞，泪把声音遮住了，她无法再继续说下去，用手蒙住脸，她泣不成声。

这一篇叙述把云楼折倒了，他呆呆地瞪视着涵妮，这样坦白的一篇叙述，这样强烈的、一厢情愿的一份感情！谁能抗拒？谁生下来是泥塑木雕的？涵妮，她能把铁熔成水，冰化为火。涵妮，这不食人间烟火的女孩！他捉住了她的手，想把它从她脸上拉下去，但她紧按住脸不放。他喊着：

"涵妮！你看我！涵妮！"

"不！不！"涵妮哭着，"你好坏！你没有良心！你忘恩负义！你欺侮人！"

"涵妮！"他喊着，终于拉下了她的手，那苍白的小脸泪痕遍布，那对浸着泪水的眸子哀楚地望着他，使他每根神经都痛楚起来。雅筠的警告从窗口飞走了，他瞪着她，喃喃地说："涵妮，我不走，我永远不走，没有人能把我从你身边赶走了！"

她发出一声低喊，忽然用手抱住了他的脖子。他愣了愣，立即，有股热流窜进了他的身体，他猛地抱紧了她，那身子那样瘦、那样小，他觉得一阵心痛。干脆把她抱了起来，他站直身子，她躺在他的怀中，轻得像一片小羽毛，他望着她的脸，那匀匀净净的小脸，那热烈如火的眼睛，那微颤着的、可怜兮兮的小嘴唇。

"我要吻你。"他说，喉咙喑哑，"闭上你的眼睛，别这样瞪着我。"

她顺从地闭上了眼睛，于是，他的嘴唇轻轻地盖上了她的唇。好一会儿，他抬起了头，她的睫毛扬起了，定定地看着他，双眸如醉。

"我爱你。"他低语。

"你——？"她瞪着他，不解似的蹙起了眉，仿佛不知道他说的是什么。

"我爱你，涵妮。"他重复地说。

她仍然蹙着眉，愣愣地看着他。

"你懂了吗？涵妮，"他注视着她，然后一连串地说，"我爱你，我爱你，我爱你。"

她重新闭上眼睛，再张开来的时候，她的眼里又漾着泪，什么话都不说，她只是长长久久地看着他。

"你怎么了？你为什么不说话？"云楼问，把她放在沙发上，自己跪在她的面前，握着她的双手，"你怪我了吗？我不该说吗？我冒犯了你吗？"

"嘘！轻声一点！"她把一个手指头按在他的唇上，满面涌起了红晕，像做梦一般地，她低声地说，"让我再陶醉一下。你再说一遍好吗？"

"说什么？"

"你刚刚说的。"

"我爱你。"

这次，她的神志像是清楚了，她好像到这时才听清云楼说的是什么，她喊了一声，喊得那么响，他猜楼上的人一定都被惊醒了。"噢！云楼！"她喊着，"云楼！你不可以哄我，我会认真的呢！"

"哄你，涵妮？"云楼全心灵都被感情充满了，他热烈而激动地说，"我哄你吗，涵妮？你看着我，我像是开玩笑吗？我像是逢场作戏吗？我告诉你，我爱你，从第一夜在这客厅看到你的时候就开始了！连我自己都不相信我会有这样强烈而奔放的感情！涵妮、涵妮，我不能欺骗你，我爱你、爱你、爱你！"

"哦，"涵妮的手握住了胸前的衣服，她红晕的脸庞又变得苍白了，"我会晕倒，"她喘着气说，"我会高兴得晕倒！我告诉你，我会晕倒！"

说着，她的身子一阵痉挛，她的头向后仰，身子摇摇欲坠，云楼扶住了她，大叫着说：

　　"涵妮！涵妮！涵妮！"

　　但是，她的眼睛闭了下来，嘴唇变成了灰紫色，她再痉挛了一下，终于昏倒在沙发上了。云楼大惊失色，他抱着她，狂呼着喊：

　　"涵妮！涵妮！涵妮！"

　　一阵脚步响，雅筠像旋风一样冲下了楼梯，站在他们面前了。看到这一切，她马上明白发生了什么，冲到电话机旁边，她立即拨了李医生的号，一面对云楼喊着：

　　"不要动她，让她躺平！"

　　云楼昏乱地看着涵妮，他立即了解了情况的严重性，放平了涵妮的身子。他瞪着她，脑中一片凌乱的思潮，血液凝结，神思昏然。怎么会这样的呢？怎么会呢？他做错了什么？他那样爱她，他告诉她的都是他内心深处的言语，却怎么会造成这样的局面？

　　雅筠接通了电话，李大夫是涵妮多年的医师，接到电话后，答应立即就来。挂断了电话，雅筠又冲到云楼的面前，瞪视着云楼，她激动地喊着说：

　　"你对她做了些什么，你？"

　　"我？"云楼愕然地说，他已经惊慌失措，神志迷惘了，雅筠严重的、责备的语气使他更加昏乱。望着涵妮，他痛苦地说："我没料到，我完全没料到会这样！"

　　"我警告过你！我叫你离开她！"雅筠继续喊，眼泪夺眶而出，"你会杀了她！你会杀了她！"

杨子明也闻声而至，跑了过来，他先拿起涵妮的手腕，按了按她的脉搏，然后，他放下她的手，对雅筠安慰地说：

"镇静一点，雅筠，她的脉搏还好，或者没什么关系。云楼，你站起来吧！"

云楼这才发现自己还跪在涵妮的面前，他被动地站起身子，仍然傻愣愣地瞪视着涵妮。雅筠走过去，坐在涵妮的身边，她一会儿握握她的手，一会儿握握她的脚，流着泪说：

"我知道会出事，我就知道会出事！"抬起头来，她锐利地盯着云楼说："你这傻瓜！你跟她说了些什么？你这鲁莽的、不懂事的傻瓜！你何苦招惹她呢？你何苦？你何苦？"

云楼紧咬了一下牙，在目前这个局面之下，不是他申辩的时候，何况，他也无心于申辩，他全心都在涵妮身上。涵妮，你一定要没事才行，涵妮，我爱你，我没想到会害你！涵妮！涵妮！醒来吧！涵妮！

医生终于来了，李大夫是专门研究心脏病的专家，十几年来，他给涵妮诊断、治疗，因而与杨家也成了朋友。他眼见着涵妮从一个小姑娘长成个亭亭玉立的少女，对这女孩，他也有份父亲般的怜爱之情。尤其，只有他最清楚这女孩的身体情况，像风雨飘摇中的一点烛光，谁知道她将在哪一分钟熄灭？到了杨家，他立即展开诊断，还好，脉搏并不太弱，他取出了针药，给她马上注射了两针。雅筠在旁边紧张地问：

"她怎样？她会好吗？"

"没关系，她会好，"李大夫说，"她马上就会醒来，但是，你们最好避免让她再发病，要知道每一次昏倒，她都可能不再醒来了！"

"哦！"雅筠神经崩溃地用手蒙住脸，"我真不知该怎么办才好！我已经那么小心！我每天担心得什么事都做不下去。哦！李大夫，你一定要想办法治好她！你一定要想办法！"

"杨太太，镇静一点吧！还并没到绝望的地步，是不？"李大夫只能空泛地安慰着。

"我们还可以希望一些奇迹。给她多吃点好的，让她多休息，别刺激她，除了小心调护之外，我们没有别的办法。"他看着雅筠，可以看到她身心双方面的负荷，"还有，杨太太，你也得注意自己，你这样长时间地神经紧张会生病，我开一点镇静剂给你吧！"

"你确定涵妮现在没关系吗？"雅筠问。

"她会好的。"李大夫站起身来，看了看躺在那儿的涵妮，"给她盖点东西，保持她手脚的暖和，暂时别移动她。她醒来后可能会很疲倦。"李大夫这时才想起来，"怎么发生的？"

杨子明夫妇不约而同地把眼光落在云楼身上，云楼抬起眼睛来，看了杨子明一眼，他感觉到室内那种压力，一刹那，他觉得自己像个凶手，望着涵妮，他咬紧了牙，一种痛楚的、无奈的、委屈的感觉像潮水般汹涌而至。在这一瞬间，他面对的是自己的自尊、感情，和涵妮的生命。于是，他毅然地一甩头，说：

"杨伯伯，如果您认为我应该离开这儿，我可以马上就搬走！"

李大夫明白了。他们可以防止涵妮生病，可以增加她的营养，可以注意她的生活，却无法让她不恋爱！他叹了口气，上帝对它制造的生命都有良好的安排，这已不是人力可以解决的事情了。提起了医药箱，他告辞了。

杨氏夫妇送李大夫出了门，这儿，云楼脱下他的西装上衣，盖在涵妮的身上，他就坐在沙发旁边，凄苦地、哀愁地看着涵妮那张苍白的小脸。闭上眼睛，他低低地、默祷似的说：

"涵妮，我该怎么办？"

杨子明和雅筠折了回来，同一时间，涵妮呻吟了一声，慢慢地张开了眼睛。雅筠立即扑过去，握住了她的手，含着泪望着她，问：

"你怎样了？涵妮？你把我吓死了。"

涵妮扬起了睫毛，望着雅筠，她的眸子里闪过了一丝昏晕后的恍惚，接着，她就突然振奋了，她紧张地想支起身子来，雅筠按住她，急急地问：

"你干吗？你暂时躺着，不要动。"

"他呢？"涵妮问。

"谁？"雅筠不解地问。

但是，涵妮没有再回答，她已经看见云楼了。两人的眼光一旦接触，就再也分不开了。她定定地望着云楼，望得那样痴、那样热烈、那样长久。云楼也呆呆地看着她，他心中充满了酸甜苦辣，各种滋味，嘴里却一句话也说不出来，只能深深地凝视着她。好半天、好半天、好半天，他们两人就这样彼此注视着，完全忘记了这屋里除了他们还有其他的人，他们彼此看得呆了，看得傻了，看得痴了。杨子明夫妇目睹这一幕，不禁也看得呆了。

不知道过了多久，涵妮才轻轻地开了口，仍然望着云楼，她的声音低得像耳语：

"对不起，云楼，我抱歉我昏过去了。我要告诉你，我没有什么，只是太高兴了。"

云楼默然不语。

"你生气了吗？"涵妮担忧地说，"你不要生我的气，我以后不再昏倒了，我保证。"她说得那么傻气，但却是一本正经的，好像昏不昏倒都可以由她控制似的。

"你不要生气，好吗？"

"别傻，涵妮，"云楼的声音喑哑，带着点儿鲁莽，他觉得有眼泪往自己的眼眶里冲，"没有人会跟你生气的，涵妮。"

"那你为什么这样皱起眉头来呢？"涵妮问，关怀地看着他，带着股小心的、讨好的神情，"你为什么这样忧愁？为什么呢？"

"没有什么，涵妮。"云楼不得已地掉转了头，去看着窗外。他怕会无法控制自己，而在杨子明及雅筠面前失态。他的冷淡却严重地刺伤了涵妮。她惊疑地回过头来，望着雅筠。在他们对话这段时间内，雅筠早就看得出神了。

"妈，"涵妮喊着，带着份敏感，"你说他了，是吗？妈，我晕倒不是他的过失，真的。"她又热烈地望向云楼，"你不会走吧？"她提心吊胆地问，"你不会离开我吧，云楼？"

云楼很快地看了雅筠一眼，对于雅筠刚才对他那些严厉的责备，他很有些耿耿于怀，而且，这问题是难以答复的，他刚刚已对杨子明表示过离去的意思。他痛苦地看了看涵妮，狠下心来一语不发。

涵妮惊慌了，失措了。她一把抓住了雅筠的衣服，慌乱地说：

"妈，妈，他是什么意思？妈？妈？"她像个无助的孩子，碰到问题向母亲求救一般，紧揉着雅筠的衣服。

"他会留在这儿。"杨子明坚定地说，走上前去，把手按在涵妮的额上，"你好好地休息吧，我告诉你，他会留在这儿！"

"可是，他在生气呢！"涵妮带着泪说，"他不理人呢！"

云楼再也按捺不住了，大踏步地走上前去，他拂开了杨子明和雅筠，一下子跪在涵妮面前的地上，用双手捧住了她的脸，他深深地凝视着她，眼光里带着狂野的、不顾一切的热情，他急促地说：

"听着，涵妮，我会留在这里！我会永远跟你在一起！我会照顾你、爱你，不离开你！哪怕我带给你的是噩运和不幸！"

雅筠瞪大了眼睛，望着云楼，满脸冻结着恐慌和惊怖，仿佛听到的是死亡的宣判。

第九章

黎明来临了。

涵妮已经被送进卧室，在复病后的疲倦下睡着了。云楼也退回了自己的房间。坐在窗前的靠椅里，他看着曙色逐渐地染白了窗子，看着黎明的光亮一点点地透窗而入，他不想再睡了，脑中只是反复地想着涵妮。他不知道世界上有没有第二件类似的恋爱，那个被你深爱着的人，可能会因你的爱情而死。他几乎懊恼着爱上了涵妮，但是，一想起涵妮那份柔弱、那份孤独，和那份她丝毫不加以掩饰的热情，他就又觉得充满了对涵妮的痛楚的爱。涵妮，那是个多么特别的女孩！她的爱情那样专注、强烈和一厢情愿！一句温和的话都可以让她高兴致死，而一句冷淡的话却可以让她伤心致死！他怎能不爱上这女孩子呢！她能使铁石心肠者也为之泪下！

有人敲门，惊散了云楼的思绪，在他还没有答复之前，门开了，雅筠很快地走了进来。反手关上了房门，她靠在门上，眼光直视着云楼，用一种哀愁的、怨愤的语气说：

"云楼，你一定要置她于死地才放手吗？"

云楼跳了起来，他以坚定的眼光迎接着雅筠，觉得自己的血液在翻滚、沸腾。

"伯母！"他喊，"你这是什么话？"

"你不知道你在杀她吗？"雅筠急促地说，紧紧地盯着云楼的脸，"如果她再昏倒一次，天知道她还会不会醒来？云楼，你这是爱她吗？你这是在杀她！你知道吗？她不是一个正常的孩子，你别把你那些罗曼蒂克的梦系在她的身上！你要找寻爱情，到你的女同学身上去找，到翠薇身上去找！但是，你放掉涵妮吧！"

"伯母，"云楼激动了，有股怒气冲进了他的胸腔，"你说这话，好像你从没有恋爱过！"

雅筠一愣，云楼像是狠狠地打了她一棒，使她整个呆住了。是的，她的责备是毫无道理的事！这男孩子做错了什么？他爱上了涵妮，这不是他的过失呀！爱情原是那样不可理喻的东西，她有什么权力指责他不该爱涵妮呢？假若这样的爱是该被指责的，那么当初的自己呢？她昏乱了，茫然了，但是，母性保护幼雏的本能让她不肯撤退。她软化了，望着云楼，她的声音里带着乞求："云楼，我知道我不该责备你，但是，你忍心让她死吗？"

"伯母！"云楼愤然地喊，血涌进了他的脑子里，一夜未睡使他的眼睛里布满了红丝，"我要她活着！活得好！活得快乐！活着爱人也被人爱！您懂吗？爱情不是毒药！我不是凶手！"

"爱情是毒药！"雅筠痛苦地说，"你不了解的，你还太年轻！"

"伯母，"云楼深深地望着雅筠，紧锁着眉头说，"无论如何，你现在让我不要爱涵妮，已经太迟了！即使我做得到，涵妮会受不了！您明白吗？你一直不给我解释的机会，你知道今晚的事故是怎样发生的？你知道涵妮在楼下等我回来吗？你知道她如何哭着责备我要走吗？又如何求我留下来吗？伯母，您的谎言把我们拴起来了！你现在无法赶我走，我留下来，涵妮死不了，我走了，涵妮才真的会活不下去。你相信吗？"

雅筠注视着云楼，这是第一次，她正视他，不再把他看成一个孩子。他不是孩子了，他是个成熟的男人，他每句话都有着分量，他的脸坚决而自信。这个男人会得到他所要的，他是坚定不移的，他是不轻易退缩的。

"那么，"雅筠咬了咬牙，"你爱她？"

"是的，伯母。"云楼肯定地说。

"你真心爱她？"雅筠再逼问了一句。

"是的，伯母。"云楼迎视着雅筠的目光。

"你爱她什么地方？"雅筠追问，语气中带着咄咄逼人的力量，"她并不很美，她没有受过高深的学校教育，她有病而瘦弱，她不懂得一切人情世故，她不能过正常生活……你到底爱她什么地方？"

"她美不美，这是个人的观点问题，美与丑，一向都没有绝对的标准，在我眼光里，涵妮很美。"云楼说，"至于其他各点，我承认她是很特别的，"望着雅筠，他深思地说，"或者，我就爱她这一份与众不同。爱她的没有一些虚伪与矫饰，爱她的单纯，爱她的稚弱。"

"或者，那不是爱，只是怜悯。"雅筠继续盯着他，"许多时候，爱与怜悯是很难分野的。"

"怜悯中没有渴求与需要，"云楼说，"我对她不只有怜惜，还有渴求与需要。"

"好吧！"雅筠深吸了口气，"你的意思是说你爱定了她，绝不放弃，是吗？"

"是的，伯母。"云楼坚决而有力地回答。

"你准备爱她多久呢？"

"伯母！"云楼抗议地喊，"您似乎不必一定要侮辱我，恕我直说，您反对我和涵妮恋爱，除了涵妮的病之外，还有其他的原因吗？"他的句子清晰而有力地吐了出来，他的目光也直视着雅筠，那神情是坚强、鲁莽，而略带敌意的。

雅筠再一次被他的话逼愣了，有别的原因吗？或者也有一些，她自己从没有分析过。经云楼这样一问，她倒顿时有种特别的感觉。看着云楼，这是个可爱的男孩子，这在她第一次见他的时候就发现了，如果有别的原因，就是她太喜欢他了。她曾觉得他对涵妮不利，事实上，涵妮又焉能带给他幸福与快乐？这样的恋爱，是对双方面的戕害，但是，在恋爱中的孩子是不会承认这个的，他们把所有的反对者都当作敌人。而且，压力越大，反抗的力量越强。她明白自己是完全无能为力了。

"你不用怀疑我，"她伤感地说，"我说过，假若涵妮是个健康而正常的孩子，我是巴不得你能喜欢她的。"凝视着云楼，她失去了那份咄咄逼人的气势，取而代之的，是一份软弱的、无力的感觉。"好了，云楼，我对你没什么话好说了，既然你认为你对涵妮的感情终身不会改变，那么，你准备娶她吗？"

"当我有能力结婚的时候，我会娶她的。"云楼说。

"可是，她不能结婚，我告诉过你的。"

"但是，您也说过，她的病有希望治好，是不？"云楼直视着雅筠。

"你要等到那一天吗？"雅筠问，"等到她能结婚的时候再娶她？"

"我要等。"

"好，"雅筠点了一下头，"如果她一辈子不能结婚呢？"

"我等一辈子！"

"云楼，"雅筠的目光非常深沉，语气郑重，"年轻人，你对你自己说的话要负责任，你知道吗？你刚刚所说的几个字是不应该轻易出口的，你可能要用一生来对你这几个字负责，你知道吗？"

"我会对我的话负责，你放心。"云楼说，坦率地瞪着雅筠，带着几分恼怒。

雅筠慢慢地摇了摇头，还说什么呢？儿孙自有儿孙福，莫为儿孙做马牛！一切听天由命吧！转过身子，她打开了房门，准备出去。临行，她忽然又转回身子来，喊了一声：

"云楼！"

云楼望着她，她站在那儿，眼中含满了泪。

"保护她，"她恳求似的说，"好好爱她，不要伤害她，她像一粒小水珠一样容易破碎。"

"伯母，"云楼脸上的怒意迅速地融解了，他看到的是一个被哀愁折磨得即将崩溃的母亲，"我会的，我跟您一样渴求她健康快乐。您如果知道我对她的感情，您就能明白，她的生命也关乎着我的生命。"

雅筠点了点头，她的目光透过了云楼，落在窗外一个虚空的地方。窗外有雾，她在雾里看不到光明，看得到的只是阴影与不幸。

"唉！"她长叹了一声，"也罢，随你们去吧。但是，写信告诉你父亲，我不相信他会同意这件事。"

雅筠走了。云楼斜倚着窗子，站在那儿，看着阳光逐渐明朗起来，荷花池的栏杆映着阳光，红得耀眼。写信告诉你父亲！父亲会同意这事吗？他同样地不相信！但是，管他呢！目前什么都不必管，来日方长，且等以后再说吧！

阳光射进了窗子，室内慢慢地热了起来，他深呼吸了一下，到这时才觉得疲倦。走到床前，他和衣倒了下去，伸展着四肢，他对自己说，我只是稍微躺一躺。他有种经过了一番大战似的感觉，说不出来地松散，说不出来地乏力。杨伯母，你为什么反对我？他模糊地想着，我有什么不好？何以我一定会给涵妮带来不幸？何以？何以？涵妮、涵妮……脑中的所有句子都化成了涵妮、无数个涵妮，他合上眼睛，睡着了。

他睡得很不安稳，一直做噩梦，一忽儿是涵妮昏倒在地上，一忽儿是雅筠指责着说他是凶手，一忽儿又是父亲严厉的脸，责备他在台湾不务正业……他翻腾着，喘息着，不安地蠕动着身子，嘴里不住地、模糊地轻唤：

"涵妮，涵妮。"

一只清凉的小手按在他的额上，有人用条小手帕拭去了他额上的汗珠，手帕上带着淡淡的幽香，他陡地清醒了过来，睁大了眼睛，他一眼看到了涵妮！她坐在床前的一张椅子里，膝上放着一本他前几天才买回来的《纳兰词》，显然她已经在这儿坐了好一会儿了。她正俯身向他，小心翼翼地为他拭去汗珠。

"涵妮！"他喊着，坐起身来，"你怎么在这儿？"

"我来看你，你睡着了，我就坐在这儿等你。"涵妮说，脸上带着个温温柔柔、恬恬静静的笑，"我是不是把你吵醒了？你一直说梦话，出了好多汗。"

"天气太热了。"云楼说，坐正了身子。一把抓住了涵妮的小手，他仔细地审视她："你好了吗？怎么就爬起来了？你应该多睡一下。"

她怯怯地望着他，羞涩地笑了笑。

"我怕你走了。"她说。

"走了？走到哪儿？"

"回香港了。"

"傻东西！"他尽量装出呵责的口吻来，"你居然不信任我，嗯？"

她从睫毛底下悄悄地望着他，脸上带着更多的不安和羞涩，她低低地说：

"不是不信任你，我是不信任我自己。"

"不信任你自己？怎么讲？"

"我以为……我以为……"她吞吞吐吐地说着，脸红了，"我以为那只是我的一个梦，昨天晚上的事都是一个梦，我不大敢相信那是真的。"

云楼用手托起了她的下巴，他凝视着她，凝视得好长久好长久。然后，他轻轻地凑过去，轻轻地吻了她的唇，再轻轻地把她拥在胸前。他的嘴贴在她的耳际，低声地、叹息地说：

"你这个古怪的小东西，你把我每根肠子都弄碎了。你为什么爱我呢？我有哪一点值得你这么喜欢，嗯？"

涵妮没有说话。云楼抬起头来，他重新捧着她的面颊，深爱地、怜惜地看着她。

"嗯？为什么爱我？"他继续问，"为什么？"

"我也不知道。"涵妮幽幽地说，深湛似水的眸子静静地望着他，"我就是爱你，爱你——因为你是你，不是别人，就是你！"她词不达意，接着，却为自己的笨拙而脸红了。

"我说得很傻，是不是？你会不会嫌我笨？嫌我——什么都不懂！"

"这就是你可爱的地方，"云楼说，手指抚摸着她的头发，"你这么可爱，从头到脚。你的头发，你的小鼻子，你的嘴，你的一切的一切。"他喘息，低喊："啊！涵妮！"他把头埋在她胸前，双手紧揽着她，声音压抑地从她胸前的衣服里透出来，"你使我变得多疯狂啊！涵妮！你一定要为我活得好好的！涵妮！"

"我会的，"涵妮细声地说，"你不要害怕，我没有怎么样，只是身体弱一点，李大夫开的药，我都乖乖地吃，我会好起来，我保证。"

云楼看着她，看着那张被爱情燃亮了的小脸，那张带着单纯的信念的小脸。忽然，他觉得心中猛烈抽搐了一下，说不出来有多疼痛。他不能失去这个女孩！他绝不能！闭了一下眼睛，他说：

"记住，你跟我保证了的！涵妮！"

"是的，我保证。"涵妮微笑着，笑得好甜、好美、好幸福，"你变得跟我一样傻了。"她说，揉着他那粗粗的头发，"我们下楼去，好吗？屋里好热，你又出汗了。下楼去，我弹琴给你听。"

"我喜欢听你唱歌。"

"那我就唱给你听。"

他们下了楼，客厅里空无一人，杨子明上班去了，雅筠也因为连夜忙碌，留在自己的卧室里睡了。客厅中笼罩着一室静悄悄的绿。世界是他们的。

涵妮弹起琴来，一面弹，一面轻轻地唱起一支歌：

> 我怎能离开你，
> 我怎能将你弃，
> 你常在我心头，
> 信我莫疑。
> 愿两情长相守，
> 在一处永绸缪，
> 除了你还有谁，
> 和我为偶。
> 蓝色花一丛丛，
> 名叫作勿忘我，
> 愿你手摘一枝，
> 永佩心中。

花虽好有时死，
只有爱能不移，
我和你共始终，
信我莫疑。
愿今生化作鸟，
飞向你暮和朝，
将不避鹰追逐，
不怕路遥。
遭猎网将我捕，
宁可死傍你足，
纵然是恨难消，
我亦无苦。

第十章

云楼刚刚把钥匙插进大门的锁孔里，大门就被人从里面豁然打开，涵妮那张焦灼的、期待的脸庞立刻出现在门口。云楼迅速地把双手藏在背后，用带笑的眼光瞪视着涵妮，嘴里责备似的喊着说：

"好啊！跑到院子里来晒太阳！中了暑就好了！看我告诉你妈去！"

"别！好人！"涵妮用手指按在嘴唇上，笑容可掬，"你迟了二十分钟回家，我等得急死了！"她看着他，"你藏了什么东西？"

"闭上眼睛，有东西送你！"云楼说。

涵妮闭上了眼睛，微仰着头，睫毛还在那儿扇啊扇的。云楼看着她，忍不住俯下身子，在她唇上飞快地吻一下。涵妮张开眼睛来，噘噘嘴说：

"你坏！就会捉弄人！"

"进屋里去，给你一样东西！"

进到屋子里，涵妮好奇地看着他。

"你在捣什么鬼？"她问，"你跑过路吗？脸那么红，又一头的汗。"

"坐下来，涵妮！"

涵妮顺从地坐在一张躺椅中，椅子是坐卧两用的，草绿色的椅套。涵妮这天穿了件浅黄色的洋装，领口和袖口有着咖啡色的边，坐在那椅子里，说不出来地柔和和飘逸，云楼目不转睛地瞪着她，感叹地喊："啊，涵妮，你一天比一天美！"

"你取笑我！"涵妮说，悄悄地微笑着，一份羞涩的喜悦染红了她的双颊，"你要给我什么东西呢？"

云楼的手从背后拿到前面来了，出乎意料地，那手里竟拎着一个小篮子。涵妮瞪大了眼睛，惊异地瞧着，不知道云楼葫芦里卖的什么药。接着，她的眼睛就瞪得更大了，因为，云楼竟从那篮子里抱出一只白色长毛的、活生生的、纯种京巴来。那小狗周身纯白，却有一个小黑鼻头和一对滚圆的、乌溜溜转着的小黑眼珠，带着几分好奇似的神情，它侧着头四面张望着，却乖乖地伏在云楼手上，不叫也不挣扎。那白色的毛长而微卷，松松软软的，看起来像个玩具狗，也像个白色的绒球。涵妮惊呼了一声，叫着说：

"你哪儿弄来的？我生平没看过比这个更可爱的东西！"

"我知道你会喜欢！"云楼高兴地说，把那只小狗放在涵妮的怀里，涵妮立即喜悦地抱住了它，那小狗也奇怪，到了涵妮怀里之后，竟嗅了嗅涵妮的手，伸出小舌头来，舔了舔她，然后就伏在涵妮身上，伸长了前面两个爪子，把头放在爪子上，蛮惬意地睡起觉来了。涵妮高兴得大叫了起来：

"它舔我！它舔我呢！你看，云楼！你看它那副小样子！它喜欢我呢！你看，云楼，你看呀！"

"它知道你是它的主人。"云楼笑着说。

"我是它的主人！"涵妮喘了口气，"你是说，我可以养它吗？我可以要它吗？"

"当然啦！"云楼望着涵妮那副高兴得不知怎样才好的样子，禁不住也沾染了她的喜悦，"我原是买了来送给你的呀！这样，当我去上课的时候，你就有个伴了，你就有事做了！不会寂寞了，是不是？"

"哦，云楼，"涵妮紧抱着那只小狗，眼睛却深深地瞅着云楼，"你怎么对我这样好！你怎么对我这样好呢！你什么事都代我想到了，你一定会惯坏我的，真的！"她闪动的眼里有了泪光，"哦！云楼！"

"好了，别傻，涵妮！"云楼努力做出苛责的样子来，因为那多情而易感的孩子显然又激动了，"快一点，你要帮它想一个名字，它还没名字呢！"

"我帮它想名字吗？"涵妮低着头，抚弄着那只小狗，又侧着头，看看窗外，一股深思的神情。那正是黄昏的时分，落日的光从视窗透了进来，在涵妮的鼻梁上、额前、衣服上和手上镶上了一道金边。她抱着狗，满脸宁静的、温柔的表情，坐在那落日余晖之中，像一幅画，像一首诗，像一个梦。

"我叫它洁儿好吗？它那么白，那么干净，那么纯洁。"涵妮说，征求地看着云楼。

云楼的心思在别的地方，瞪视着涵妮，他嚷着说：

"别动，就这个样子！不要动！"

抛下了手里的书本，他转身奔上楼去，涵妮愕然地看着他，不知他在忙些什么。只一会儿，云楼又奔了下来，手里拿着画架和画笔。站在涵妮面前，他支起了画架，钉上了画布，他说：

"你别动，我要把你画下来！"

涵妮微笑着，不敢移动，她怀里的小狗也乖乖地伏着，和它的主人同样地听话。云楼迅速地在画布上勾画着，从没有一个时刻，他觉得创作的冲动这样强烈地奔驰在他的血管中。涵妮那副姿态、那种表情，再加上黄昏的光线的陪衬，使他急切地想把这一刹那的形象抓住。他画着，画着，画得那么出神和忘我，直到光线暗了，暮色慢慢地游来了，小狗也不耐烦地蠕动了。

"乖，"涵妮悄悄地对小狗说着话，"别动，洁儿，我们的云楼在画画呢！乖，别动，等会儿冲牛奶给你吃，乖啊！洁儿。"

雅筠从楼上下来了，看到这一幕，她吃了一惊。

"你们在干吗？"

"嘘！"涵妮说，"他在画画呢！"

光线已经不对了，云楼抛下了画笔。

"好了，休息吧。"他笑了笑，走到涵妮面前，俯身望着她，"累了吗？我不该让你坐这样久！"

"不累，"涵妮站了起来，"我要看你把我画成什么样子！"抱着小狗，她站到画架前面。那是张巨幅油画，虽然只勾了一个轮廓，却是那么传神、那么逼真，又那么美！涵妮喘了口气："你把我画得太美了，我没有这样美！"

雅筠也走了过来，开了灯，她审视着这张画。她对艺术一向不是外行，看了这张起草的稿子，她已经掩饰不住心中的赞美，这会成为一张杰出的画，一个艺术家一生可能只画出一张的那种画！画的本身不止乎技巧，还有灵气。

"很不错，云楼。"她由衷地说。

"我们明天再继续。"云楼笑着，把画笔浸在油中，收拾着那一大堆乱七八糟的油彩。"你快去喂饱你的洁儿吧，它显然饿极了。"

涵妮捧起小狗来，给雅筠看，笑着说：

"妈！你看云楼送给我的！不是世界上最可爱的一只小狗吗？"

雅筠望着那个美丽的小动物，心中有点讶异，怎么自己就从没有想起过让涵妮养个小动物呢？

"是的，好可爱！"雅筠说。

"我带它去厨房找吃的！"涵妮笑着，抱着小狗到厨房里去了。

这儿，雅筠和云楼对视了一眼，自从上次他们谈过一次话之后，雅筠和云楼之间就一直有种隔阂，有一道墙，有一道鸿沟，有一段距离。这是难以弥补的，雅筠深深了解，在一段恋爱中扮演阻挠者是多可恶的事！她不由自主地叹息了一声。

"伯母，"云楼警觉地看了看雅筠，"您不必太烦恼，过去一个月以来，涵妮的体重增加了一公斤。"

"我知道，"雅筠说，深深地注视着云楼，"或者你是对的，对许多病症，医药是人力，爱情却是神力！"

云楼笑了。抬起画架，他把它送进楼上自己的房间中，再回来收拾了画笔和水彩。涵妮从厨房里跑出来了，她身后紧跟着洁儿，移动着肥肥胖胖的小脚，那小东西像个小白球般在地毯上滚动。涵妮一边跑着，一面笑不可抑，她冲到云楼身边，抓着云楼的手说：

"你瞧它，它跟我跑，我到哪儿它就到哪儿！"

云楼凝视着涵妮那张白皙柔润的脸庞，咳了一声，清清喉咙说：

"唔，我想我不该弄这个小狗来给你！"

"怎么？"涵妮惊愕地问。

"我已经开始跟它吃醋了。"云楼一本正经地说。

"哦！"涵妮轻喊，脸红了。扬起睫毛，她的眼睛天真而生动地盯着云楼，她小小的手划着云楼的脸，从云楼的眉毛上划下来，落在他脸上，落在他唇边拉长了的嘴角上，落在他多日未剃胡子的下巴上。她的声音娇娇柔柔地响了起来："哦！你常说我傻，我看，你比我还傻呢！"

雅筑悄悄地退出了房间，这儿是一对爱人的天地，这两个年轻人都是在任何场合中，绝不掩饰他们的情感的。她退走了。把世界留给他们吧。

云楼一把抓住了涵妮的小手。他看到雅筑退走了。

"你在干吗？"

"我要把你脸上这些皱纹弄弄平，"涵妮说，抽出手来，继续在他眉心和唇角处划着，"好人，别皱眉头啊，好人，别垮着脸啊！"

她的声音那样软软的、那样讨好的、那样哄孩子一般的，云楼忍不住扑哧一声笑了。再捉住了她的手，他把她一拉，她就整个倾倒在他怀里了。他们两人都笑着，笑得好开心，她倒在他怀中，头倚着他的胳膊，一直咯咯地笑个不停。云楼紧揽住她，瞪视着她那娇柔的脸庞，笑从他唇边消失了，他的下巴贴着她的额，他说：

"别笑了！"

她仍然在笑，他说：

"我要吻你了！"

她依然在笑，于是他把她抱到沙发上，让她躺下来，他贴上去，一下子用唇堵住了那爱笑的小嘴，她的胳膊揽住了他的脖子。他吻她，缠绵地，热烈地，细腻地。她喘不过气来了，挣开了他的怀抱，她笑着说：

"我要窒息了。"

他在沙发前的地毯上躺了下来，拖了一个靠垫枕着头，她伏在沙发上，从上面望着他。洁儿跑过来了，好奇地用肥胖的小爪子拨了拨云楼的头发。涵妮又笑了起来，笑得好开心好开心。用手抚弄着云楼那满头乱发，她说：

"你该理发了。胡子也不剃，你把艺术家不修边幅的劲儿全学会了。"

云楼仰望着她，她的头伸在沙发外面，长发垂了下来，像个帘子，静幽幽地罩着一张美好的脸庞。他伸手碰碰她的面颊，说：

"涵妮！"

"嗯？"她轻轻地答应了一声。

"我好爱你。"他说。

她望着他，面颊贴在沙发的边缘上，笑意没有了，她的手抚摸着他的衣领，她那乌黑的眼珠深沉而迷蒙地望着他。好半天，她才低声地说：

"云楼，答应我一件事。"

"什么？"

"带我去医院，好好地检查一次。"

"涵妮？"他一惊，愕然地瞪着她。

"我要知道我到底怎么了。"她说，"我要把那个病治好。"她凝视着他，"我不要死，云楼，我要为你而活着。"

云楼咬了一下牙，他的手停在她的下巴上。

"谁说你有病？"他掩饰地问，"你不是好好的吗？只是生来就身体弱，有点贫血，你要多吃一点，多休息，就会慢慢地好起来，你知道吗？"

她摇了摇头。

"不是的，你们在瞒我，我知道。"她的目光搜索地望进他的眼底，"云楼，我以前对生死并不怎么在意，我很早就知道我有病，但是，我想，生死有命，我活着，是给父母增加负担，我并不快乐，我寂寞而孤苦，死亡对我不是件很可怕的事。但是，现在不同了，我要为你而活着，我要跟你过正常的生活，我不要你因为我而整天关在家里，我要嫁给你，我要……"她毫不畏缩地、一口气地说了出来，"给你生儿育女。"

云楼呆住了。涵妮这一串话引起他内心一阵强大的震动。自从和涵妮恋爱以来，他一直对涵妮的病避讳着，他不敢去想，也拒绝去想这个问题。现在，涵妮把它拉到眼前来了，这刺痛了他。

"别胡思乱想，涵妮，"他强忍着内心的一股尖锐的痛楚，勉强地说，"我告诉你你很好，你就不要再乱想吧！等我毕业了，等我有了工作，我们可以结婚，到那时候，你的身体也好了……"他忽然说不下去了，一种不幸的预感使他战栗了一下，他坐起身子来，天知道！这些会是空中楼阁的梦话吗？望着涵妮，他喊："涵妮！"

涵妮看着他，然后，她也坐起身子，一把抱住了他的头，她揉着他的头发，温和地、带笑地说：

"好了，好了，我们不谈这个。再谈你要生气了！"推开他的身子，她打量着他，皱了皱眉。"你为什么又垮着脸了？来！洁儿！"她俯身从地上抱起洁儿，把它放到云楼的眼前，嬉笑地说，"洁儿，你看他把眉头皱起来，多难看啊！你看他垮着一张脸，好凶啊！你看他把嘴唇拉长了，像个驴子……"

"涵妮！"云楼喊着，把小狗从她手上夺下，放到地板上去。他一把抱紧了她，抱得那么紧，好像怕她会飞了。他沉痛地喊着："听着！涵妮！你会活得好好的，会跟我生活一辈子，会……"他说不下去了，捧着她的脸，他战栗地望着她，"涵妮！"

她笑着，笑得好美好甜。

"云楼，当然我会的。"她做出一副天真的表情来，"你干吗这样瞪着我呀！"

"我爱你，涵妮，你不知道有多深。"他近乎痛苦地说。

"我知道。"她迅速地说，不再笑了，她深深地望着他，"别烦恼，云楼，我告诉你一句话：活着，我是你的人；死了，我变作鬼也跟着你!"

　　"涵妮!"他喊着,"涵妮、涵妮、涵妮!"他吻着她,她的头发、她的额、她的面颊、她的唇。他吻着,带着深深的、战栗的叹息:"涵妮!"

第十一章

推开了云楼的房门，涵妮轻悄悄地走了进去，一面回头对走廊里低喊：

"洁儿！到这儿来！"

洁儿连滚带爬地奔跑了过来，它已经不再是一只可以抱在怀里的小狗了，两个月来，它长得非常之快，足足比刚抱来的时候大了四五倍。跟在涵妮脚下，他们一起走进云楼的房间。这正是早上，窗帘垂着，房里的光线很暗，云楼睡在床上，显然还高卧未醒。涵妮站了几秒钟，对床上悄悄地窥探着，然后，她蹲下身子来，对洁儿警告地伸出一个手指，低声地说：

"我们要轻轻地，不要出声音，别把他吵醒了，知道吗？"

洁儿从喉咙里哼了几声，像是对涵妮的答复。涵妮环室四顾，又好气又好笑地对洁儿挤了挤眼睛，叹息地说：

"他真乱，不是吗？昨天才帮他收拾干净的屋子，现在又变成这样了！他可真不会照顾自己啊，是不是？洁儿？"

真的，房间是够乱的，地上丢着换下来的袜子和衬衫，椅背上搭着毛衣和长裤，桌子上画纸、铅笔、油彩、颜料散得到处都是。墙角堆着好几张未完成的油画。在书桌旁边，涵妮那张巨幅的画像仍然竖在画架上，用一块布罩着。涵妮走过去，掀起了那块布，对自己的画像看了好一会儿，这张画像进展得很慢，但是，现在终于完工了。画像中的少女，有那么一份柔弱的、楚楚可人的美，脸上带着一种难以描述的、超凡的恬静。涵妮叹了口气，重新罩好了画，她俯身对洁儿说：

"他是个天才，不是吗？他是世界上最伟大的画家！不是吗？"

走到桌边，她开始帮云楼收拾起桌子来，把画笔集中在一块儿，把揉皱了的纸团丢进字纸篓，把颜料收进盒子里……她忙碌地工作着，收拾完了桌子，她又开始整理云楼的衣服，该收的挂进了衣橱，该穿的放在椅子上，该洗的堆在门口……她工作得勤劳而迅速，而且，是小心翼翼的、不出声息的，不时还对床上投去关怀的一瞥。接着，她发现洁儿叼着云楼的一条领带满屋子乱跑，她跑了过去，抓着洁儿，要把领带从它嘴里抽出来。

"给我！洁儿！"她轻斥着，"别跟我顽皮哩！洁儿！快松口！"

洁儿以为涵妮在跟它玩呢，一面高兴地摇着尾巴，一面紧叼着那条领带满屋子乱转，喉咙里还不住发出呜呜的声音。涵妮追逐着它，不住口地叫着：

"给我呀！洁儿！你这顽皮的坏东西！你把领带弄脏了！快给我！"

她抓住领带的一头，死命地一拉，洁儿没叼牢，领带被拉走了，它开始不服气地叫了起来，伏在地上对那条领带猖猖狂吠，仿佛那是它的敌人一般。涵妮慌忙扑了过去，一把握住了洁儿的嘴巴，嘴里喃喃地、央告似的低语着：

"别叫！别叫！好乖，别叫！你要把他吵醒了！洁儿！你这个坏东西！别叫呀！"

一面说着，她一面担忧地望向床上。云楼似乎被惊扰了，可是，他并没有醒，翻了一个身，他嘴里模糊地唔了一声，又睡着了。涵妮悄悄地微笑起来，对着洁儿，她忍俊不禁地说：

"瞧！那个懒人睡得多香呀！有人把他抬走他都不会知道呢！"

站起身来，她走到床边，用无限深爱的眸子，望着云楼那张熟睡的脸庞，他睡着的脸多平和呀！多宁静呀！棉被只搭了一个角在身上，他像个孩子般会踢被呢！也不管现在是什么季节了，中秋节都过了，夜里和清晨是相当凉的呢！她伸出手去，小心地拉起了棉被，轻轻地盖在他的身上。可是，突然间，她的手被一把抓住了，云楼睁开了一对清醒的眼睛，带笑地瞪视着她，说：

"那个懒人可真会睡呀！是不是？有人把他抬走他都不知道呢！"

涵妮吃了一惊，接着就叫着说：

"好呀！原来你在装睡哄我呢！你实在是个坏人！害我一点声音都不敢弄出来！你真坏！"说着，她用拳头轻轻地捶击着他的肩膀。

他笑着抓住了她的拳头，把她拉进了怀里，用手臂圈住她，他说：

"我的小妇人，你忙够了吗？"

"你醒了多久了？"涵妮问。

"在你进房之前。"

"哦！"涵妮瞪着他，"你躺在那儿，看我像个傻瓜似的踮着脚做事，是吗？"

"我躺在这儿，"云楼温柔地望着她，"倾听着你的声音、你的脚步、你收拾屋子的声音、你的轻言细语，这是享受，你知道吗？"

她凝视着他，微笑而不语，有点儿含羞带怯的。

"累了吗？"他问。

"不。"她说，"我要练习。"

"练习做一个小妻子吗？"

她脸红了。

"你不会照顾自己嘛！"她避重就轻地说。

他翻身下了床，一眼看到洁儿正和那条领带缠在一起，又咬又抓的，闹得个不亦乐乎。云楼笑着说：

"瞧你的洁儿在干吗？"

"啊呀！这个坏东西！"涵妮赶过去，救下了那条领带，早被洁儿咬破了。望着领带，涵妮默然良久，半晌都不说话，云楼看了她一眼，说：

"怎么了？一条领带也值得难过吗？"

"不是，"涵妮幽幽地说，"我想上一趟街，我要去买一样东西送给你。"

云楼怔了怔，凝视着她。

"你到底有多久没有上过街了？涵妮？"

"大概有一年多了。"涵妮说，"我最后一次上街，看到街上的人那么多，车子那么多，我越看头越昏，越看头越昏，后来就昏倒在街上了。醒来后在医院里，一直住了一个星期才出院，以后妈妈就不让我上街了。"

云楼沉吟了片刻，然后下决心似的说：

"我要带你出去玩一趟。"

"真的？"涵妮兴奋地看着他，"你不可以骗我的！你说真的？"

"真的！"云楼穿上晨衣，沉思了一会儿，"今天别等我，涵妮。我一整天的课，下课之后还有点事，要很晚才回家。"

"不回来吃晚饭吗？"

"不回来吃晚饭了。"

涵妮满脸失望的颜色。然后，她抬起头来看着他，天真地说：

"我还是等你，你尽量想办法回来吃晚饭。"

"不要，涵妮，"云楼托起了她的下巴，温和地望着她，"我绝不可能赶回来吃晚饭，你非但不能等我吃饭，而且，也别等我回家再睡觉，我不一定几点才能回来，知道吗？你要早点睡，睡眠对你是很重要的！"

她怪委屈地注视着他。

"你要到哪里去呢？"

"跟一个同学约好了，要去拜访一个教授。"云楼支吾着。

"很重要吗？非去不可吗？"涵妮问。

"是的。"

涵妮点了点头，然后，她故作洒脱地甩了甩头发，唇边浮起了一个近乎"勇敢"的笑，说：

"好的，你去办事，别牵挂着我，我有洁儿陪我呢，你知道。

我不会很闷的，你知道。"

　　云楼微笑了，看到涵妮那假装的愉快，比看到她的忧愁更让他感到老大的不忍，但是，他今晚的事非做不可，事实上，早就该做了。拍了拍涵妮的面颊，他像哄孩子似的说：

　　"那么你答应我了，晚上早早地睡觉，不等我，是吗？如果我回来你还没睡，我会生气的。"

　　"你到底要几点钟才回来？"涵妮担忧了，"你不是想逃跑吧？我一天到晚这样黏你，你是不是对我厌烦了？"

　　"傻瓜！"云楼故意苛责着，"别说傻话了！"打开房门，他向浴室走去，"我要赶快了，九点钟的课，看样子我会迟到了！"

　　"我去帮你盛一碗稀饭凉一凉！"涵妮说，带着洁儿往楼下跑。

　　"算了！我不吃早饭了，来不及吃了！"

　　"不吃不行的！"涵妮嚷着，"人家特地叫秀兰给你煎了两个荷包蛋！"

　　云楼摇了摇头，叹口气，看着涵妮急急地赶下楼去。涵妮、涵妮，他想着，你能照顾别人，怎么不多照顾自己一些呢！但愿你能强壮一些，可以减少多少多少的威胁，带来多大的快乐啊！

　　吃完了早饭，云楼上课去了。近来，为了上课方便，减少搭公共汽车的麻烦，云楼买了一辆90CC的摩托车。涵妮倚着大门，目送云楼的摩托车远去，还兀自在门边伸长了脖子喊：

　　"骑车小心一点啊！别骑得太快啊！"

　　云楼骑着摩托车的影子越来越小了，终于消失在巷子转弯的地方。涵妮叹了口气，关上了大门，一种百无聊赖的感觉立即对她包围了过来。抬头看看天，好蓝好蓝，蓝得耀眼，有几片云，薄薄的，高高的，轻缓地移动着。阳光很好，照在人身上有种懒洋洋的感觉。这是秋天，不冷不热的季节，花园里的菊花开了。她慢慢地移动着步子，在花园中走来走去，有两盆开红色小菊花的盆景，是云楼前几天买来的，他说这种菊花叫作"满天星"，满天星，好美的名字！几乎一切涉及云楼的事物都是美的、好的。她再叹了口气，自己也不明白为什么叹气，只觉得心中充满了那种发泄不尽的柔情。望着客厅的门，她不想进去，怕那门里盛满的寂寞，没有云楼的每一秒钟都是寂寞的。转过身子，她向荷花池走去，荷花盛开的季节已经过了，本来还有着四五朵，前几天下了一场雨，又凋零了好几朵，现在，就只剩下了两朵残荷，颜色也不鲜艳了，花瓣也残败了。她坐在小桥的栏杆上，呆呆地凝望着，不禁想起《红楼梦》中，黛玉喜欢李义山的诗"留得残荷听雨声"的事来。又联想起前几天在云楼房里看到的一阕纳兰词，其中有句子说：

风絮飘残已化萍，泥莲刚倩藕丝萦，珍重别拈香一瓣，记前生。

她猛地打了个寒战，莫名其妙地觉得心头一冷。抬起头来，她迅速地摆脱了有关残荷的思想。她的目光向上看，正好看到云楼卧室的窗子，她就坐在那儿，对着云楼的窗子痴痴地发起呆来。

她不知道坐了多久，直到洁儿冲开了客厅的纱门，对她奔跑过来。一直跑到她的面前，它跳上来，把两个前爪放在她的膝上，对她讨好地叫着，拼命摇着它那多毛的尾巴。涵妮笑了，一把抱住洁儿的头，抚弄着它的耳朵，对它说：

"你可想他吗？你可想他吗？他才出门几分钟，我就想他了，这样怎么好呢？你说，这样怎么办呢？你说！"

洁儿"汪汪"地叫了两声，算是答复，涵妮又笑了。站起身来，她伸了个懒腰，觉得浑身慵慵懒懒的。带着洁儿，她走进了客厅，向楼上走去。在云楼的门前，她又站了好一会儿，才依依地退向自己的房间。

经过父母的卧室时，她忽然听到室内有压低的、争执的声音，她愣了愣，父母是很少争吵的，怎么了？她伸出手来，正想敲门，就听到杨子明的一句话：

"你何必生这么大气？声音小一点，当心给涵妮听见！"

什么事是需要瞒她的？她愕然了。缩回手来，她不再敲门，伫立在那儿，她呆呆地听着。

"涵妮不会听见，她在荷花池边晒太阳，我刚刚看过了。"这是雅筠的声音，带着反常的急促和怒意，"你别和我打岔，你说这事现在怎么办？"

"我们能怎么办？"子明的语气里含着一种深切的无可奈何，"这事我们根本没办法呀！"

"可是，孟家在怪我们呢！你看振寰信里这一段，句句话都是责备我们处理得不得当，我当初就说让云楼搬到宿舍去住的！振寰的脾气，我还有什么不了解的！你看他这句话，他说：'既然有这样一个女儿，为什么要让云楼和她接近？'这话不是太不讲理吗？"

"他一向是这样说话的，"杨子明长吁了一声，"我看，我需要去一趟香港。"

"你去香港也没用！他怪我们怪定了，我看，长痛不如短痛，还是让云楼……"

"投鼠忌器啊！"杨子明说得很大声，"你千万不能轻举妄动！稍微不慎，伤害的是涵妮。"

"那么，怎么办呢？你说，怎么办呢？"

"我回来再研究，好吧？我必须去公司了！"杨子明的脚步向门口走来。涵妮忘记了回避，她所听到的零星片语，已经使她惊呆了。什么事？发生了什么？这事竟是牵涉她和云楼的！云楼家里不赞成吗？他们反对她吗？他们不要云楼跟她接近吗？他们不愿接受她吗？她站在那儿，惊惶和恐惧使她的血液变冷。

房门开了，杨子明一下子愣住了，他惊喊：

"涵妮！"

雅筠赶到门口来，她的脸色变白了。

"涵妮！你在这儿干吗？"她紧张地问，看来比涵妮更惊惶和不安。

"我听到你们在吵架，"涵妮的神志恢复了，望望杨子明又望望雅筠，她狐疑地说，"你们在吵什么？我听到你们提起我和云楼。"

"哦，"雅筠迅速地冷静了下来，"我们没吵架，涵妮，我们在讨论事情。"

"讨论什么？我做错了什么吗？"

"没有，涵妮，没有。"雅筠很快地说，"我们谈的是爸爸去不去香港的事，与你们没什么关系。"

但是，他们谈的确与涵妮有关系，涵妮知道。看了看雅筠，既然雅筠如此迫切地要掩饰，涵妮也就不再追问了。带着洁儿，她退到自己的卧室里，内心充满了困扰与惊惧。怎么回事？怎么回事？她不住地自问着，为什么母亲和父亲谈话时的语气那样严肃？抱着洁儿，她喃喃地说：

"他们在瞒我，洁儿，他们有件事情在瞒着我，我要问云楼去。"

于是，涵妮有一整天神思不属的日子。每当门铃响，她总以为是云楼提前回来了，他以前也曾经这样过，说是要晚回来，结果很早就回来了，为了带给她一份意外的惊喜。但是，今天，这个意外一直没有来到，等待的时间变得特别漫长，每一分、每一秒都是那样滞重地拖过去的。晚饭后，她弹了一会儿琴，没有云楼倚在琴上望着她，她发现自己就不会弹琴了。她总是要习惯性地抬头去找云楼，等到看不见人之后，失意和落寞的感觉就使她兴致索然。这样，只弹了一会儿，她就弹不下去了。合上琴盖，她懒洋洋地倚在沙发中，用一条项链逗弄着洁儿。雅筠望着她，关怀地问：

"你怎么了？"

"没有什么，妈妈。"她温温柔柔地说。

雅筠看着那张在平静中带着紧张、热情中带着期待的脸庞，她知道她是怎么回事。暗中叹息了一声，她用画报遮住了脸，爱情，谁能解释这是个什么神秘的东西？能使人生，亦能使人死。它带给涵妮的，又将是什么呢？生，还是死？

晚上九点钟，电话铃响了，出于本能，涵妮猜到准是云楼打来的，跳起身子，她一把抓住电话筒，果然，云楼的声音传了过来：

"喂！涵妮？"

"是的，云楼，我在这儿。"

"你怎么还没睡？"云楼的声音里带着轻微的责备。

"我马上就去睡。"涵妮柔顺地说。

"那才好。我回来的时候不许看到你还没睡！"

"你还要很久才回来吗？"涵妮关心地问。

"不要很久，但是你该睡了。"

"好的。"

"你一整天做了些什么？"云楼温柔地问着。

"想你。"涵妮痴痴地答复。

"傻东西！"云楼的责备里带着无尽的柔情，"好了，挂上电话就上楼去睡吧！嗯？"

"好！"

"再见！"

"再见。"

涵妮依依不舍地握着听筒，直到对面挂断电话的咔嗒声传了过来，她才慢慢地把听筒挂好。靠在小茶几上，她眼里流转着盈盈的醉意，半天才懒懒地叹了口气，慢吞吞地走上楼，回到卧室去睡了。躺在床上，她开亮了床头的小台灯，台灯下，一张云楼的四寸照片，嵌在一个精致玲珑的小镜框里，她凝视着那张照片，低低地说：

"云楼，你在哪里呢？为什么不回来陪我？为什么？为什么？你会对我厌倦吗？会吗？会吗？"拿起那个镜框，她把它抱在胸前，闭上眼睛，她做梦般轻声低语："云楼，你要多爱我一些，因为我好爱好爱你！"

第十二章

　　同一时间，云楼正坐在李大夫的客厅中，跟李大夫做一番恳切的长谈。他来李家已经很久了，但是，李大夫白天在某公立医院上班看病，晚上，自己家里也有许多病人前来应诊，所以非常忙碌。云楼一直等到李大夫送走了最后一个病人，才有机会和李大夫谈话。坐在那儿，云楼满面忧愁地凝视着对方。李大夫却是温和而带着鼓励性的。

　　"你希望知道些什么？"他望着云楼问。

　　"涵妮。她到底有希望好吗？"云楼开门见山地问。

　　李大夫深深地看着云楼，沉吟了好一会儿。

　　"你要听实话？"

　　"当然，我要坦白的、最没有保留的、最真实的情形。"

　　李大夫点燃了一支烟，连抽了好几口，然后，他提起精神来，直望着云楼说："如果我是你，我宁愿不探究真相。"

　　"怎么？"

"因为真相是残忍的。"李大夫喷出一口浓浓的烟雾，"说坦白话，她几乎没有希望痊愈，除非……"

"除非什么？"

"除非我们的医学有惊人的进步，进步到可以换一个心脏或是什么的。但，这希望太渺茫了。涵妮的情形是，不继续恶化就是最好的情况。换言之，我们能帮助她的，就是让她维持现状。"

云楼深吸了口气。

"那么，她的生命能维持多久呢？"他鼓起勇气问。

"心脏病患者的生命是最难讲的，"李大夫深思地说，"可能拖上十年二十年，也可能在任何一刹那就结束了。涵妮的病况也是这样，但她的病情有先天的缺陷，又有后天的并发症，所以更加严重一些，我认为……"他顿住了，有些犹豫。

"怎么？"云楼焦灼地追问着。

"我认为，"李大夫坦白地看着他，"她随时可能死亡。她的生命太脆弱了，你要了解。"

云楼沉默了，虽然他一开始就知道涵妮的情形，但是，现在从涵妮的医生嘴里再证实一次，这就变成不容抗拒的真实了。咬着牙，他一句话也说不出来，死亡的阴影像个巨魔之掌，伸张在那儿，随时可以抓走他的幸福、快乐和一切。

"不过，"李大夫看出他的阴沉及痛苦，又安慰地说，"我们也可以希望一些奇迹，是吧？据记载，也有许多不治之症，在一些不可思议的、神奇的力量下突然不治而愈。这世界上还是有许多科学不能解释的事的，我们还犯不着就此绝望，是不是？"

云楼抬头看了李大夫一眼，多空泛的句子！换言之，科学对于涵妮已经没有帮助了，现在需要的是神力而不是人力。他下意识地望了望窗外黑暗的天空，神，你在哪儿？你在哪儿？

"请告诉我，"他压抑着那份痛楚的情绪，低声地说，"我能带她出去玩吗？看看电影，逛逛街，到郊外走走，呼吸呼吸新鲜空气，可以吗？"

李大夫沉吟良久，然后说：

"应该是可以的，但是，记住，她几乎是没有抵抗力的，她很容易感染一切病症，所以公共场合最好少去。以前，她曾经在街上昏倒过，必须避免她再有类似的情形发生。再加上冷啦暖啦都要特别小心……"他定住了，叹了口气，"何必要带她出去呢？"

"她像一只关在笼子里的小鸟。"云楼凄然地说。

"她已经被关了很久了，"李大夫语重心长，"别忘了，关久了的鸟就不会飞了，别冒险让她学飞。"

"你的意思是，她根本不适宜出门，是吗？"云楼凝视着医生。

"我很难回答你这个问题，"李大夫深吸了一口烟，又重重地喷了出来，"我看着涵妮长大，当她的医生当了十几年，从许多年以前，我就担心有一天她会长睡不醒。可是，她熬到现在了，她身上似乎有股精神力量支持着她，尤其最近，她体重增加，贫血现象也有进步，我想，这是你的功劳。"他望着云楼，笑了笑，"所以我说，说不定会有种神奇的力量让她渡过难关。至于她能不能出门的问题，以医学观点来论，最好是避免，因为舟车劳顿，风吹日晒，都可能引起她别的病，而她身体的状况，是任何小病症，对她都可能造成大的不幸。可是，也说不定你带她出去走走，对她反而有利，这就不是医学范围之内的事了，谁知道呢？"

"我懂了，"云楼点了点头，"就像她母亲说的，她是一粒小水珠，碰一碰就会碎掉。"

"是的，"李大夫又喷了一口烟，"我们只能尽人力，听天命。"

"那么，她也不能结婚的了？"

"当然，"李大夫的目光严重而锐利，"她绝不能过夫妇生活。所以，我还要警告你，必要的时候，要疏远一点，否则，你不是爱她，而是害她了。"

云楼闭了闭眼睛，耳畔，清晰地浮起涵妮的声音："我要嫁给你，我要给你生儿育女。"

像一根鞭子，对他兜心猛抽了一下，他疼得跳了起来。啊，涵妮，涵妮，涵妮！

从李大夫家出来，夜已经深了。不知从什么时候开始，天空中竟飘着些细雨，冷冷的，凉凉的，带着深秋的寒意。他骑上摩托车，一种急需发泄的痛楚压迫着他，他不想回家，发动了马达，他向着冷雨寒风的街头冲了过去。加快了速度，他不辨方向地在大街小巷中飞驰。雨淋湿了他的头发，淋湿了他的面颊，淋湿了他的毛衣，好凉好凉，他一连打了两个寒战。寒夜中的奔驰无法减少他心中郁积的凄惶和哀愁，他把速度加得更快、更快，不住地飞驰、飞驰……在雨中，在深夜，在瑟瑟的秋风里。

前面来了一辆计程车，他闪向一边，几乎撞到一根电线杆上，他紧急刹车，车子发出惊人的"嚓"的尖响，他几乎摔倒，腿在车上刮了一下，撑在地面上，好不容易维持了身子的平衡，他甩了甩头，雨珠从头发上甩落了下来。用手摸摸湿漉漉的头发，他清醒了。站在街灯下面，他看着自己的影子，瘦瘦长长地投在地面的雨水中。

"涵妮，但愿你在这儿，我能和你在雨雾中，从黑夜走到天明。"

他喃喃地说着。近来，他发现自己常有对一切东西呼唤涵妮的习惯。涵妮，这名字掠过他的心头，带着温暖，带着凄楚，带着疼痛的深情。跨上车子，他想发动马达，这才发现腿上有一阵痛楚，翻开裤管，腿上有一条大口子，正流着血，裤管也破了。皱了皱眉，他用手帕系住伤口，骑上车子，向归途驶去。

走进大门，客厅的灯光使他紧锁了一下眉，谁？不会是涵妮吧？自己的模样一定相当狼狈。把车子推进了车房，正向客厅走去，客厅的门开了，一个细嫩的、娇柔的声音怯怯地喊着：

"云楼，是你吗？"

涵妮！云楼的眉毛立即虬结在一起，心中掠过一阵激动的怒意，叫你睡，你就不睡！这样身体怎么可能好！怎么可能有健康的一日！这样单薄的身子，怎禁得起三天两头地熬夜！他大踏步地跨进了客厅，怒意明显地燃烧在他的眼睛里，涵妮正倚门站着，睡衣外面罩了件紫色红边的晨楼，在夜风中仍然不胜瑟缩。看到云楼，她高兴地呼叫着：

"你怎么这个时候才回来？我急死了，我以为你……"她猛然住了口，惊愕而恐慌地望着他，"你怎么了？你浑身都是水，你……"

"为什么不去睡觉？"云楼打断了她，愤愤地问，语气里含着严重的责备和不满。

"我……哦，我……"涵妮被他严厉的神态惊呆了，惊吓得说不出话来了，她那清湛的眸子怯怯地望着他，带着副委屈的、畏缩的，和祈求的神情，"我……我本来睡了，一直睡不着，后……后来，我听到下雨了，想起你没带雨衣，就……就……就更睡不着了，所……所以，我就……就爬起来了……"她困难而艰涩地解释着，随着这解释，她的声音颤抖了，眼圈红了，眼珠湿润了。

"我告诉过你不要等我！"云楼余怒未息，看到涵妮那小小的身子在寒夜中不胜瑟缩的模样，他就有说不出来的心疼，跟这心疼同时而来的，是更大的怒气，"我告诉过你要早睡觉！你为什么不肯听话？衣服也不多加一件，难道你不知道秋天的夜有多凉吗？你真……"他瞪着她，"真让人操心！又不是三岁的小孩子！"

涵妮的睫毛垂了下来，眼睛闭上了，两颗大大的泪珠沿着那好苍白好苍白的面颊滚落了下来。她用手一把蒙住了自己的嘴，阻止自己哭出声来，那纤细的手指和她的面颊同样地苍白。她的身子战栗着，在遏制的哭泣中战栗，抖动得像秋风中枝头的黄叶。云楼愣住了，涵妮的眼泪使他大大地一震，把他的怒气震消了，把他的理智震醒了。你在干什么？他自问着，你要杀了她了！你责备她！只为了她在寒夜中等待你回来！你这个无情的、愚蠢的笨蛋！他冲过去，一把抱住了涵妮，把她那颤动着的、小小的头紧压在自己的胸前，喊着说：

"涵妮，涵妮！不要！别哭，别哭！是我不好，都是我不好，晚回来让你着急，又说话让你伤心，都是我不好，涵妮，别哭了，你罚我吧！"

涵妮啜泣得更加厉害，云楼用手捧住她的脸，深深地望着那张被泪浸湿了的脸庞，觉得自己的五脏六腑都缠绞了起来。

"涵妮……"他说着，眼睛里蒙上了一层雾气。

"你要原谅我，我责备你，是因为太爱你了，我怕你受凉，又怕你睡眠不够，你知道吗？因为你身体不好，我很焦急，你知道吗？"他用大拇指拭去她面颊上的泪，"原谅我，嗯？别哭了，嗯？你要怎么罚我，就怎么罚我，好吧？"

涵妮仰望着他，眼睛好亮好亮、好清好清，黑色的眼珠像浸在潭水中的黑宝石，深湛地放着光彩。

"我……我没有怪你，"她低低地说，声音柔弱而无力，"我只是觉得，我好笨、好傻，什么都不会做，又常惹你生气，我一定……一定……"她抽噎着，"是很无用的，是惹你讨厌的，所以……所以……"她说不下去了，喉中哽塞着一个大硬块，气喘不过来，引起了一阵猛烈的咳嗽。

云楼慌忙揽着她，拍抚着她的背脊，让她把气缓过了。听了她的言语，看到她的娇怯，他又是急，又是疼，又是难过，又是伤感，一时心中纷纷乱乱，说不出是什么滋味。扶她坐在沙发上，他紧紧握着她的双手，说：

"你绝不能这样想，涵妮，你不知道你在我心中的分量，你不知道我对你的感情有多深、有多重，噢，涵妮！"他觉得没有言语可以说出自己的感觉，没有一个适当的字可以形容他那份疯狂的热情和刻骨铭心的疼痛，拿起她的两只手，他把脸埋在她的掌心之中。啊，涵妮，你必须好好地活着！啊！涵妮，你必须！他说不出口来，他颤抖着，而且流泪了。

"哦，云楼，你怎样了？"涵妮惊慌地说，忘了自己的难过了，"你流泪了？男孩子是不能流泪的呢！云楼！是我惹你伤心吗？是我惹你生气吗？你不要和我计较啊，你说过的，我只是个很傻很傻的小傻瓜……"

云楼一把揽过她来，用嘴唇疯狂地盖在她唇上，他吻着她，吮着她，带着压抑着的痛楚的热情。哦，是的，他想着，你是个小傻瓜、很傻很傻的小傻瓜、让人疼的小傻瓜、让人爱的小傻瓜、让人心碎的小傻瓜！

抬起头来，云楼审视着她的脸，她的那张小脸焕发着多么美丽的光彩啊！

"你从晚上到现在还没有睡过吗？"他怜惜地问。

"我……我睡过，但是……但是……但是睡不着，"她结舌地说，一面小心地、偷偷地从睫毛下面窥探他，似乎怕他再生气。"我……我一直胡思乱想，"她忽然扬起睫毛来，直视着他，说，"你家里反对我，是不是？"

云楼猛地一震，瞪大了眼睛，他说：

"谁说的？"

"我听到妈妈在跟爸爸说，好像……好像说你爸爸反对我，是吗？"

云楼心中又一阵翻搅，眉头就再度紧锁了起来，是的，前两天父亲来过一封长信，洋洋洒洒五大张信纸，一篇又一篇的大道理，让你到台湾去是念书的，不是去闹恋爱的！尤其和一个有病的女孩子！你是孟家唯一的男孩子，要知道自己身上的责任，美萱下学期高中就毕业了，她配你再合适也没有，为什么你偏偏要去爱一个根本活不长的女孩？假若你不马上放弃她，下学期你就不要去台湾了……父亲，他似乎能看到父亲那张终日不苟言笑的脸，听到他那严肃的责备，他知道，他永不可能让父亲了解自己这份感情，永不可能！

"是吗？云楼，是吗？"涵妮追问着，关怀而担忧的眸子直射着他的脸。

他醒悟了过来，勉强地振作了一下，他急急地说：

"没有，涵妮，你一定听错了，爸爸只是怕我为恋爱而耽误了功课，并不是反对你……"他仓促地编着谎言，"他希望我大学毕业之后再恋爱，认为我恋爱得太早了，他根本没见过你，怎么会反对你呢？你别胡思乱想，把身体弄……"他一句话没有说完，鼻子里突然一阵痒，转开头去，他接连打了两个喷嚏，这才感到湿衣服贴着身体，寒意直浸到骨髓里去。这喷嚏把涵妮也惊动了，跳起身来，她嚷着说：

"你受凉了！你的湿衣服一直没换下来！"从上到下地看着他，她又大大地震动了，"你受了伤！你在流血！"

"别嚷！"云楼蒙住了她的嘴，"不要吵醒了你爸爸妈妈。我没有什么，只是摔了一跤，天下雨，路太滑。"

"我就怕你摔！"涵妮压低了声音喊，"你总是喜欢骑快车！以后不可以骑车去学校了，报上每天都有车祸的新闻，我天天在家里担心！"

"你就是心事担得太多了，所以胖不起来！"云楼说，"算了，你别管那个伤口！"但是，涵妮跪在他面前，已经解下了那条染着血和泥的手帕，注视着那个伤口，她的脸色变白了，低呼着说：

"天哪，你流了很多血！"

"根本没有什么，"云楼说，"你该去睡了，涵妮。"

"我要去弄一点硼酸水来给你消消毒，"涵妮说，"我房里有一瓶，上次牙齿发炎买来漱口用的。我去拿，你赶快回房去换掉湿衣服。"

"涵妮！"云楼忍耐地说，"你该睡觉了。"

"给你包好伤口，我就睡，好吗？"她乞求地说，"否则，我会睡不着，那不是和不睡一样吗？"

云楼望着那张恳求的小脸，他说不出拒绝的话来。

"那么，快去拿吧！"

涵妮向楼上跑去，一面回头对他说："你回房去换衣服，我拿到你房里来弄！"

云楼回到房里，刚刚换掉了潮湿的衣服，涵妮已经捧着硼酸水和纱布药棉进来了。云楼坐在椅子里，涵妮跪在他面前，很细心地、很细心地给他消着毒，不时抬起眼睛来，担心地看他一眼，问：

"我弄痛了你吗？"

"没有，你是最好的护士。"

涵妮悄悄地微笑着。包扎好了伤口，她叹了口气。

"你明天应该去看医生。"她说。

"不用了，经过了你的手包扎，我不再需要医生了。你就是最好的医生。"

涵妮仰头看着他，然后，她发出一声热情的低喊，把头伏在他的膝上，她说：

"我要学习帮你做事，帮你做很多很多的事。"

云楼抚摸着她的头发。

"你现在最该帮我做的一件事，就是去睡觉，你知道吗？"云楼温柔地说。

"是的，我知道。"涵妮动也不动。

"怎么还不去？"

"别急急地赶我走，好人。"涵妮热烈地说，"期待了一整天，就为了这几分钟呀！"

云楼还能说什么呢？这小女孩的万斛柔情，已经把他缠得紧紧的了。他们就这样依偎地坐着，一任夜深，一任夜沉。直到房门口响起一阵脚步声，他们同时抬起头来，在敞开的门口，雅筠正满面惊愕地站着。

"涵妮！"她惊喊。

涵妮站起身来，带着些羞涩。

"他受伤了，我帮他包扎。"她低声地说。

"回房去睡吧，涵妮。"雅筠说，"你应该学习自己照顾自己，我不能每夜看着你。快去吧！"

涵妮对云楼投去深情的一瞥，然后，转过身子，她走出房间，在雅筠的注视之下，回房间去了。

这儿，雅筠和云楼面面相对了，一层敌意很快地在他们之间升起，雅筠的目光是尖锐的、严肃的、责备的。

"你必须搬走，云楼。"她直截了当地说。

云楼迎视着她的目光，有股热气从他胸中冒出来，他觉得头痛欲裂，而浑身发冷。

"如果你要我这么做。"他说。

"是的，为了涵妮。"

"为了涵妮？"云楼笑了笑，头痛得更厉害了，"你不知道你在做什么！"收住了笑，他锐利地看着雅筠，"如果你要杀她，这是最好的一把刀！"

"云楼！"雅筠喊，"你这是什么意思？"

"我可以走，"他简单地说，"但是，伯母，你对涵妮了解得太少了！"

雅筠呆住了，瞪视着云楼，她沉默了好一会儿。眼前这个年轻人把她击倒了，她一时之间，茫然失措，好半天，她才抬起眼睛来，紧紧地盯着云楼。

"但愿你是真了解涵妮的！"她说，"但愿你带给她的是幸运而不是不幸！假若有一天，涵妮有任何不幸，记住，你是刽子手！"

说完，掉转了头，她走了。

云楼关上房门，雅筠这几句话，像一把尖刀般刺痛了他，倒在床上，他痛苦地闭紧了眼睛，觉得脑子中像有人撒下了一万支针，扎得每根神经都疼痛无比。咬紧了牙，他喃喃地说：

"涵妮，你不会有任何不幸，你不会！永不会！永不会！永不会！"

第十三章

天气渐渐冷了。

接连几个寒流，带来了隆冬的凛冽。杨家每间屋子里几乎都生了火，仍然觉得冷飕飕的。这样冷的日子，弹钢琴不见得是享受，手指冻得僵僵的，琴键冷而硬，敲上去有疼痛的感觉。可是，涵妮看了坐在沙发里的云楼一眼，他既然显出那么一副满足而享受的样子来，她就不愿停止弹奏了，一曲又一曲，她弹了下去。云楼坐在一边，手里拿着一个画板，画板上钉着画纸，正在那儿给涵妮画一张铅笔的素描。钢琴旁边，炉火熊熊地燃烧着，洁儿伏在火炉旁，伸长了爪子在打盹儿。室内静谧而安详，除了钢琴的叮咚声之外，几乎没别的声响。

门铃声突然响了起来，杂在钢琴声中几乎让人听不清楚，可是，洁儿已经竖起了耳朵，敏感地倾听着。云楼本能地皱了一下眉，这么冷的天，谁来了？杨氏夫妇都没有出门，这显然是来客了。他下意识地对来客不怎么欢迎，室内这份温馨和安详将被打破了。

秀兰从花园里绕过去开了大门，他们听到了人声，接着，客厅的门被冲开了，一个年轻的、充满了活力的少女像一阵风般地卷了进来，嘴里高声地嚷着：

"嗨！你们都在家！"

云楼抬起头来，涵妮也从钢琴上转过了身子。来的人是翠薇，穿着件鹅黄色的、厚嘟嘟的套头毛衣，一条橘红色的长裤，披着件黑丝绒的短披风，头上还戴了顶白色的帽子，显得非常俏皮和出色。在屋子中一站，她解下了披风，有股说不出来的、焕发的热力，竟使满屋子一亮。云楼望着她，由衷地赞美了一声：

"好漂亮！从哪儿来？"

"荣星保龄球馆！"翠薇笑着说，把手里一个信封丢到云楼面前来，"我帮你带了一封信来！"

"你？"云楼诧异地问，"怎么会！"

"哈，刚刚进门的时候在信箱里拿到的，"翠薇笑着说，"难道有人会把给你的信寄给我吗？"走到钢琴旁边，她带着满脸的笑，审视着涵妮说："嗨！你好像胖了些呢！爱情的力量不小啊！"

涵妮带着点儿羞涩微笑了，伸出手去，她扶正了翠薇领子上的一个别针，安安静静地说：

"你好美呵！翠薇。"

翠薇爽朗地笑了，摸了摸涵妮的面颊说：

"你才美呢！"掉过头来，她大声喊："姨妈！你在家吗？"

"她在睡午觉！"云楼笑着说，"瞧！你一进门，就好像来了千军万马似的！”

"嫌我啊！"翠薇挑了挑眉毛，"我打扰了你们，是不，要不要赶我走？"

云楼拆着信，一张少女的照片突然从信封中落了出来，翠薇眼尖，一把抢了过去，高高地擎在手上说：

"女朋友的照片啊！涵妮，这个男人不老实，你得管严一点！"

涵妮偷偷地看了那张照片一眼，不敢表示关怀。云楼却淡淡地笑了笑，一句话也没有说，看完了信，他把信纸放回信封，脸上的欢乐气息却一刹那消失了。翠薇把照片还给他，一面问：

"是谁？你妹妹吗？"

"不是。"云楼简短地说，把照片收了起来，一眼都没看。站起身来，他向楼上走去，脸上罩了一层凝重的浓霜。涵妮狐疑地看着他，他的神色使她惊惶而不安。

"你去哪儿？"她问。

"我马上就来！"云楼说，一直上了楼，走进自己的卧室里，把那封信丢进抽屉，他坐在桌前，用手支着头，沉思了好久。多幼稚啊！云霓！他想着，一张美萱的照片就能让我爱上她吗？即使她本人也未见得能使我入迷呀！父亲要你一放寒假就急速返港！返港之后呢？被扣留？还是被责备？为什么他要去爱一个根本不能结婚的女孩子？为什么？父亲说如果你寒假不回来，他就要亲自到台湾来把你捉回去！云霓，云霓，难道你不能帮我说说话吗？难道你也不能了解我这份感情吗？

一声门响，他回过头来，涵妮正站在门口。

"什么事？谁来的信？"她惊悸地问。

"没什么，"他慌忙说，站起身来，"是云霓写来的，问我寒假回不回去。"

"你要回去吗？"涵妮的面色更加惊慌了，仿佛大难临头的样子。没等云楼回答，她就又急急地说："你不要回去，好吗？"她攀住他的衣袖，恳求地望着他，"如果你回去了，我一定会死掉！"

"胡说！"云楼喊，本能地浑身掠过了一阵震颤。然后，他揽住了她的肩头，安慰地说："我不回去，你放心，即使我回去，两三天我就赶回来！"

"两三天！"涵妮喊，"那也够长久了！"

"傻东西！"云楼说，"我们下去陪陪翠薇吧，别让她笑话我们。"

楼下，翠薇正拿着云楼给涵妮画的那张速写，津津有味地看着。放下画像，她对踱下楼梯的云楼说：

"这是第几幅涵妮画像？"

"不知道第几幅。第一百多幅，或是两百多幅。"云楼笑着说。

"你的题材只有这一种吗？"翠薇满脸的调皮相，对他做了个鬼脸，"什么时候也帮我画张像，行不行？"

"假若你坐得住。我看呀，你没有一秒钟能够手脚不动的。"

翠薇"扑哧"一声笑了出来，眉飞色舞地说：

"你对我的观察倒很正确，叫我坐上几小时不动，那才要我的命呢！"收住了笑，她忽然露出一副难得见到的正经相，说："说真的，我今天来，有事请你帮忙。"

"请我？"云楼诧异地说。

"是的。"

"什么事？"

"后天是圣诞节，我想在家里开一个舞会，要你帮我去布置会场，你这个艺术家，布置出来的一定比较特别，行不行？"

云楼犹豫了一下，问：

"布置房间的东西你都买了吗？"

"你看需要什么，我陪你去买。"翠薇说，"我完全不知道该怎么弄。"看了涵妮一眼，她温柔地、请求地对涵妮说："我要借一借你的爱人，可以吗？"

涵妮羞涩地嫣然一笑，把脸转到一边去了。云楼再一次惊异地发现，这两个女孩的差异竟如此之大！一个的腼腆沉静，和另一个的鲜明活泼，简直是两个极端的对比。翠薇笑着转过头来对他说：

"你看！我已经帮你请准假了。"

"你是说，现在就要去买吗？"云楼问。

"当然啦，时间已经很急迫了，是不是？"

云楼无可奈何地耸了耸肩。涵妮微笑地回过头来，望着他们，轻言细语地说：

"你们去买吧，别顾着我，我有洁儿陪我呢！"

"只一会儿。"翠薇说。

"没关系的，"涵妮笑得好温柔，好恬静，"多穿点衣服，云楼。"

翠薇调侃地对涵妮笑了笑，什么话都没说，涵妮却再度不好意思地羞红了脸。像是需要解释什么，她娇怯怯地说：

"你不知道他，从不会照顾自己的，上次淋了一身雨回来，结果发了好几天烧。"

"好了，"云楼笑着，"你又何尝会照顾自己呢！"

翠薇挑着眉毛，看了看这个，又看了看那个，然后，她故意地咳了一声，嘲谑地说：

"告别式完了没有？"

"好！走吧！我要赶回来吃晚饭！早去早回！"云楼说，走向了门口。

涵妮目送他们并肩步出去。翠薇披上了披风，显得更加容光焕发、英挺活泼。云楼的个子高，翠薇也不矮，两人站在一块儿，说不出来地相衬。涵妮望着翠薇那吹过冷风、又被火一烘、烤得红扑扑的面颊，和那健康的、纤秾合度的身材，不禁看得呆了。等他们一起出了门，涵妮才愣愣地在沙发上坐了下来，半天都一动也不动。

洁儿跳上了沙发，把头放在她的膝上，似乎想安慰她的寂寞。她揽住了洁儿，这才觉得一种特别的、酸楚的感觉冲进她的鼻子，她俯下头去，把脸依偎在洁儿毛茸茸的背脊上，低声地说：

"他们是多么漂亮的一对啊！"

闭上眼睛，她觉得那种酸楚的感觉在心头扩大。第一次，她如此迫切而强烈地希望自己是个健康的、正常的女孩。对于自己的身体情况，她一直懵懵懂懂，并不十分清楚是怎么回事，她明白自己有先天不足的病症，却不知道是什么病症，也不知道它的严重性到底到什么地步。以前，她对这一切都不太关心，她生性好静而不好动，无欲也无求。所以，她也很能安于自己那份单调而寂寞的生活。但是，自从云楼走进了她的生命，一切都改变了。她不再能漠视那病痛了，显然，这病已经威胁到她的爱情和幸福。

"我要健康起来，我一定要健康起来！"

她喃喃地自语着，拿起云楼给她画的那张像，她蹙着眉凝视着，对画像摇了摇头，忧愁地说：

"你好瘦啊！你一点也不好看，没有翠薇一半的美！真的！"赌气似的掷掉了画像，她把头靠在沙发背上，半晌不言也不动。

当雅筠午睡醒来，走下楼的时候，就看到涵妮这样呆呆地坐着。雅筠惊异地叫：

"涵妮！怎么你一个人在这儿？云楼呢？"

"他——"涵妮受惊地抬起头来，"他出去了。翠薇来找他帮忙布置圣诞舞会。"

"哦，是吗？"雅筠纳闷地皱了一下眉，"就剩你一个人在这儿吗？噢，这屋里真冷，怎么，火都要灭了，你也忘了加炭。"

拿了火钳，雅筠加上两块炭，回过头来，她审视着涵妮，忽然惊异地说：

"怎么了？涵妮，你哭过了！"

"没有，妈妈，"涵妮掩饰着，"是烟熏的，刚刚有一块烟炭。"

"胡说！火都快灭了，哪儿来的烟炭！"雅筠走过去，坐在她身边，仔细地审视她，"到底是怎么回事？告诉我！云楼欺侮了你吗？"

"没有，没有，妈妈。"涵妮拼命地摇着头，摇得那么猛烈，好像要借机摇掉许许多多的困扰。

"那么，你为什么哭？"

"我没哭，我不知道。"涵妮烦乱地说，紧蹙着眉，眼眶里的泪珠又呼之欲出了。

雅筠沉默了片刻，然后，她温柔地揽住了涵妮，抚弄着她那柔软的长发，说：

"告诉我，涵妮，你很爱很爱云楼吗？"

涵妮用一对凄楚的眸子望着她。

"你明知道的，妈妈。"她低声说。

"有多爱？"

"妈妈！"涵妮的眼光是乞求的、哀哀欲诉的、无可奈何的，"我不知道。我想，从来没有一种度量衡可以衡量爱情的。但是，妈妈，没有他，我会死掉。"

雅筠痉挛了一下。

"唉！"她长叹了一声，"傻孩子！"

"妈妈！"涵妮忽然抓住了她的手，热烈而急促地说，"你不可以再瞒我了，你要告诉我，我害的是什么病？妈妈！"

雅筠大大地吃了一惊，涵妮的神色里有种强烈的固执，她的眼睛是热切的、燃烧着的，她的手心发烫而颤抖。

"涵妮！"雅筠回避着，"你怎么了？"

"告诉我，妈妈，告诉我！"涵妮哀求着，用手紧紧地抓住了雅筠。她的身子往前倾，忽然跪在雅筠的面前了。她的头伏在雅筠的膝上，揉搓着雅筠，不住地、哀哀地说着："你必须告诉我，妈妈，我有权知道自己的情形，是吗？妈妈？"

雅筠惊慌失措了，若干年来，涵妮听天由命，从来没有对自己的病情关心过。可是，现在，她有份打破砂锅问到底的决心，有种不得真相就不甘休的坚决。雅筠只觉得心乱如麻。

"涵妮，"她困难地说，"你并没有什么严重的病，你只是……只是……"她咽了一口口水，语音艰涩，"只是有些先天不足，当初，你出世的时候不足月，所以内脏的发育不好，所以……所以需要特别调养……"她语无伦次，"你懂了吗？"

涵妮紧紧地盯着她。

"我不懂，妈妈。你只答复我一句话，我的病有危险性吗？"

雅筠像挨了一棍，瞪视着涵妮，她张口结舌，半天都说不出话来。于是，涵妮一下子站起身来了，她的脸色比纸还白，眼睛瞪得好大好大。

"我懂了。"她说，"我明白了。"

"不，不，你不懂，"雅筠慌忙说，"你不会有危险的，不会有危险，只要你多休息，好好吃，好好睡，少用脑筋，你很快就会和一个健康人一样了。"

"妈，"涵妮凝视她，"你在骗我，我知道的，你在骗我！"

说完，她掉转头，走上楼去了。雅筠呆立了片刻，然后，她追上了楼。她发现涵妮和衣躺在床上，闭着眼睛，似乎是睡着了。雅筠在床沿上坐了下来，握着涵妮的手，她焦虑而痛苦地喊：

"涵妮。"

"妈，"涵妮睁开眼睛来，安安静静地说，"你不要为我发愁，告诉我真相比让我蒙在鼓里好得多。我不会怎样难过的，生死有命，是不？"

"但是，"雅筠急促地说，"事实并不像你所想的，只要你的情况不恶化，你就总有健康的一天，你知道吗？我不要你胡思乱想……"

"妈,"涵妮重新闭上了眼睛,"我想睡觉。"

雅筠住了口,望着涵妮,她默然久之,然后,她长叹了一声,转身走出去了。在房门口,她碰到子明,他正呆呆地站在那儿,抽着香烟。

"她怎么了?"他问,"又发病了吗?"

"不是,"雅筠满面忧愁,那忧愁似乎已经压得她透不过气来了,"她似乎知道一些了,唉!都是云楼,从他一来,就什么都不对了。"

"别怪云楼,"杨子明深沉地说,"该来的总是会来的,假如当初我们没有把涵妮……"

"别说那个!"雅筠打断了他,用手抱着自己的头,"好上帝!我要崩溃了!"她叫着。

杨子明一把扶住了她,他的语气严肃而郑重。

"你不会崩溃,你是我见过的女性里最勇敢的一个!以前是,现在是,永远都是!"

雅筠抬起眼睛来,深深地望着杨子明,杨子明也同样深深地望着她,于是,她投进他怀里,嚷着说:

"给我力量!给我力量!"

"我永远站在你旁边,雅筠。这句话我说了二十几年了。"

他们彼此凝视着,就在这样的凝视中,他们曾经共度过多少的患难和风波。未来的呢?还有患难和风波吗?未来是谁也无法预料的。

第十四章

涵妮似乎变了。

这天早上，天气出奇地好，阳光明朗地照耀着，是冬季少见的。花园里一片灿烂，阳光在树叶上闪着光彩，洁儿一清早就跑到花园的石子路上去晒太阳，伸长着腿，闭着眼睛，一股说不出来的舒服样子。早餐桌上，涵妮对着窗外的阳光发愣，脸上的神色是奇异的。饭后，她忽然对云楼说：

"你今天只有一节课？"

"是的。"

"跷课好吗？别去上了。"

"为什么？"云楼有些惊奇，涵妮向来对他的功课看得很重，从不轻易让他跷课的。

"天气很好，你答应过要带我出去玩的。"

云楼更加惊异了，他很快地和雅筠交换了一个眼光，坐在一边看报的杨子明也放下了报纸，警觉地抬起头来。

"哦，是的，"云楼犹豫地说，自从和李大夫谈过之后，他实在没有勇气带涵妮出门，"不过……"

"不要'不过'了！"涵妮打断了他，走到他面前来，用发亮的眸子盯着他，"带我出去！带我到郊外去，到海边去，到山上去都可以，反正我要出去！你答应过的，你不能对我失信！……"

云楼求助地把眼光投向雅筠。

"涵妮，"雅筠走了过来，语气里带着浓重的不安，"你的身体并不很好，你知道。虽然今天有太阳，但是外面还是很冷的，风又很大，万一感冒了就不好了。我认为……还是在家里玩玩吧，好吗？"

"妈，"涵妮凝视着雅筠，"让我多看看这个世界吧，不要总是把我关起来。"回过头来，她直视着云楼，一反常态，她用不太平和的声调说："你不愿带我出去吗？我会变成你的累赘吗？"

"涵妮！"云楼说，"你明知道不是的……"

"那么，"涵妮挺直了身子，"带我出去！"

云楼沉吟着还没有回答，坐在一边，始终没有说话的杨子明站起身来了，从口袋里掏出一串钥匙，他丢在云楼的身上说：

"这是我车子的钥匙，开我的车去，带涵妮到郊外去走走。"

"子明！"雅筠喊。

"涵妮说得对，她该出去多看看这个世界，"子明说，含笑地望着涵妮，"好了，你还不到楼上去换衣服，总不能穿了睡袍去玩吧！多穿一点，别着了凉回来！"

涵妮眼睛一亮，唇边飞上一个惊喜交加的笑，一句话也没有说，她就转身奔上了楼梯。这儿，雅筠用一对责备而担忧的眸子，盯着杨子明说："你认为你这样做对吗？"

"一个没有欢乐的生命，比死亡好不了多少。"杨子明轻轻地说，把目光投向云楼，"要好好照顾她，你知道你身上的重任。"

"我知道，杨伯伯。"云楼握着钥匙，"你们别太担心，我会好好照顾她，说不定，出门对她是有利的呢！"

"但愿如此！"雅筠不快地说，皱拢了眉头，默默地走向窗子旁边。

涵妮很快地换好衣服，走下楼来了，她穿了件白色套头的毛衣，墨绿色的长裤，外面罩了一件白色长毛、带帽子的短外套，头发用条绿色的缎带扎着，说不出的飘逸和轻灵。她的脸上焕发着光彩，眼睛清亮而有神，站在那儿，像一朵彩色的、变幻的云。

"好美！涵妮。"云楼目不转睛地望着她。

"走吧！云楼。"涵妮跑过去，先对雅筠安慰似的笑了笑，"妈妈，别为我担心，我会好好的！"

"好吧，去吧！"雅筠含愁地微笑了，"但是，别累着了哦！晚上早一点回来！"

"好的，再见，妈妈！再见，爸爸！"

挽着云楼的手，他们走了出来，坐上车子，云楼发动了马达，开了出去。驶出了巷子，转上了大街，涵妮像个小孩第一次出门般开心，不住地左顾右盼。云楼笑着问：

"到哪儿去？"

"随便，要人少的地方。"

"好，我们先去买一份野餐。"云楼说，"然后，我们开到海边去，如何？"

"好的，一切随你安排。"涵妮带笑地说。

云楼扶着方向盘，转头看了涵妮一眼，她带着怎样一份孩子气的喜悦啊！这确实是一只关久了的小鸟，世界对她已变得那样新奇。

买了野餐，他们向淡水的方向开去。阳光美好地照耀着，公路平坦地伸展着。公路两边种植的木麻黄耸立在阳光里，一望无垠的稻田都已收割过了，一丛又一丛的稻草堆积得像一个个的宝塔。稻田中阡陌纵横，间或有一丛修竹，围绕着一户小小的农家。涵妮打开了车窗，一任窗外掠过的风吹乱了她的头发，她只是一个劲儿地眺望着，不住口地发出赞叹的呼声："好美啊，一切都那么美！"深深地叹息了一声，她把盈盈的眸子转向他，"云楼，你早就该带我出来了！"

云楼微笑着，望着眼前的道路，涵妮再看了他一眼，他那挺直的鼻子，那专注的眼神，那坚定的嘴角，和那扶着方向盘的、稳定的手……她心中涌起一阵近乎崇拜的激情，云楼，云楼，她想着，我配得上你吗？我能带给你幸福和快乐吗？未来又会怎样呢？万一……万一有那么一天……她猛地打了个冷战。

他立即敏感地转过头来，用一只手揽着她。

"怎么了？冷了吗？把窗子关上吧。"

"我不冷，"涵妮说，顺着云楼的一揽，她把头靠在他的肩上，叹息地说，"云楼，我好爱好爱你。"

云楼心中涌过一阵带着酸楚的柔情。

"我也是，涵妮。"他说着，情不自禁地用面颊在她的头发上轻轻地蹭了一下。

"我会影响你开车吗？"她想坐正身子。

"不，不，别动，"云楼说，"就这样靠着我，别动，别离开。"

她继续依偎着他，那黑发的头贴着他的肩膀，头发轻拂着他的面颊。这是云楼第一次带她出门，坐在那儿，他的双手稳定地扶着方向盘，眼睛固定地凝视着窗外的道路，心里却充塞着某种又迷惘、又甜蜜、又酸楚、又凄凉的混合的滋味。这小小的身子依偎着他，带着种单纯的信赖，仿佛云楼就是她的天，就是她的上帝，就是她的命运……可是，未来呢？未来会怎样？这小小的身子能依偎他一辈子吗？感受着她身体的温热，闻着她衣服和发际的芬芳，他心神如醉。就这样靠着我吧！涵妮！别离开我吧！涵妮！我们就这样一直驶到世界的尽头去，到月亮里去！到星星上去，到天边的云彩里去吧！涵妮！

就这样依偎着，车子在公路上疾驰。他们都很少说话，涵妮扭开了收音机，于是，一阵抑扬顿挫的小提琴声飘送了出来，是贝多芬的《罗曼史》。她合上了眼睛，阳光透过玻璃窗，照射着她，暖洋洋的。从来没有享受过这样的阳光！从来没有过这样醉意醺然的一刻。未来？不，不，现在不想未来，未来是未可知的，"现在"却握在手里。

未来？云楼同样在想着：不，不，不想未来！让未来先躲在远山的那一面吧！我要"现在"，最起码，我有着"现在"，不是吗？不是吗？让未来先藏匿着吧！别来惊动我们，别来困扰我们！

车子到了海边，在沿海的公路上驶着，海浪的澎湃和海风的呼啸使涵妮惊醒了过来，坐正了身子，她眺望着窗外的海，蔚蓝蔚蓝的，无穷无穷的，一望无垠的，她喘了口气，欢呼着说：

"海！"

"多久没看到海了？"云楼问。

"不知道有多久，"涵妮微蹙着眉，"可能是前辈子看到过的了。"

"可怜的涵妮！"云楼低声地说。

"这是什么地方？"

"白沙湾。"

"白沙湾？"涵妮闭了一下眼睛，"好美的名字。"

云楼把车子停了下来，熄了火，关掉了收音机。

"来，我们去玩玩吧！"

涵妮下了车，海边的风好大，掀起了她的头发，她迎风而立，喜悦地呼吸着海风，眺望着海面，她闪亮的眸子比海面的阳光还亮。云楼走过去，帮她戴上了大衣上附带的小帽子，但是，一阵风来，帽子又被吹翻了，涵妮抓住了他的手。

"别管那帽子！"她叫着，"我喜欢这风！好美好美的风啊！"

云楼被她的喜悦感染着，不自禁地望着她，好美好美的风啊！他从没听说过风可以用美字来形容，但是被她这样一说，他就觉得再没有一个字形容这风比美字更好了。挽着涵妮，他们走向了沙滩。路边的岩石缝里，开着一朵朵黄色的小花，涵妮边走边采，采了一大把，举着小花，她又喜悦地喊着：

"好美好美的花啊！"

海边静静的，没有一个人影，阳光照射在白色沙砾上，反射着，璀璨着，每一粒细沙都像一粒小星星，涵妮跑上了沙滩，伸展双臂，她仰头看着阳光，旋转着身子，叫着说：

"好美好美的太阳啊！"

太阳晒红了她的双颊，她把喜悦的眸子投向云楼，给了他嫣然的一瞥。然后，她跑开，弯腰握了一大把沙子，再松开手指，让沙子从她的指缝里流泻下去，她望着沙子，笑得好开心好开心，再度嚷着：

"好美好美的沙啊！"

站在海浪的边缘，她新奇地望着那海浪涌上来，又退下去，新奇地看着那成千成万的、白色的小泡沫，喧嚣着，拥挤着，再一个个地破碎、幻灭……然后，新的海浪又来了，制造了无数新的泡沫，再度地破碎、幻灭，然后又是新的，她看呆了，喃喃地说着：

"好美好美的海浪啊！"

云楼走了过来，一把揽住了她，他扶起她的脸来，审视着她，那匀匀净净的小脸，那清清亮亮的眼睛，那小小巧巧的鼻子，那秀秀气气的嘴唇，以及那温温柔柔的神情，他按捺不住一阵突发的激情，抱紧了她，他嚷着：

"好美好美的你啊！"

俯下头去，他吻住了她，他的胳膊缠着她小小的身子，这样纤弱的一个小东西啊！涵妮！涵妮！涵妮！他吻着她，吻着，吻着，从她的唇，到她的面颊，到她那小小的耳垂，到她那细腻的颈项，把头埋在她的衣领里，他战栗地喊着：

"涵妮！我多爱你啊！我每根血管里、每根神经里、每根纤维里，都充满了你，涵妮，涵妮啊！"

涵妮的身子紧贴着他，她的手缠绕着他的脖子，一句话也没说，她发出一声满足的、悠长的叹息。

他抬起头来，她的眼里闪着泪光。

"怎么了？涵妮？"他问。

她痴痴地仰望着他，一动也不动。

"怎么了？"他再问，"为什么又眼泪汪汪的了？我做错什么了吗？"

"不，不，云楼。"她说，用一对凄恻而深情的眸子深深地望着他。"云楼，"她慢吞吞地说，"你不能这样爱我，我怕没福消受呢！"

"胡说！"云楼震动了一下，脸色变了，"你这个傻东西，以后你再说这种话，我会生气的！"

"别！别生气！"涵妮立即抱住他，把面颊紧贴在他的胸口，急急地说，"你不要跟我生气，我只是随便说说的。"抬起头来，她对他撒娇似的一笑，"你瞧，我只是个很傻很傻的小东西嘛！"

云楼忍不住"扑哧"一声笑了。

"好，你笑了，"涵妮喜悦地说，"就不许再生气了！"

云楼握住了她的手。

"没有人能跟你生气的，涵妮，"他叹口气，"你真是个很傻很傻的小东西！"

沿着绵延不断的海岸，他们肩并着肩，缓缓地向前面走去。他的手揽着她的腰，她的手也揽着他的。在沙滩上留下了一长串的足印。她的头依着他的肩，一层幸福的光彩燃亮了她的脸，低低地，她说：

"我好幸福！好幸福！好幸福！如果能这样过一星期，我就死而无憾了！"

他的手蒙住了她的嘴。

"你又来了！"他说，"我们会这样过一辈子，你知道吗？"

"好的，我不再说傻话了！"她说，笑着，用一对嫣然的、美好的眸子注视着他。走到岩石边上，他们走不过去了。太阳把两个人身上都晒得热烘烘的。云楼解下了他的大衣，铺在沙滩上，然后，他们在沙滩上坐了下来。涵妮顺势一躺，头枕在云楼的腿上，她眯着眼睛，正视着太阳，说：

"太阳有好多种颜色，红的、黄的、蓝的……我可以看到好多条光线，不同颜色的！"收回目光，她看着云楼，再一次说："我好幸福，好幸福，好幸福！"摇摇头，她微笑着，"我不知道我的幸福有多少，比海水还多！世界上还会有人比我更幸福吗？"闭上眼睛，她倾听着，"听那海浪的声音，它好像在呼喊着：云楼——云楼——云楼——"

"不是，它在呼喊着：涵妮——涵妮——涵妮！"

他们两人都笑了，笑作一堆。然后，涵妮开始唱起她深爱的那支歌：

> 我怎能离开你，
>
> 我怎能将你弃，
>
> 你常在我心头，
>
> 信我莫疑。
>
> 愿两情长相守，

在一处永绸缪，

除了你还有谁，

和我为偶。

……

她忽然停止了唱歌，凝视着云楼，说："我问你一个问题，云楼。"

"嗯？"云楼正陶醉在这温馨如梦的气氛中。

"你觉得翠薇美吗？"

"哦？"云楼诧异地看着涵妮，"你怎么忽然想起这样一个问题？"

"回答我！"她说，一本正经地。

"说实话，相当不错。"他坦白地说。

"假如……我是说假如，"她微笑地望着他，"假如没有我的话，你会爱上她吗？"

"傻话！"他说。

"回答我。"她固执地说。

"假如——"云楼笑着，"假如根本没有你的话，可能我会爱上她的。"

涵妮笑了笑，坐起身来，她的笑很含蓄，带点儿深思的神情，她这种样子是云楼很少看到的。用双手抱着膝，她望着海浪的此起彼落，半晌不言也不语。云楼望着她，他在她脸上看到一种新的东西，一种近乎成熟的忧郁。他有些惊奇，也有些不安。

"想什么？"他问。

"我在想——"她深思地说，"那些海浪带来的小泡沫。"

"怎样呢？"

"那些小泡沫，你仔细看过了吗？它们好美，像一粒粒小珍珠一样，映着太阳光，五彩缤纷的。可是，每个小泡沫都很快就破碎了，幻灭了，然后，就有新的泡沫取而代之。"

云楼迷惑地凝视着涵妮，有些神思恍惚，她在说些什么？为什么她那张小小的脸孔显得那么深沉、那么庄严、那么郑重、那么不寻常？

"怎样呢？"他再问。

"我只是告诉你，"涵妮低低地说，"我们每个人都可能握着一个泡沫，却以为握着的是一颗珍珠。"她扬起睫毛来，清明如水的眸子静静地望着他的脸。"假若有一天，你手里的那个泡沫破碎了，别灰心哦，你还可以找到第二个的，说不定第二个却是一粒真的珍珠。"

云楼轻轻地蹙起了眉头。

"我不懂你在说些什么，"他说，"你变得不像你了。"

她跳了起来，笑着奔向水边，嚷着说："好了，不谈那些，我们来玩水，好吗？"

"不好，"云楼赶过去，挽着她，"海水很凉，你会生病。"

"我不会，我想脱掉鞋子到水边去玩玩。"

"不可以，"云楼拉着她，故意沉着脸，"你不听话，我以后不带你出来了。"

"好人，"她央求着，笑容可掬，"让我踩一下水，就踩一下。"

"不行！"

她对他翻翻眼睛，噘着嘴，有副孩子撒赖的样子。跺跺脚，她说：“我偏要！”

“不行！”

“我一定要！”

“不行！”

“我……”

“你说什么都不行！”

她“扑哧”一声笑了出来，用手揽着他的脖子，她笑着，笑得好美好美、好甜好甜、好温柔好温柔。

“你把我管得好严啊，”她笑着说，“我逗你呢！”

“你也学坏了！”云楼说，用两只胳膊圈着她的腰，“学得顽皮了！当心我报复你！”

他对她瞪大了眼睛，扮出一股凶相来，她又笑了，笑得好开心好开心，笑得咯咯不停，笑得倒在他怀里。他抱住了她，说：

“看那潭水里！”

在他们身边，有一块凹下的岩石，积了一潭涨潮时留下的海水，好清澈好清澈，碧绿得像一潭翡翠。他们两个的影子，正清楚地倒映在水中。涵妮不笑了，和云楼并肩站着，他们俯身看着那水中的倒影，那相依相偎的一对，那如诗如梦的一对。水中除了他们，还有云，有天，有广漠的穹苍。她靠了过来，把头依在他的肩上。水中的影子也重叠了，她开始轻轻地唱了起来：

愿今生长相守，

在一处永绸缪，

除了你还有谁，

和我为偶。

倒在他怀中，她的眼睛清亮如水，用手紧抱着他的腰，她整
个身子都贴着他，热情地、激动地、奔放地，她嚷着说：

"噢，云楼，我爱你！爱你！爱你！爱你！好爱好爱你！如
果有一天我会死，我愿意死在你的脚下！"

于是，她又唱：

愿今生化作鸟，

飞向你暮和朝，

将不避鹰追逐，

不怕路遥。

遭猎网将我捕，

宁可死傍你足，

纵然是恨难消，

我亦无苦。

"哦，涵妮，涵妮。"云楼抱紧了她，心中胀满了酸楚的柔
情，"涵妮！"

第十五章

这次的出游之后，云楼和涵妮的生活有了很大的转变，他们不再局限于家里，也偶然出去走走了。有时，他们开车去郊外，度过一整天欢乐的日子，也有时，他们漫步于街边，度过一两个美丽的黄昏。生活是甜蜜的，是悠然的，是带着深深的醉意的。假若没有时时威胁着他们的那份阴影，他们就几乎是无忧无虑的了。时间在情人的手中是易逝的，是不经用的，是如飞般地奔窜着的。就在这种如醉如痴的情况中，寒假来临了。

孟振寰从香港寄来了一封十分严厉的信，命令云楼接信后立即返港，信中有句子说：

    ……父母待子女，劬劳养育，不辞劳苦，儿女苟一长成，即将父母置于脑后，吾儿扪心自问，对得起父母？对得起良心？对得起二十年的养育劬劳否？杨家之女，姑不论其自幼残疾，不能成婚，即使健康，亦非婚

姻之良配……我儿接信后，速速返港，以免伤父子之感
情、家庭之和睦，若仍然执迷不悟，延滞归期，则父子
之情从兹断绝……

云楼接到这封信之后，好几天莫知所措，然后，他写了一
封长信回家，把自己跟涵妮这份感情坦白陈述，恳求父母让他留
下。信写得真挚而凄凉，几乎是一字一泪，信中关于涵妮，他
写着：

　　……涵妮虽然病弱，但是最近已经很有起色，医生
一再表示，精神的力量对她胜过医药，我留在这儿，她
才有生存的机会，我走了，她可能快快至死！父亲母亲，
人孰无情？请体谅我，请为涵妮发一线恻隐之心。要知
道我对涵妮，早已一往情深，涵妮活着，我才有生趣，
涵妮万一不幸，也就是我的末日！我知道父母爱我良深，
一定不会忍心看着我和涵妮双双毁灭，请答允我今年寒
假，姑且停留，等明年暑假，我一定偕涵妮返港……

和这封信同时，他还写了一封信给云霓，年轻人总是比较
了解年轻人的，他请云霓帮他在父母面前说说情。信寄出一星期
后，云霓写了一封信来，父母却只字俱无。云霓的信上说：

　　……哥哥，爸爸接到你的信之后大发脾气，妈妈
吓得一句话也不敢说，这几天家里的气压低极了，连我

都觉得透不过气来。对于你和涵妮的事，我和妈妈都不敢讲话，妈妈也尝试过帮你说情，结果爸爸和她大吵了一架，妈妈气得血压骤然升高，差点晕倒过去。据我看来，你和涵妮的事绝难得到爸爸的同意，这之间可能还另有内幕，因为爸爸连杨伯伯和杨伯母一起骂了进去，说杨伯母什么水性杨花，女儿一定也不是好东西，什么来路不明之类，又后悔不该把你安排在杨家，说他们一家都是坏蛋……总之，情况恶劣极了。哥哥，我看你还是先回来吧！反正回来还可以再去的，爸爸总不能不顾你的学业，把你关起来的。如果你坚持不回来，恐怕我们家和杨家会伤和气，同时，爸爸会断了你的经济来源，甚至跟你断绝父子关系。爸爸的个性你了解，他是说得到做得到的，这样一来，妈妈首先会受不了，你在杨家也会很难处，所以，你还是先回来，回来了一切都可以面谈，说不定反而有转圜的可能……

看完了云霓这封信，云楼彻夜无眠，躺在那儿，头枕着手，他瞪着天花板，一直到天亮。父亲，你何苦？他想着，痛苦地在枕上摇着他的头。杨家怎么得罪你了？涵妮不幸而病，她本身又有何辜？父亲，你何等忍心！何等忍心！可是，事已至此，他将何以自处呢？回去？怎么丢得下涵妮？不回去？难道真的不顾父子之情？涵妮和家庭，变成不能并存的两件事，在这两者之间，你何从抉择？

清晨，他带着份无眠后的疲倦出现在餐桌上，头是昏晕的，眼光是模糊的，面容是憔悴的，情绪是凌乱的。涵妮以一份爱人的敏感盯着他，直觉到发生了什么事情，雅筠也微蹙着眉，研究地看着他。他默默无言地吃着早餐，一直神思不属。终于，涵妮忍耐不住地问：

"你有什么心事吗？云楼？"

"哦，"云楼惊悟了过来，"没有，什么都没有。"

"那你为什么愁眉苦脸？"涵妮追问。

"真的没什么，我只是没睡好。"他支吾着。

"怎么会呢？棉被不够厚吗？"涵妮关切地问。

云楼摇了摇头，无言地苦笑了一下，算是答复。饭后，涵妮坐在钢琴前面，热心地弹着《梦幻曲》，扬起睫毛，不住地用讨好的、带笑的眸子注视着云楼。她发现云楼根本没有在听她弹琴，也没有注意到她的眼光，他倚在窗子前面，只是一个劲地对着窗外无边无际的细雨出神。她感到受伤了，感到委屈了，还感到更多的惊惶和不安。停止了弹琴，她一下子从钢琴前面转过身子来，嚷着说："你怎么了吗？为什么变得这样阴阳怪气的？"

"哦！"云楼如大梦初醒般回过神来，急急地走到涵妮身边，他说，"没什么，真的没什么！"

"没什么，没什么。"涵妮嚷着，"你就会说没什么！我知道一定'有什么'，你瞒着我！"

"没有，涵妮，你别多心。"他勉强地解释着。

"我要知道，你告诉我，我要知道是什么事！"涵妮固执地紧盯着云楼。

"涵妮，"云楼的脸因痛苦而扭曲，凝视着涵妮，他忽然想试探一下，"我在想——我可能回香港去过旧历年，一星期就回来，好吗？"

涵妮的脸一下子变得雪白雪白，她瞪大了乌黑的眼睛，喃喃地说：

"你要走了！我就知道你总有一天要走的，你走了就不再会回来了，我知道的！"仰头看着天，她的眼光呆定而凄惶，"你要离开我了！你终于要离开了！"

她的神情像个被判决死刑的人，那样的无助和绝望，凄凉而仓皇。坐在那儿，她的身子摇摇欲坠，云楼发出一声喊，赶过去，他一把扶住了她。她倒在他怀里，眼睛仍然大大地睁着，定定地凝视着他。云楼恐慌而尖锐地喊：

"涵妮！涵妮！我骗你的，我跟你开玩笑，涵妮！涵妮！涵妮！"

涵妮望着他，虚弱地呼出一口气来，无力地说：

"我没有晕倒，我只是很乏力。"

"涵妮，我在跟你开玩笑，你懂吗？我在跟你开玩笑。"云楼一迭声地说着，满头冷汗，浑身战栗，"涵妮！涵妮！"把头埋在她衣服里，他抖动得非常厉害，"涵妮，我再也不离开你！我永远不离开你！涵妮！"

雅筠被云楼的呼声所惊动，急急地跑了过来。一看这情况，她尖声叫：

"她怎样了？你又对她怎样了？"

"妈妈，"涵妮虚弱地说，"我没有什么，我只是突然有些发晕。"

知道涵妮并未昏倒，雅筠长长地透出一口气来。

"噢，涵妮，你吓了我一跳。"望着云楼，她的目光含着敌意，"你又对她胡说了些什么，你？"

"我——"云楼痛苦地咬了一下嘴唇，"我只是和她开开玩笑，说是可能回一趟香港。"

雅筠默然不语了。这儿，云楼把涵妮一把抱了起来，说：

"我送她回房间去休息。"

涵妮看来十分虚弱，她的脸色苍白如纸，嘴唇是紫色的，用手握紧了胸前的衣服，她显然在忍耐着某种痛苦。看到自己造成的这种后果，看到涵妮的不胜痛楚、不胜柔弱，云楼觉得心如刀绞。抱着她，他走上了楼，她那轻如羽毛的小小的身子紧倚在他怀中，显得那样娇小、那样无助。他把她抱进了她的卧房，放在床上，用棉被裹紧了她。然后，他坐在床沿上凝视着她，眼泪充塞在他的眼眶里。

"涵妮！"他低低地呼叫。

"我好冷。"涵妮蜷卧在棉被中，仍然不胜瑟缩。

"我帮你灌一个热水袋来。"

云楼取了热水袋，走下楼去灌热水，雅筠正拿了涵妮的药和开水走上楼，望着他，雅筠问：

"她怎样？"

"她在发冷。"

雅筠直视着云楼。

"现在不能让你自由了，云楼，"她说，"你得留在我们家里，你不能回香港，一天都不能！涵妮的生命在你手里！"

"我不会回香港了！"云楼坚定地回答，"我要留在这儿，不顾一切后果！"

下了楼，他到厨房里去灌了热水袋，回到涵妮的卧房。涵妮刚刚吃了药，躺在那儿，面色仍然十分难看，雅筠忧愁地站在床边望着她。云楼把热水袋放在涵妮的脚下，再用棉被把她盖好，她的手脚都像冰一样地冷，浑身发着寒战。云楼对雅筠看了一眼：

"要请李大夫来吗？"

"不，不要，"涵妮在床上摇着头，"我很好，我不要医生。"她一向畏惧诊视和打针。

"好吧！看看情形再说。"雅筠把涵妮的棉被掖了掖，"我们出去，让她休息一下吧！"

"别走，云楼。"涵妮虚弱地说。

云楼留了下来。雅筠望着这一对年轻人，摇摇头，她叹了口气，走出了房间。

这儿，云楼在涵妮的床沿上坐下来，彼此深深地凝视着。涵妮的眼睛里，带着份柔弱的、乞怜的光彩，看起来是楚楚可怜的。嚅动着那起先发紫、现在苍白的嘴唇，她乞求似的说：

"云楼，你别离开我！如果你回香港，你就再也见不到我了，真的，云楼。"

云楼的心脏被绞紧、压碎了。抚摸着涵妮的面颊，他拼命地摇着头，含泪说：

"涵妮，我绝不离开你！我发誓！没有人能分开我们，没有人！"

于是，这天晚上，他写了封最坚决、最恳挚的信回家，信中

有这样的句子:

> ……我宁可做父母不孝之儿,不能让涵妮为我而死,今冬实在无法返港,唯有求父母原谅……

这封信在香港引起的是怎样的风潮,云楼不知道。但是,数天之后的一个晚上,云楼和涵妮全家都坐在客厅中烤火。涵妮病后才起床,更加消瘦,更加苍白,更加楚楚可怜。雅筠坐在沙发上,正在给涵妮织一件毛衣,杨子明在看一本刚寄到的科学杂志,云楼和涵妮正带着深深的醉意,彼此默默地凝视着。室内炉火熊熊,充满了一种静谧而安详的气氛。尽管窗外朔风凛冽、寒意正深,室内却是温暖而舒适的。

门铃忽然响了起来,惊动了每一个人,大家都抬起头来,好奇地看着门口。秀兰进来了,手里拿着一个信封。

"先生,挂号信!"

杨子明接过了信封,看了看,很快地,他抬头扫了云楼一眼。这一眼似乎并不单纯,云楼立即对那信封望过去,航空信封,香港邮票,他马上明白此信的来源了。一层不安的情绪立即对他包围了过来,坐在那儿,他却不敢表示任何关怀。雅筠趁杨子明拿收条去盖章的当儿,接过了信封,笑嘻嘻地说:

"谁来的信?"

一看信封,笑容在她的唇上冻结了,她也抬头扫了云楼一眼,寒意似乎突然间钻进了屋里,充塞在每个角落里了。雅筠蹙起了眉头,毫不考虑地,她很快就拆了信,抽出信笺。云楼悄悄地注视着她的脸色，随着信中的句子，她的脸色越来越沉重，越来越难看，越来越愤懑……接着，她陡地放下了信笺，喊着说：

"这未免太过分了！"

云楼从来没有看到雅筠像这一刻愤怒的脸色，不止愤怒，还有悲哀和昏乱。杨子明赶了过来，急急地问：

"怎么？他说些什么？"

"你看！"雅筠把信笺抛在杨子明身上，"你看看！这像话吗？这像话吗？"一层泪雾忽然模糊了她的眼睛，她猛地整个崩溃了，用手蒙住了自己的嘴，她转身奔上了楼梯，啜泣着向卧室跑去。

"雅筠！雅筠！"杨子明喊着，握着信笺，他紧紧地跟在雅筠身后，追上楼去。这一幕使涵妮受惊了，站起身来，她惶恐地喊着：

"爸爸！什么事？什么事？"

"不关你的事，涵妮，"杨子明在楼梯顶上停顿了一下，回过头来说，"你该睡觉了！"说完，他转身就奔向了卧室。

客厅中只剩下涵妮和云楼了，他们两人面面相觑。云楼是略有所知，因此更觉得惶惶不安，父亲的脾气暴躁易怒，天知道他会在信中写些什么句子！想来是绝不会给人留余地的。涵妮却完全莫名其妙，只是睁大了眼睛，看着云楼，半天才说："你想，这是怎么回事？"

"不知道，"云楼勉强地摇了摇头，"不关我们的事，你别操心吧！"他言不由衷地说："可能是你父亲生意上的事！"

"不会，"涵妮不安地说，"父亲生意上的信件从不会寄到家里来的！"

"反正，我们操心也没用，是吗？"云楼问，"别去伤脑筋吧，大人有许多事是我们无法过问的。"

"我觉得——"涵妮担忧地望着他，"一定有什么不好的事……"

"别胡思乱想，"云楼打断她，耸了耸肩，"弹一支曲子给我听，涵妮。"

"你要听什么？"

"《印度之歌》。"

涵妮弹奏了起来，云楼沉坐在沙发里，他的心思并不在琴上，脑中风车似的转着几百种念头。他忽然发现在他和涵妮之间，竟横亘着怎样的汪洋大海，他们都在努力地游，努力地向彼此游去。但是，他们都已经快要力竭了，而隔着的距离仍然是那样遥远！他们能游到一起吗？游到一起之后呢？可有一只平安的小船来搭救他们，载送他们到一个安全的地方？还是两人一起沉向那黑暗的、深不可测的海底？

一曲既终，涵妮回过头来。

"还要听什么？"她问。

"不，涵妮。"他站起身来，"你刚刚病好，别累着，你该去睡了，我送你回房间去！"

她扬起睫毛来，瞅着他。

"你又要赶我走！"她噘着嘴说。

"我不要你像现在这样苍白，"云楼说，凝视着她，深深地，"我要你红润起来，为我红润起来！"

涵妮顺从地走上了楼梯，走进了卧室。

深夜，云楼确信涵妮已经熟睡了之后，他走到杨子明夫妇的卧室前面，轻轻地叩了叩房门。

"谁？"杨子明的声音。

"我，孟云楼。"

室内沉寂了一下，然后，杨子明的声音说：

"你进来吧！"

他推开门，走了进去。他几乎从未进过杨子明夫妇的卧室，这是间宽敞的大房间，除了床与梳妆台之外，还有张大书桌和一套三件套的小沙发，杨子明是经常留在这房间里看书与工作的。这时，雅筠正坐在床沿上，脸色沉重而凄凉，眼睛红肿着，显然是哭过了。杨子明坐在书桌前面的转椅里，深深地抽着烟，室内烟雾弥漫，有种说不出来的凝重的气氛。看到他走进来，雅筠抬起一对无神的眸子，看了他一眼，问：

"涵妮呢？"

"早就睡了。"

"把房门关好。"杨子明说，语气庄重而带点命令意味，"到这边沙发上来坐下！"

云楼听命关好了门，走过去坐了下来。他看出杨子明夫妇那庄严而郑重的神色。不安和恐慌的感觉在他心中越积越重，他看看雅筠又看看杨子明，忐忑地说：

"是我父亲写来的信？"

"是的。"杨子明喷出一口浓浓的烟雾，他不看云楼，只是瞪着那团烟雾扩散，语音冷而涩，"云楼，我对你很抱歉，你必须离开我们家了！"

云楼惊跳了起来。

"杨伯伯！"他惊喊。

"坐下！"杨子明说，再喷了一口烟，他的声音是庄重的、权威的，"当初我留你住在我家，就是一个错误，接着又一错再错地让你和涵妮恋爱，现在，我们不能继续错下去了，你必须走！"

"杨伯伯，"云楼锁着眉，凝视着杨子明，"您认为这样做就妥当了？您甚至不顾涵妮？"

杨子明迅速地掉过眼光来，盯着云楼，云楼第一次发现他的眼光是这样锐利而有神的，是这样能看穿一切、能洞察一切的。

"是的，我们一直顾虑着涵妮，就因为顾虑着涵妮，才会造成现在这个局面，到目前，我们无法再顾虑涵妮了，你一定得离开我们家。"

云楼迎视着杨子明的目光，他的背脊挺直了。

"您可以不顾虑涵妮，但是我不能不顾虑涵妮，杨伯伯！"他冷冷地说，"好，你们要我走，已经不是第一次，我如果不是为了涵妮，也早就走了！现在，我走！但是，我带涵妮一起走！"他站起身来。

"坐下！"杨子明再度说，"年轻人，你是多么鲁莽而不负责任的？你带涵妮去？你带她到哪儿去？"

"我可以租一间房子给她住，我可以跟她结婚，只要不实行夫妇生活，就不至于伤害她，我可以养活她……"

"哼！"杨子明冷笑了，"你拿什么养活她？涵妮每个月的医药费就要两三千，她不能工作，不能劳累，不能受刺激，她要人保护着、伺候着，甚至寸步不离……你怎样养活她？别寄望于你的父亲，他说了，你不回香港，他就断绝你的经济来源！年轻人，别说空洞而不负责任的话！别做鲁莽而不切实际的事！你要学习的太多了！"

云楼被打倒了，站在那儿，他瞪大了眼睛望着杨子明，忽然发现对面这个男人是那么坚定、那么高大，而自己却又渺小、又寒碜！他开始感到局促不安了、手足失措了，虽然是严寒的天气，他却额汗涔涔了。

"好了，用用思想吧，别太冲动。"杨子明缓和了下来，他的语气忽然又变得温和而带点鼓励性了，"你最好坐下来，听我把话说完！"

云楼凝视着杨子明，这个人是多么深邃、难测啊！但是，云楼觉得自己喜欢他，除了喜欢以外，对他还有一份敬服，这是他对自己的父亲都没有的情绪。他坐了下来，用一种被动而无奈的神色望着他。

杨子明同样在衡量着眼前这个年轻人，多鲁莽啊！多容易冲动，又多么不理智，正像自己年轻的时候，你无法责备他的。目前，他唯一能运用的东西，只是那份充沛的、发泄不尽的热情！而"热情"这样东西，往往却是成事不足、败事有余的。

"云楼，"他又吸了一口烟，深思地说，"如果你多运用一下思想，你就不必对我这样暴跳如雷了。想想看，你和涵妮的恋爱，我们一开始虽然反对过，但那完全是为了涵妮的健康问题，以及你未来的幸福问题，绝非我们不喜欢你，假若我不是那么喜欢你，我也不会向你父亲自告奋勇地要接你住在我家了！学校里有宿舍，你尽可以去住宿舍的，你想，是不是？"

云楼默默无语，杨子明的语气多么真挚，他觉得自己被撼动了。

"既然你和涵妮的恋爱发展到了今天这个地步，"杨子明继续说了下去，"我们做父母的还能怎样期望呢？只期望涵妮终有健康之一日，你们也能够达到有情人终成眷属的一天。涵妮自幼就被关在家里，从没尝过恋爱滋味，对于你，她是痴情千缕，我想她这份感情，你比我们还清楚。如果你离开，很可能置涵妮于死地。涵妮是我们的独生女儿，你也明白她在我们心中的分量，我们难道愿意把她置于死地吗？云楼！你想想看！"

云楼瞪大了眼睛，在这一瞬间，忽然感到惶悚而无地自容了。杨子明的话是对的，自己只是个莽撞的傻瓜！

"今天我对你说，要你离开我们家，难道是我甘愿的吗？"子明紧盯着云楼的脸，"我之所以这么做，完全因为有不得已的苦衷，你应该猜到的，你的父亲在逼迫我们！这不是我们的意思，是你那不通情理的父亲！"他的声音抬高了，脸色突然因激动而发红了，云楼从未见过他如此不能克制自己，他额上的青筋在跳动着，握着香烟的手在颤抖。好一会儿，他才重新稳定了自己的情绪。大口大口地抽着烟，他望着虚空里的烟雾说："原谅我们，云楼，我们斗不过你的父亲，他一直是个强悍的人。回去吧！云楼，我们会尽全力来保护涵妮，等到你能娶她的那一天，也等到她能嫁你的那一天来临。"

"不，杨伯伯，"云楼紧紧地咬了一下牙，"我不能回去！坦白说，我离不开涵妮，涵妮也离不开我，我宁可对父亲抗命，不能让涵妮面临危险。涵妮上次不过听说我可能要走，就病倒了三四天，她脆弱得像一缕烟，风吹一吹就会散的。我必须留下来，杨伯伯，"他恳切地看着杨子明，"您一定要支持我，为了我，也为了涵妮！"

杨子明看着云楼那张痛苦的脸，他被这个孩子的热情与无奈感染了。抬起眼睛来，他看了看雅筠，雅筠坐在那儿，满脸的凄苦与无助，二十几年来，他第一次看到她这样凄惶，这使他的心脏痉挛了起来。

"云楼，"他沉吟地说，"我也希望我能支持你，不瞒你说，我曾经写过一封很恳切的长信给你的父亲，但你的父亲不能了解你这种感情，正如同他以前……"他把下面的话咽住了。半晌，才又说："你父亲是个执拗而顽固的人，虽然他是个留学生，他的思想却很守旧，他有几千种非常充分的理由来反对你和涵妮的恋爱，认为这是件荒谬之至的事情！你是你家唯一的男孩子，你负有传宗接代的责任，你的妻子必须宜子宜孙！"他苦笑了一下，"何况，涵妮根本不能结婚，这事就更荒谬了！他指责我们，认为我们当初接你来住是一个圈套，要给我们那'嫁不出去的女儿找一个傀儡丈夫'，是要'夺人之子'。"他狠狠地喷出一口烟雾，"云楼，你了解了吧，你必须回去！否则，我们担当不起种种罪名！"

"不！"云楼坚决地看着杨子明，"爸爸不该这样说，他越是这样固执，我越是不能回去，如果我回去了，他就不会再放我到台湾来了！我绝不回去！"

"你必须回去！"杨子明说。

"绝不！绝不！"云楼斩钉截铁地说。

"你知道你父亲信里写了多少难听的话！"杨子明又激动了，"你知道……"忽然间，他住了口。他的眼睛紧紧地盯着云楼："好吧，这件事你迟早会知道的，我告诉你吧！你知道我和你父亲的关系吗？"

云楼诧异地看着他。

"你和爸爸是留德的同学。"他说。

"是的，是留德的同学。"杨子明抬头看看屋顶的吊灯，声音像是从一个很深远的地方透了过来，"我俩租了一个阁楼，两人同住在一间屋子里，饮食起居都在一起，情同兄弟。你父亲有一个未婚妻在国内，虽然是父母之命、媒妁之言订的婚姻，但因沾着一些亲戚关系，你父亲和她自幼就常在一起玩，所以并不像一般旧式婚姻那样隔阂和陌生。在德国时，他的未婚妻也时常来信，偶尔还寄一两张照片来。她长得很美，文笔流畅，你父亲深以为傲。接着，由于战争的关系，我提前回国，你父亲因学业未成，由德国转往美国，继续求学。我回国前，他郑重地将未婚妻托付给我，因为他那未婚妻本是母女相依，那时刚好丧母，孑然无依。再加上战乱，他很不放心，要我照顾她，好好地照顾她。我照顾了，"他停住了，看着云楼，苦笑了一下，"下面的故事不用讲了，那未婚妻就是雅筠。"

云楼惊愕地看着杨子明，又掉头看看雅筠，这是他从来没有听过的一个故事，是他做梦也想不到的一个故事。怪不得！怪不得父亲对杨家余恨重重。他呆呆地看着雅筠，她正显出一副凄然而庄重的表情来，那样子是令人感动的。

"现在你明白两家的恩怨了吧？"杨子明看着云楼，带着份苦涩的惘然，"刚开始，日子真难过，那时，你的祖母还没有去世，那是个严苛的老妇人，指着我们，她曾经咒骂过多少难听的话。然后，你父亲回国了，他很快就结了婚，有好几年，我们两家不相来往，直到你和你妹妹相继出世，我们也有了涵妮，大家才恢复了友谊。"望着云楼，他深刻地说，"那时我就和你现在一样，如疯如狂的，不顾一切阻力的，我和你杨伯母，度过了许多困厄和艰难。因此，我们能了解你这份感情，不是不能了解，真正不了解的，是你的父亲！他一生也没有了解过什么叫爱情！"

云楼深深地注视着杨子明，他很了解杨子明这句话，真的，父亲不是个很重感情的人，他刻板而严肃。望着雅筠，他忽然觉得她从父亲身边转向杨子明是一件很自然的事，他根本无法把雅筠和自己的父亲联想在一起，他们是完全不同的两种人物。而雅筠和杨子明，却是属于同一类型的。

"最近许多年来，"杨子明继续说，"我和你父亲都维持着很好的关系，往事已经过去太多年了，你父亲也不再介意了，直到你走入我们的家庭，和涵妮相恋，这一份友情又整个瓦解了。你父亲的信写得很刻薄、很冷酷，你懂吗？二十几年后再来提旧事是让人难堪的，你父亲指责我'既夺人妻，复夺人子'，咳，"他无法解嘲地苦笑了，"真不知从何说起！"既夺人妻，复夺人子？信中岂止这几句话？"涵妮是怎样的女孩，我虽不知，但凭她在半年之内，即能蛊惑人心，令云楼背父背母，其秉性可知！想必幼承母训，家学渊源矣！"诸如此类的句子，比比皆是，令人是可忍孰不可忍！二十几年前的旧账，现在似乎还要来一次总清算！他和雅筠，要还债还到哪一天为止？站起身来，他长叹了一声，在室内走了一圈，他停在云楼的面前。"现在，云楼，你明白了吧？你必须回去，否则我和你伯母，是罪孽深重、万劫不复了！云楼，我们甘愿冒涵妮死亡之险，不能再背负一层重担了。"

云楼坐在那儿，深锁着眉，他一时觉得心中纷纷乱乱，一点头绪都理不出来。好半天，他忽然想清楚了，想明白了！站起身来，他以一副坚决的神情，直视着杨子明和雅筠说：

"杨伯伯、杨伯母，我现在了解了很多事情，是我以前完全不了解的。你们的事，我不知谁是谁非，或者，爱情是很难定是非的！但是，我觉得，你们是世界上最相配的一对！关于我和涵妮，爸爸一开始就没有用公平的心来衡量过我们的爱情，他只是挟旧怨，盲目地反对，涵妮的病，又给了他最好的借口，事实上，涵妮不病，他恐怕也会一样地反对！所以，在这样的情况之下，我决定了，我绝不回去！假以时日，我想，爸爸会谅解我的。至于爸爸给你们的那封信，我可以想象它的内容，"他看了看杨子明，又看了看雅筠，"我想，你们即使重来一遍，依然会结合的，那么，你们该不会后悔二十几年前的抉择。既然如此，现在，又何必在意这信中所说的呢？"

杨子明深深地看着面前这个男孩子，这是谁？孟振寰的儿子！孟振寰竟有这样一个儿子！他觉得自己对他的欣赏和喜爱正在扩大。他看看雅筠，他在雅筠的神色中看出同样的情绪。

"再有，"云楼接着说下去，"你们当初有勇气为了爱情而战斗，现在你们却要我不顾涵妮，就这样撤退了吗？你们还说你们了解爱情？我父亲的一封信，就足以让你们决定牺牲我和涵妮了，你们岂不太自私？"

"哦，住口！"沉默已久的雅筠突然跳了起来，命令地说，"你这个大胆的、让人烦恼的孩子！"她斥责地说着，但她那感动的眼神却说了相反的话。掉过头来，她看着杨子明说："我们怎么办呢？"

"怎么办？"杨子明瞪着雅筠说，"你没有听到那个讨厌的孩子说，他怎么都不回去吗？他既然不肯回去，我们总不能把他抬回香港去呀！那么，还能怎么办呢？我们只有跟着这两个傻孩子一起下地狱吧！"

"哦，子明！"雅筠含愁、含颦，又含笑地看着杨子明，"只能这样办吗？"

"我看，只好这样了！"

云楼对那夫妇两个深深地注视着，然后，他觉得自己的眼眶里充满了泪水。对他们微微地弯了弯腰，他觉得没有一句言语能表达自己这一刹那的感觉和感触，转过身子，他无言地退出了房间。

第十六章

但是，事情并没完。

第二天黄昏，云楼收到一个来自香港的电报，电报中只有几个字：

> 母病危，速返。
>
> 　　　　父

握着这电报，云楼始而惊，再而悲，继而疑。背着涵妮，他拿这封电报和杨子明夫妇研究，他说："如果妈真的病了，我是非回去不可了，但是，我怕这只是陷阱，为的是骗我回去。"

雅筠对着这电报，沉吟久之。然后，她注视着云楼，深思地说："我看，目前这情况，不管你母亲是真病还是假病，你都必须回去一趟了。我们鼓励你为爱情而战斗，但是，不能鼓励你做个不孝的儿子！"

"我觉得，"云楼嗫嚅地说，"这事百分之八十是假的，一个人怎会好端端的就病危了呢？"

"你伯母的话是对的，云楼。"杨子明也郑重地说，"既然有这样一个电报，你还是回去一趟吧！假若是真的，你说什么也该回去，假若是假的，你可马上再飞回来！不管爱情是多么伟大，你别忘了还有人子的责任！"

"可是，涵妮怎么办呢？"

"涵妮——"雅筠愣住了，"我们或者可以想一个办法……或者，你偷偷地走，别给她知道，我们瞒她一阵，你再尽快地赶回来。"

"我觉得不妥当，"云楼说，"这是瞒不住的事情，越瞒她，她可能想象得越严重……"

"可是，绝不能告诉她，"雅筠急促地说，"别忘了上次的事情，前车之鉴，这事千万别莽撞。"

"我看，我还是先打个电报回家，问问情况再说。"云楼思索着，"我总觉得这里面还有问题。"

"这样也好，"杨子明说，"不过，你即使打电报去询问，也不会问出结果来的。假若他们是骗你的，他们一定会继续骗下去，假若是真的，你反正得回去。"

但，云楼犹豫不决，回去？不回去？他简直不知该怎么办才好，本来，他是坚决不愿回去的，但是，母亲病了，这事就当别论，他不能置母病于不顾！坐在杨家的客厅里，他坐立不安，尽管涵妮在钢琴前面一曲一曲地弹着，他却完全无心欣赏。就在这时，香港的第二通电报来了，这电报比先前的详细得多，是云霓打来的，写着：

> 母为你和涵妮之事与父争执，血压骤升昏迷，现已
> 病危，兄宜速返！
>
> 霓

接到这个电报，云楼才真的相信了，也真的昏乱了。母亲！母亲！那一生善良、相夫教子、永无怨言的母亲！为了他的事！他知道母亲是怎样疼他宠他的！她从来对父亲是一味地忍让，这次竟再三和父亲冲突，直至昏迷病危！噢，他是怎样地糊涂！怎样地不可原谅！怎样地不孝！怎样地可恶！竟怀疑先前那个电报是陷阱，是假的！否则，他说不定今晚已经在母亲病榻之前了！现在已快夜里十点，绝对没有飞机了，最快，他要明天才能赶回去！噢！母亲！母亲！他握着电报，冲上了楼，把自己关在卧室里。

雅筠立即跟上了楼，推开门，她看着云楼。云楼一语不发地把电报递给她，就沉坐在椅子里，用双手紧紧地蒙住了脸，痛苦地摇着头。

"我是个傻瓜！是个混蛋！"他自责着，沉痛而有力地啜泣起来。

"别急，我去帮你打听飞机班次，冷静一点，涵妮来了！"雅筠急急地说，握着电报奔下了楼梯。

这儿，涵妮恐慌而惊吓地跑了过来，一把抱住云楼的头，她嚷着说：

"怎么了？云楼？发生了什么事？"

云楼把脸埋进了她的衣服里，他用全力克制着自己的啜泣，却不能停止浑身的战栗。涵妮更慌了，她不住地喊着：

"云楼！云楼！你怎么了？你怎么了？你别吓我！"

"没什么，涵妮。"他努力控制着自己的声音，"我只是忽然间头痛，痛得不得了。"

"头痛！"涵妮惊喊，"你病了。"

"别紧张，我一会儿就好。"他抱紧了她，不敢把头从她的衣服里抬起来，"让我静一静，我过一会儿就好了。你让我静一静。"

"我打电话去请李大夫，好吗？"涵妮焦灼地说，用她那温暖的小手抚摸着他的后颈。

"不要，什么都不要。"

雅筠折回到楼上来了，涵妮抬起一对惊惶的眸子看着她的母亲。

"妈，你打电话请了医生吗？他病了，他在发抖。"

"涵妮，"雅筠说，"你到楼下倒杯温开水来，我们先给他吃一粒止痛药，医生说没有关系，休息一夜就好了。你去倒水吧！"

"好的！"涵妮迅速地放开云楼，转身走出房间，往楼下跑去。

看到涵妮退走了，雅筠立即走到云楼的身边，急急地说：

"最早的一班飞机是明天早上八点起飞，你杨伯伯已经去给你买机票了，你先别着急，这儿有粒镇静剂，等涵妮拿水来后，你把它吃下去。在涵妮前面，你一个字也不要提，明天你走的时候，她一定还没有起床，你悄悄地走，我会慢慢地告诉她。你如果现在对她说，她一定会受不了，假若她再发病，就更麻烦了。你不要牵挂涵妮，我会用全力来保护她的。你去了，如果情况不严重，你就尽快赶回来，万一你母亲……"她顿了顿，改口说，"万一你要耽搁一段时间，可打长途电话或电报到杨伯伯的公司里去，千万别……"

涵妮捧了水进来了，雅筠咽住了说了一半的话，拿出药丸，云楼吃了药，已经比先前镇定多了，也能运用思想来考虑当前的局面了。他知道事已至此，一切都只有按雅筠所安排的去做，他无法再顾虑涵妮了。抬头看了雅筠一眼，他用自己的眼神表达说不出口的、许许多多的感激。雅筠推推涵妮说："涵妮，我们出去吧，让云楼早些睡。"

"我——"涵妮嗫嚅着说，"我在这儿陪他，他睡着了，我就走。"

"你在这儿他睡不好。"雅筠急于要打发开涵妮，"而且，你也该睡了。"

"我不吵他，"涵妮说，"我只是看着他，他病了，说不定会要水喝的。"

雅筠无语地看看云楼，对他悄悄地使了个眼色，说：

"那么，云楼，你就睡了吧。"

云楼只得躺在床上，盖上棉被。雅筠退出了房间，涵妮坐在床前的一张椅子里，洁儿躺在她的脚前。她就坐在那儿，静静地看着云楼。云楼也凝视着她，带着深深的凄苦。那张白皙的小脸那样沉静、那样温柔、那样细致……噢，涵妮！我能够马上再见到你吗？万一……万一母亲……噢，不会的！不会的！绝不会的！他猛烈地摇着他的头，涵妮立即受惊地俯了过来：

"还痛吗？我给你揉揉好吗？"

"不要，"云楼捉住了她的手，喉中哽着一个硬块，语音是模糊的，"我想听你唱歌，唱那支《我怎能离开你》。"

于是，她开始唱了，坐在床边，她低低地、温柔地、反复地唱着那支歌：

> 我怎能离开你，
>
> 我怎能将你弃，
>
> 你常在我心头，
>
> 信我莫疑。
>
> 愿今生长相守，
>
> 在一处永绸缪，
>
> 除了你还有谁，
>
> 和我为偶。
>
> ……

噢！涵妮，涵妮，他闭着眼睛，心里在呼喊着：这歌词是为我而写的，每一句话，都正是我要告诉你的！信任我！涵妮！等待我！涵妮！当明天你发现我走了之后，别哭啊！涵妮，别伤心啊！涵妮，别胡思乱想啊！涵妮，我会回来的，我必定会回来的！但愿母亲没事！但愿我很快就能回来！但愿再看到你的时候，你没有消瘦，没有苍白！但愿……哦，但愿！

我怎能离开你，

我怎能将你弃，

你常在我心头，

信我莫疑。

……

涵妮仍然在反复地低唱着，唱了又唱，唱了又唱，唱了又唱……然后，当她看到他合着眼睛，一动也不动，她以为他睡着了。她轻轻地站起身来，俯身看他，帮他掖了掖肩上的棉被，她在床前又站了好一会儿。然后，她俯下头来，在他额上轻轻地吻了一下，低声地说：

"好好睡啊！云楼！做一个甜甜的梦啊，云楼，明天头就不痛了，再见啊！云楼！"

她走了。他听着她细碎的脚步声移向门口，突然间，他觉得如同万箭穿心，心中掠过一阵剧痛，倒好像她这样一走，他就再也见不到她了似的。他用了极大的力量克制住自己要叫她回来的冲动。然后，他听到她在门外，细声细气地呼唤洁儿出去，再然后，她帮他熄灭了电灯，关上了门，一切都沉寂了。

他睁开眼睛来，瞪视着黑暗的夜空，他就这样躺着，好半天一动都不动，直到有人轻叩着房门，他才跳了起来。扭亮了电灯，开了门，杨子明夫妇正站在门口，杨子明立即递上了飞机票，说："你的机票，明天八点钟起飞，机位都给人预订了，好不容易才弄到这张机票，幸好我有熟人在航空公司。你的护照都在吧？"

他凄苦地点了点头，喑哑地说：

"谢谢你，杨伯伯，这么晚了，让你为我跑。"

"我路过邮政总局，已经代你拍了一份电报回去，告诉你家里明天的飞机班次，让你母亲也早点知道，假如她……"他把下面的话咽住了，他原想说假如她还有知觉的话，"你可以收拾一下你的东西，随身带几件衣服就可以了，大部分的东西就留在这儿吧，反正你还要回来的。"

"我知道，"云楼低低地说，"其实没什么可带的，衣服家里都还有。"抬起眼睛来，他哀苦不胜地凝望着杨氏夫妇，觉得有千言万语，却不知从何说起，半晌，才说："杨伯伯、杨伯母，我这次回去，说实话，我自己也不知道会逗留多久，假如运气好，妈妈的病很快就能痊愈，我自然尽快赶回来，万一事与愿违，"他哽塞地说，"我就不知道会拖到哪一天……"

"别太悲观，云楼，"杨子明安慰地说，"吉人天相，你母亲的样子，不像是会遭遇不幸的，说不定你赶去已经没事了。"

"反正，我说不出我心里的感觉，"云楼昏乱地说，"一切来得太突然了。总之，我想你们了解，关于涵妮，我总觉得我不该这样不告而别，明天她发现我走了，不知要恐慌成什么样子……"

"现在，你先把涵妮搁在一边吧。"雅筠说，"我也明白，你走了之后的局面是很难办的，但是，我会慢慢地向她解释，明天你走之后，我预备守在她房里，等她醒来，就缓和地告诉她，你回去两三天就来，她一向很信任我的，或者不至于怎样。"

"为什么不能坦白告诉她呢？"云楼懊丧地说，"我该坦白告诉她的，她会了解我的不得已。"

"能不能了解是一回事，"雅筠深刻地说，"能不能接受又是另一回事，她能了解的，怕的是她脆弱的神经和身体不能接受这件事。而且，云楼，人生最苦的，莫过于离别前的那段时间。如果你坦白告诉她了，从今晚到明晨，你叫她如何挨过去。"

云楼垂下了头，他知道雅筠的深思熟虑是对的，他只是抛不开涵妮而已。抛不开这份牵挂，抛不开这份担忧，抛不开这份刻骨铭心的深情。

"好了，云楼，"杨子明说，"你大概收拾一下东西，也早点睡吧，多少总要睡一下的，明天之后恐怕会很忙碌。涵妮，你放心，交给我们吧，总是我们的女儿，我们不会不疼的。"

"我知道。"云楼苦涩地说。睡，今夜还能睡吗？一方面是对涵妮牵肠挂肚的离别之苦，一方面是母病垂危的切肤之痛。睡，怎能睡呢？

这是最漫长的一夜，这也是最短暂的一夜。云楼好几次打开房门，凝望着走廊里涵妮的房间，多少欲诉的言语，多少内心深处的叮咛，却只能这样偷偷地凝望！又有多少次，他伫立窗前。遥望云天，恨不得插翅飞回香港。"父母在，不远游。"他到这时才能体会这句话有多深刻的道理！十月怀胎，三年哺乳，母亲啊，母亲！

黎明终于来临了，一清早，雅筠就起身了，叮嘱厨房里给云楼准备早餐。云楼的随身行李，只有一个小旅行袋。他房内的东西完全没有动，那些画幅，依旧散乱地堆积着，大部分都是涵妮的画像，他最得意的那幅涵妮的油画像，早就挂在涵妮的卧室里了。在画桌上，他留了一张字条，上面轻松地写着：

涵妮，在我回来之前，请帮我把那些画整理一下，好吗？别让它积上灰尘啊！

我会日日夜夜时时刻刻分分秒秒想你！

楼

给涵妮一点工作做做，会让她稍减离别之苦，他想。把字条压在书桌上的镇尺底下，他下了楼。杨子明和雅筠都在楼下了，雅筠想勉强他吃一点东西，但是他面对着那份丰富的早餐，却一点食欲也没有。推开了饭碗，他站起身来，满眼含着泪水。

"杨伯伯、杨伯母……"他艰难地开了口。

"不用说了，我都了解，"雅筠说，"你多少吃一点吧！"

"我实在吃不下。"他抬头看了看楼上，"涵妮？"

"我刚刚去看了一下，她睡得很好，"雅筠说，"现在几点了？"

"七点十分。"

"那你也该走了，还要验关、检查行李呢！"

"我开车送你去，云楼。"杨子明说。

"不了，杨伯伯，我可以叫计程车。"

"我送你，云楼。"杨子明简短地说，"别忘了，你对我有半子之分呢，只怕涵妮没这福气。"

云楼再看了楼上一眼，咫尺天涯，竟无法飞渡，隔着这层楼板，千般离情，万般别苦，都无从倾诉！再见！涵妮，我必归来！再见！涵妮，再见！

"快一点吧，云楼，要迟到了，赶不上这班飞机就惨了，年底机位都没空，这班赶不上，就不知道要延迟多久才有飞机了。"

杨子明催促着。

"我知道。"云楼说，穿上了大衣，提起了旅行袋。他凄苦地看着雅筠："涵妮醒来，请告诉她，我不是安心要不告而别的，我本想给她留一封信，但是我心情太乱，写不出来，请告诉她，"他深深地看着雅筠，"我爱她。"

"是的，云楼，我会说的，你好好去吧！"

云楼不能再不走了，跟在杨子明的身后，他向大门口走去，雅筠目送着他们。就在这时，楼上发出一声尖锐的惨呼，使他们三个人都惊呆了，然后，云楼立即扔下了他的旅行袋，折回到房里来，下意识地向楼上奔去。可是，才奔到楼梯口，楼梯顶上传来一声强烈的呼喊："云楼！"

他抬起头，涵妮正站在楼梯顶上，脸色惨白如蜡，双目炯炯地紧盯着他，她手中紧握着一张纸，浑身如狂风中的落叶般战栗着。

"云楼！"她舞动着手里的字条，狂喊着说，"你瞒着我！你什么都瞒着我！你要走了！你——好——狠——心！"喊完，她的身子一软，就整个倒了下来。

云楼狂叫着：

"涵妮！"

他想奔上去扶住她，但，已经来不及了，她从楼梯顶骨碌碌地一直翻滚了下来，倒在云楼的脚前。云楼魂飞魄散，万念俱灰，一把抱起涵妮，他尖着喉咙急喊着：

"涵妮！涵妮！涵妮！"

雅筠赶了过来，她一度被涵妮的出现完全惊呆了，现在，她在半有意识半无意识的昏迷状态中喊：

"放下她，请医生！请医生！"

云楼昏乱地、被动地把涵妮放在沙发上，杨子明已经奔到电话机旁去打电话给李大夫，挂上电话，他跑到涵妮的身边来：

"李大夫说他在十分钟之内赶到，叫我们不要慌，保持她的温暖！"

一句话提醒了云楼，他脱下大衣裹住她，跪在沙发前面，他执着她那冷冷的小手，不住地摇着，喊着：

"涵妮！涵妮！涵妮！"

那张字条从她无力的手里落出来了，并不是云楼的留笺，却是一直被他们疏忽了的、云霓拍来的那份电报！杨子明站在涵妮面前，俯身仔细审视她，他是全家唯一还能保持冷静的人。涵妮的头无力地垂着，那样苍白，毫无生气。杨子明挺直了身子，忽然命令似的说：

"云楼！我叫车送你去飞机场！我不送你了！"

"现在？"云楼惊愕地抬起头来，"我不走了！这种情况下，我怎能走？"

"胡说！"杨子明几乎是愤怒的，"你母亲现在可能更需要你！是母亲对你比较重要还是涵妮对你比较重要？我从没见过像你这样毫无孝心的孩子！"

这几句话像鞭子一样抽在云楼的心上。涵妮、母亲，母亲、涵妮，他何去何从？就在他的昏乱和迷失中，杨子明打电话叫来的计程车已经到了，提起他的旅行袋，杨子明严厉地说：

"快走！你要赶不上飞机了！"

"我不能走，我不能走！"云楼痛苦地摇着他的头，绝望地看着涵妮，"我不能走！"

"走！"杨子明抓住他的肩膀，"像个男子汉！云楼！涵妮会度过她的危险的，这不是她第一次发病，每次她都能度过，这次还是能度过！你快走！你的母亲需要你，知道吗？云楼！"他厉声说，"你是个男子汉吗？你知道为人子的责任吗？快走呀！"

云楼额上冒着冷汗，在杨子明严厉的喊声中，他机械地站起身子来，茫然地、迷乱地、昏沉地，他被杨子明推向房门口，他完全丧失了思考的能力，几乎是麻木地迈出了大门，迎着室外的冷风，他打了个冷战，突然清醒了。掉过头来，他喊：

"杨伯伯！"

"去吧！"杨子明深深地望着他，眼光一直看透了他，看进他的灵魂深处去，"人活着，除了爱情以外，还有许多东西，是你需要的！你现在离开涵妮，没有人责备你薄情寡义，如果你不回家，你却是不孝不忠！"

云楼闭上了眼睛，咬紧了牙齿，他有些明白杨子明的意思了。一甩头，他毅然地坐进了车里，杨子明递上了他的行李和机票，迅速关照司机说：

"到飞机场！"

云楼扶着车窗，喊着说：

"给我电报，告诉我一切情形！"

"你放心！"杨子明说。

车子发动了，往前疾驰而去。

半小时后，云楼置身在飞往香港的飞机中了。

第十七章

云楼大踏步地走向云霓，将近一小时的飞行，并不能让他的脑筋清醒，他仍然是昏昏沉沉的。

"妈怎样了？"他急急地问。

"回家再说吧！"云霓支吾着，偷偷地看了他一眼，"哥哥，你的脸色好难看！"

"妈怎样了？"云楼大声说，一层不幸的阴影罩住了他。难道他已经回来晚了？"是不是——？"

"不，不，"云霓慌忙说，"已经好些了！回去再谈吧！"

云楼狐疑地看了云霓一眼，直觉感到她在隐瞒着他，情况一定很坏，所以云霓神色那样仓皇和不安。坐进了计程车，他一语不发，紧咬着牙，看着车窗外面。离家越近，他的心情越沉重、越畏惧。涵妮正生死未卜，难道母亲也……他掉头看着云霓，大声说：

"到底妈妈怎样了？"

云霓吓了一跳，她仓皇失措地瞪着他，从没有看到哥哥这种样子，像一只挣扎在笼子里的、濒临绝望的野兽。他的样子惊吓了她，她更不敢说话，乞求似的看了他一眼，她说：

"马上到家了，你就知道了！"

她的眼睛里有着泪光，云楼不再问了，他的心往下沉，往下沉，沉进了几千几万尺的深渊里。

终于到了家门口，他下了车，奔进了家门，一直冲进客厅里，迎头撞进一个人怀中，他抬起头，是满脸寒霜的父亲，他挺立在那儿，厉声地说：

"你总算回来了！你这个大逆不孝的儿子！"

"爸爸，"云楼哀恳地望着他，"妈呢？"

"妈？"父亲用一对怒目瞪着他，"你心里还有妈？你心里还有父母？"

"请原谅我，爸爸。"云楼痛苦地说，"但是，告诉我，妈妈在哪儿？"

忽然，他呆住了，他看到母亲了！她正从内室走出来，没有病容，没有消瘦，她正带着个一如往日的、慈祥的、温柔的，而略带哀愁的笑，对他伸过手来说：

"噢！云楼，你怎么又瘦又苍白，妈为你操了好多心哦！"

云楼简直不敢相信自己的眼睛，瞪视着母亲，他不相信地、疑问地、惊异地、讷讷地说：

"妈，你？是你？你的病……"

"噢，云楼，"母亲微笑着，急急地、安慰地说，"我没病，你看我不是好好的吗？那是你爸爸他们要哄你回来，故意骗你的呀！"

像是一个巨雷，轰然一声在云楼的面前爆炸了，震得他头晕目眩、摇摇欲坠。他瞪大了眼睛，扶着身边的桌子，喘息着，战栗着，轮流地望着父亲、母亲和云霓，不肯相信地说：

"你们……你们骗我的？这是骗我的？这是一个圈套？一个圈套？"眼泪冲进了他的眼眶，蒙住了他的视线，他狂喊着，"一个圈套？"

他的样子惊吓了母亲，她拉住了他的衣袖，惊慌失措地说：

"云楼，你怎样了？你怎样了？"

云楼挣开了母亲，忽然间，他掉转了头，向门外狂奔而去，嘴里爆发出一声裂人心弦的狂呼：

"涵妮！"

他并没有跑到房门口，一阵突发的晕眩把他击倒了。从昨天黄昏到现在，他没有吃，没有睡，却遭遇那么多猝然的变故，到这时候，他再也支撑不住了，双腿一软，他昏倒在房门口。

醒来的时候，他正躺在自己卧室的床上，母亲和云霓都围在床边，母亲正用一条冷手巾压在他的额上，看到他醒来，那善良的好母亲满眼含着泪水俯向他，颤颤抖抖地抚摸着他的面颊，说："哦，云楼，半年多没看到你，怎么一进家门就把我吓了这么一大跳！好一点了吗？云楼，哪儿不舒服？"

云楼望着母亲，他眼里盛满了深切的悲痛和无奈，好半天，他才虚弱地说：

"妈，你们不该骗我，真不该骗我！"掉转眼光，他责备地、痛苦地看着云霓，"你也加入一份，云霓，如果没有你的电报，我不会相信的！你们联合起来，"他摇摇头，咽了一口口水，"太狠了！”

“哥哥，”云霓急急地俯过来，“不是我！那电报是爸爸去发的，他说只有这样你才会回来！”

“可是，一个女孩子为了这个电报几乎死掉了！”云楼从床上坐起来，激动地叫着。然后，他突然拉住了云霓的手，迫切地说：“云霓，你去打电话问问飞机场，最快的一班飞机飞台北的是几点钟起飞？我要马上赶回台北去！”

“没有用，哥哥，”云霓的眼光是同情而歉疚的，“爸爸把你的护照和台湾的出入境证都拿走了。”

“云楼，”那好心肠的母亲急急地说，“既然都已经回来了，又何必急着要走呢？瞧你，又瘦又苍白，我要好好地给你把身体补一补，等过了年，我再求你爸放你回台北，好吧？”

“妈！”云楼喊着，“那儿有一个女孩子因为我的走而病倒了，人事不知地躺着，说不定现在已经死掉了！你们还不放我吗？还不放我吗？”

“噢！云楼，你别急呀！”那个好母亲手足失措了，“都是你爸爸呀！”

“我要问爸爸去！”云楼翻身下了床，向外就走。

“哦，哦，云楼，加件衣服呀！别和你爸吵呀！有话慢慢谈呀！噢，云霓，你快去看看，待会儿别让这老牛和小牛斗起角来了！”母亲在后面一迭声地嚷着。

云楼冲进了孟振寰的书房，果然，孟振寰正坐在书桌前面写信。看到云楼，他放下了笔，直视着他，问：“有什么事？”

孟振寰的脸色是不怒而威的，云楼本能地收敛了自己的激动和怒气。从小，父亲就是家庭里的权威，他的言语和命令几乎是无人可以反驳的。

"爸爸，"他垂手而立，压抑地说，"请您让我回台北去吧！"

孟振寰紧盯着他，目光冷峻而严厉。

"儿子，"他慢吞吞地说，"你到家才一小时，嗯？你又要求离开了？你的翅膀是长成了，可以飞了。"

"爸爸！"云楼恳求而乞谅地说，"涵妮快要死了！"

"涵妮的力量比父母大，是吗？"孟振寰靠进椅子里，仔细地审视着他的儿子，"过来，在这边坐下！"他指指书桌对面的椅子。

云楼被动地坐下了，被动地看着父亲。孟振寰埋在浓眉下的眼睛是深邃的、莫测高深的。"涵妮不是你世界的全部，你懂吗？"

"爸爸！"云楼喊，痛苦地咬了咬牙，他说不出口，爸爸，是你不懂，涵妮正是我世界的全部呢！

"为什么你要自讨苦吃？"孟振寰问，"恋爱是最无稽的玩意儿，除了让你变得疯疯癫癫的之外，没有别的好处！假若你爱的是个正常的女孩子倒也罢了，偏偏去爱一个根本活不长的女孩子！你这不是自己往苦恼的深渊里跳？你以为我叫你回来是害你吗？我正是救你呢！"

"爸爸，你不了解，"云楼苦涩而艰难地说，"如果这是个苦恼的深渊，我已经跳进去了……"

"所以我要把你拉出来呀！"

"爸爸！"云楼爆发地喊，"你以为你是上帝吗？"

"啪"的一声，孟振寰猛拍了一下桌子，跳起来，怒吼着说："我虽不是上帝，我却是你的父亲！"

"你虽是我的父亲！你却不是我的主宰！你无法控制我的心、我的意志、我的灵魂！"云楼也喊着，愤怒地喊着，激动地喊着，"你只是自私！偏激！因为你自己一生没有得到过爱情，所以你反对别人恋爱！因为杨伯母曾经背叛过你，所以你反对她的女儿……"

"住口！"孟振寰大叫，"你给我滚出去！你这个不知好歹的东西！你休想回台北！我永不许你再去台北！"

云楼的母亲急急地赶来了，拉住云楼的手，她含着眼泪说：

"你们这父子两人是怎样了？才见面就这样斗鸡似的！云楼，跟我来吧！跟我来！这么冷的天，你怎么弄了一头的汗呢！手又这样冰冰的，你要弄出大病来了！来吧！跟我来！"

死拖活拉地，她把云楼拉出了书房，云楼跟着她到了卧房里。忽然间，他崩溃了，往地下一跪，他抱住了母亲的腿，像个无助的孩子般啜泣起来。

"妈！你要帮助我！"他喊着，"你要帮助我，让我回台北去！"

"哦哦，云楼，你这是怎么了嘛？"那软心肠的母亲慌乱了，"你起来，你起来吧，我一定想办法帮你，好吗？我一定想办法！"

可是，这个母亲的力量并不大，许多天过去了，她依然一筹莫展。那个固执的父亲是无法说服的，那个痴心的儿子只是一天比一天消瘦，一天比一天焦躁。而台北方面，是一片沉寂，没有信来，没有电报，没有一点儿消息。云楼一连打了四五个电报到杨家，全如石沉大海。这使云楼更加恐慌和焦灼了。

"一定是涵妮出了问题，"他像个困兽般在室内走来走去，"一定是涵妮的情况很危险，否则，他们不会不给我电报的！"于是，他哀求地望着母亲，"帮帮我！妈！请你帮帮我吧！"

接着，旧历新年来了。这是云楼生命里最没有意义的一个春节，在一片鞭炮声中，他想着的只是涵妮。终于，在年初三的黄昏，那个好母亲总算偷到了云楼的护照和出入境证。握着儿子的手，她含着满眼的泪说：

"去吧！孩子，不过这样一去，等于跟你父亲断绝关系了，一切要靠自己了，可别忘了妈呀！"

像是几百个世纪过去了，像是地球经过了几千万年沉睡后又得到再生。云楼终于置身于飞往台北的飞机上了。屈指算来，他离开台北不过十一天！

计程车在街灯和雨雾交织的街道上向仁爱路疾驰着。云楼坐在车里，全心灵都在震颤。哦，涵妮！你好吗？你好吗？你好吗？你好吗？哦，涵妮！涵妮！再也没有力量可以把我们分开了！再也没有！再也没有！涵妮！涵妮！涵妮！不许瘦了，不许苍白了！不许用泪眼见我哦！涵妮！

车子停了，他丢下了车款，那样迫不及待地按着门铃，猛敲着门铃，猛击着门铃，等待了不知道多少个世纪。门开了，他推开了秀兰，冲进了客厅，大声喊着：

"涵妮！"

客厅中冷冷的、清清的、静静的……有什么不对了，他猛然缩住步子，愕然地站着。于是，他看到杨子明了，他正从沙发深处慢慢地站了起来，不信任似的看着云楼，犹疑地问："你——

回来了？你妈怎样？"

"再谈吧，杨伯伯！"他急促地说，"涵妮呢？在她房里吗？我找她去！"他转身就向楼上跑。

"站住！云楼！"杨子明喊。

云楼站住了，诧异地看着杨子明。杨子明脸上有着什么东西，什么使人战栗的东西、使人恐慌的东西……他惊吓了，张大了嘴，他嗫嚅地说：

"杨伯伯？"

"涵妮，"杨子明慢慢地、清晰地说，"她死了！在你抱她起来，放在沙发上的时候，她已经死了！"

云楼呆愣愣地站着，似乎根本不知道自己听到的是什么，接着，他发出一声撕裂般的狂喊：

"不！涵妮！"

他奔上了楼，奔向涵妮的卧室，冲开了门，他叫着：

"涵妮！你在哪儿？你在哪儿？"

室内空空的，没有人，床帐、桌椅、陈设都和以前一样，云楼画的那张涵妮的油画像，也挂在墙上；涵妮带着幸福恬静的微笑，抱着洁儿，坐在窗前落日的余晖中。一切依旧，只是没有涵妮。他四面环顾，号叫着说：

"涵妮！你在哪儿？你出来！你别和我开玩笑！你别躲起来！涵妮！你出来！涵妮！涵妮！涵妮！"

他背后有窸窣的声音，他猛然车转身子，大叫：

"涵妮！"

那不是涵妮！挺立在那儿，显得无比庄严、无比沉痛的，是雅筠。她用一只温柔的手，按在他的肩上，轻轻地说：

"孩子，她去了！"

"不！"云楼喊着，一把抓住了雅筠的肩膀，他摇着她，嚷着，"告诉我，杨伯母，你把她藏到哪儿去了？告诉我！告诉我！告诉我！你一直反对我，一定是你把她藏起来了！你告诉我！她在哪儿？"

"住手！云楼！"杨子明赶上楼来，拉开了云楼的手。他直望着他，一字一字地说："接受真实，云楼，我们每个人都要接受真实。涵妮已经死了。"

"没有！"云楼大吼，"她没有死！她不会死！她答应过我！她陪我一辈子！她不会死！她不会！不会！"转过身子，他冲开了杨子明和雅筠，开始在每个房间中搜寻，一间屋子一间屋子地叫："涵妮！你在哪儿？涵妮！你在哪儿？你出来！我求你！求你！"

没有人，没有涵妮。然后，他看到洁儿了，它从走廊的尽头对他连滚带爬地奔了过来，嘴里呜呜地叫着。他如获至宝，当洁儿扑上他身子的时候，他一把抱住了它，恳求地说：

"洁儿！你带我找涵妮去！你带我找她去！你不会告诉我她死掉了，走！我们找她去！走！"

"云楼！"杨子明抓住了他的手腕，坚定地喊，"面对现实吧！你这个傻孩子！我告诉你，她死了！葬在北投的山上，要我带你去看她的坟吗？"云楼定定地看着杨子明，他开始有些明白了，接着，他狂叫了一声，抛掉了洁儿，他转身奔下了楼，奔出了大门，奔上了街道，漫无目的地向雨雾迷蒙的街上跑去。

"追他去！子明！"雅筠说，拭去了颊上纵横的泪，"追他去！"

杨子明也奔出了大门，但是，云楼已经跑得无影无踪了。

不知跑了多久，云楼放慢了步子，在街上漫无目的地走着，雨丝飘坠在他的头发上、面颊上和衣服上。夜冷而湿，霓虹灯在寒空中闪烁。他走着，走着，走着……踩进了水潭，踩过了一条条湿湿的街道。车子在他身边穿梭，行人掠过了他的肩头，汽车在他身畔狂鸣……他浑然不觉，那被雨淋湿的面颊上毫无表情，咬紧了牙，他只是一个劲儿地向前走着，向前走着，向前走着……

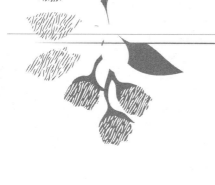

第二部
小眉

春情只到梨花薄，片片催零落。夕阳何事近黄昏，不道人间犹有未招魂。

银笺别梦当时句，密馆同心苣。为伊判作梦中人，索向画图清夜唤真真。

清·纳兰性德

第十八章

　　一年的日子无声无息地溜过去了，又到了细雨纷飞、寒风恻恻的季节。商店的橱窗里又挂出了琳琅满目的圣诞装饰品，街道上也涌满了一年一度置办冬装、购买礼物的人，霓虹灯闪烁着，街车穿梭着，被雨洗亮了的柏油路面上反映着灯光及人影，流动着喜悦的光彩，夜是活的，是充满了生气的。

　　唯一不受这些灯光和橱窗引诱的人是云楼，翻起了皮夹克的领子，肋下夹着他的设计图，他大踏步地在雨雾中走着。周遭的一切对他丝毫不发生作用，他沉浸在自己的思绪中，沉思地、沉默地、沉着地迈着步子。走过了大街，走过了小巷，从闹区一直走到了冷僻的住宅区，然后，他停在信义路一间简陋的房子前面，掏出钥匙，他打开了门。

　　一屋子的阴冷和黑暗迎接着他，扭亮了电灯，他把设计图抛在书桌上，在一张藤椅中沉坐下来。疲倦地呼出一口气，他抬起头，无意识地看着窗外的雨雾。然后，他站起身子，走到墙角的小茶几边，拿起热水瓶，他摇了摇，还有一点水，倒了杯水，他深深地啜了一口，再长长地叹息一声，握着茶杯，他慢吞吞地走到一个画架前面，抓起了画架上罩着的布，那是张未完工的油画像，他对画像举了举杯子，低低地说：

"涵妮，好长的一年！"

画像上的女郎无语地望着他。这是云楼最近画的，画得并不成功，一年来，他几乎没有画成功过一张画。这张是一半根据记忆、一半根据幻想，画中的女郎穿着一袭白衣，半隐半现地飘浮在一层浓雾里，那恬静而温柔的脸上，带着个超然的、若有若无的微笑。

"涵妮！"

他低低地唤着，凝视着那张画像。然后，他转过身子，环视四周，再度轻唤：

"涵妮！"

这是间大约八席大的房间，四面的墙上，几乎挂满了涵妮的画像，大的、小的、油画的、水彩的、铅笔的、粉蜡笔的，应有尽有。不止墙上，书桌上、小茶几上、窗台上，也都是涵妮的画像。从简单的、一两笔勾出来的速写，到精致的、费工的油画全有。只少了涵妮抱着洁儿坐在落日余晖中的那张。当云楼搬出杨家的时候，他把那张画像送给杨氏夫妇作纪念了。

搬出杨家！他还记得为了这个和杨氏夫妇起了多大的争执。雅筠含着泪，一再地喊：

"为什么？为什么你一定要搬走？难道你现在还对我记恨吗？你要知道，当初反对你和涵妮恋爱，我是不得已呀……"

为什么一定要搬走？他自己也弄不清楚，或者，他对雅筠也有份潜意识的反抗，当涵妮在的时候，她曾三番两次要赶走他，为了涵妮，他忍耐地住了下去，现在，涵妮去了，他没有理由再留在杨家了。又或者，是为了自尊的问题，自己决然地离港返台，和家里等于断绝了关系，父亲一怒之下，来信表示再也不管他的事，也再不供给他生活费。这样，他如果住在杨家，等于是依赖杨氏夫妇，他不愿做一个寄生虫。再或者，是逃避杨家那个熟悉的环境，室内的一桌一椅，院中的一草一木，都让他触景生情。于是，他坚决地搬出来了，租了这间屋子，虽然屋子小而简陋，且喜有独立的门户，和专用的卫生设备。

　　一年以来，他就住在这儿，不是他一个人，还有涵妮：画中的涵妮、他心里的涵妮、他精神上的伴侣——涵妮。他习惯于在空屋子里和涵妮说话，习惯于对着任何一张涵妮的画像倾诉。在他的潜意识里，他不承认涵妮死了，涵妮还活着，不知活在世界的哪一个角落里，或者，是"活在另外一个世界里"，反正，涵妮还"活"着。

　　这一年的生活是艰苦的、难熬的，谢绝了杨家的经济支援，卖掉了摩托车，经过杨子明的介绍，他在一家广告公司谋到一份设计的工作。幸好这工作是可以接回家里来做的，于是，一方面工作，一方面继续读书，他的生活相当忙碌和紧凑。但是，每当夜深人静，他能感到小屋子里盛满的寂寞，能感到涵妮是标标准准的"画中爱宠"，是虚无的、缥缈的、不实际的一个影子，于是，他想狂歌，想呐喊，甚至想哭泣。但是，他什么都没做，只是躺在床上，瞪视着天花板，回想着涵妮，她的人，她的琴，她的歌：

我怎能离开你，

我怎能将你弃……

你怎能，涵妮？他默默地问着，沉痛地问着，回答他的，只是空漠的夜和冷冷的空气。

就这样，送走了一年的日子。而现在，冬天又来了，云楼几乎不相信涵妮已死去一年，闭上眼睛，涵妮弹琴的样子如在眼前，还是那样娇柔地、那样顺从地、那样楚楚可怜地、带着那份强烈的痴情，对他说：

"记住，我活着是你的人，死了，变作鬼也跟着你！"

但是，她正"魂"飞何处呢？如果她能再出现，哪怕是鬼魂也好！可是，残忍啊！"悠悠生死别经年，魂魄不曾来入梦！"

"涵妮，"他摇摇头，对墙上的一张画像说，"你不守信用，你是残忍的！"

喝干了杯子里的水，他走到书桌前面，开亮了一盏可伸缩的、立地的工具灯，他铺开了设计图，开始研究起来。夜，冷而静，窗外，雨滴正单调地、细碎地打击着窗子，冷冷凄凄地，如泣如诉地。他埋着头，开始专心地工作起来。

不知工作了多久，窗外有一阵风掠过，雨滴变大了。忽然间，他听到有人在窗玻璃上轻叩了两下，他抬起头来，正好看到一个女人的影子一闪，站起身来，他打开了窗子，大声问：

"谁？"

扑面是一阵夹着雨丝的冷风，窗外是一片迷蒙的黑暗，空落落的什么人都没有。他摇摇头，叹息了一声，准是刚刚想着涵妮的缘故，看来他是有些神经质了，总不可能涵妮的魂真会跑来拜访的！关好了窗子，他刚刚坐下来，就又听到门上有剥啄之声，这次很清晰、很实在，他惊跳了起来，涵妮！难道她真的来了？难道一念之诚，可动天地！他冲到门边去，大声喊：

"涵妮！"

一把拉开了房门，门外果真亭亭玉立地站着一个少女，笑吟吟的。他一愣，接着就整个神经都松懈了下来。那不是涵妮，不是雨夜来访的幽灵，不是《聊斋》里的人物，而是个活生生的、真真实实的"人"——翠薇。

"哦，是你！"他说，多多少少带着点失望的味道。

"你以为是……"翠薇没有说完她的话。何必刺激他呢？这时代，居然还有像他这样痴、这样傻的男人！

"进来吧！"云楼说，"你淋湿了。走来的吗？"

"是的！"翠薇甩了甩头发，甩落了不少水珠。

"从你家里？"云楼诧异地问。

"不，从姨妈家，这两天我都住在姨妈家里。"

杨子明的家离这儿很近，只要穿过一条新生南路就到了。云楼看了翠薇一眼，那被雨洗过的、年轻而充满生气的脸庞是动人的，她眼睛黑而亮，脸颊红扑扑的，嘴里呵着气，鼻头被冻红了。云楼把藤椅推到她身边，说：

"是你姨妈叫你来的？"

"唔，"翠薇含混地哼了一声，"她问你在忙些什么。"看着他，她忽然说："云楼，你忘恩负义！"

"嗯？"云楼皱了皱眉。

"你看，我姨妈待你可真不坏，就说当初反对你和涵妮的事，人家也不是出于恶意的，是没办法呀！再说你生病的时候，姨妈天天守在你床边，对亲生儿子也不过这样了，她是把对涵妮的一份感情全挪到你身上来了，而你呢，搬出来之后，十天半月都不去一下，你想想看，对还是不对？"

云楼愣了愣。生病的时候，那是在乍听到涵妮的噩耗之后，他曾昏倒在街头，被路人送进医院里。接着，就狠狠地大病了一场，发高热，昏迷不醒，那时，确实是雅筠衣不解带地守在病床前面。不只是雅筠，还有翠薇，每当他狂呼着涵妮的名字，从梦中惊醒过来，总有只温柔的手给他拭去额上的冷汗，那是翠薇。后来，当他出了院，住在杨家调养的时候，有个女孩一天到晚说着笑话，把青春的喜悦抖落在他的床前，那也是翠薇。忘恩负义！与其说他对雅筠忘恩负义，不如说他对翠薇负疚得更深。凝视着翠薇，那个穿着一身红衣服、冒雨来访的女孩！他忽然想起涵妮在海边对他说过的话了。当一个泡沫消失的时候，必有新的泡沫继之而起。她那时是否已预知自己即将消失，而暗示希望翠薇能替代自己？他想着，不禁对着翠薇呆住了。

"怎么了？"翠薇笑着问，"发什么呆？"

云楼醒悟了过来，不好意思地笑了笑，他说：

"我在想，你是对的。我该去看看杨伯伯杨伯母了，只是，那儿让我……"

"触景伤情？"翠薇坦率地接了口。

云楼苦笑了一下。

翠薇脱掉了大衣，在室内东张西望地走了一圈，然后停在画架前面，她对那画像凝视了好一会儿。然后，她来到书桌前面，俯身看着云楼的设计图，推开了设计图，在书桌的玻璃板底下，压着一张涵妮的铅笔画像，画得并不很真实，不很相像，显然是涵妮死后云楼凭记忆画的。在画像下面，云楼抄录了一阕纳兰词：

泪咽更无声，只向从前悔薄情，凭仗丹青重省识，
盈盈，一片伤心画不成。

别语忒分明，午夜鹣鹣梦早醒，卿自早醒侬自梦，
更更，泣尽风檐夜雨铃。

翠薇不太懂得诗词，但她懂得那份伤感，抬起头来，她凝视着云楼，率直而诚恳地说：

"别总是生活在过去里，云楼，过去的总是过去了，你再也找不回来了。"

云楼望着翠薇，一个好女孩！他想。如果当初不认识涵妮，恐怕一切都不同了。而现在，涵妮是那样深地嵌进了他的灵魂和生命，他只有在涵妮的影子里才能找得到自己。

"你不了解，翠薇。"他勉强地说。

"我了解，"翠薇很快地说，深深地看着他，"涵妮是让人难以忘怀的，是吗？不只是你，就是我，也常常不相信她已经死了，总觉得她还活着，还活在我们的身边。"她的眼睛里闪着光彩，有份令人感动的温柔，"你不知道她……她有多好！"

"我不知道？"云楼哑然失笑地问，用手拂去了翠薇额前的

短发，然后他惊觉地说，"你的头发湿了，去擦擦干吧，当心受凉。"

"没关系，"翠薇满不在乎地说，"我倒是想要一杯开水。"

"开水？"云楼歉然地说，"我来烧一点吧！"

"算了，我来烧。"翠薇说，笑了笑，男人！天知道他是怎样生活的！她在室内找了半天，才在一堆颜料和画布中间找到了一个脏分分的电开水壶，壶盖上又是灰尘又是颜料。她拿去洗干净了，灌满水，拿到屋里的电插头上插了起来。环视着室内，她笑着说："这么脏，这么乱，亏你能生活！"

出于本能，她开始整理起这间凌乱的房间来，床上堆满了脏衣服和棉被，她折叠着，清理着，把地上的废纸和破报纸都收集起来，丢进字纸篓。云楼看着她忙，又想起了涵妮，似乎所有女性的手，都有一个共同点，就是使男性安适。

"再过几天，就是圣诞节了。"翠薇一边收拾一边泛泛地说着。

"唔。"云楼应了一声。

"记得去年你帮我布置圣诞舞会的事吗？今年还有没有情绪？姨妈说，假若我们高兴，她可以把客厅借给我们，让我们好好地玩一玩。怎样？你可以请你学校里的同学，男的女的都可以，我也有一些朋友，每年都在我家疯的，拉了来，我们开一个盛大的舞会，好不好？"

云楼沉思着没有说话。

"怎样呢，云楼？姨妈说，因为涵妮的缘故，家里从没有听过年轻人热闹的玩乐声，她希望让家里的空气也变化一下。假若你同意，我们就到姨妈家去商量商量。"

云楼凝视着翠薇。

"这是你来的目的？"他问。

"噢，云楼！"翠薇抛掉了手中的扫帚，直视着云楼，突然被触怒了，她瞪着眼睛，率直地说，"是的，这是我来的目的！别以为姨妈真想听年轻人的笑声，她是为了你，千方百计地想为你安排，想让你振作，让你快乐起来！你不要一直阴阳怪气的，好像别人欠了你债！姨妈和姨父待你都没话可说了，姨妈爱屋及乌，涵妮既去，她愿意你重获快乐，世界上还有比姨妈更好的人吗？而你搬出来，躲着杨家，好像大家都对不起你似的！你想想看，你有道理没有？"

"翠薇，"云楼瞪着她，带着份苦恼的无奈，"别连珠炮似的说个没完，你不懂，你不懂我那份心情，我但愿我快乐得起来，我但愿我能和年轻人一起疯、一起玩、一起乐！可是，我不能！我……"他忽然住了口，环室四顾，他的神态是奇异的，眼睛里燃烧着炽烈的热情，"我宁愿待在这屋里，不是我一个人，是——和涵妮在一起。"

翠薇惊异地看着他，张大了嘴，半天说不出一句话来。好一会儿，她才错愕地说：

"你何必自己骗自己呢？这屋里只有涵妮的画像而已！你不能永远伴着涵妮的画像生活呀！"

"不只是画像！还有涵妮本人！"云楼鲁莽地喊，带着几分怒气，"她还活着，别说她死了，她活着，最起码，她活在我的心里，活在我的四周，刚刚你来以前，我还看见她站在我的窗外。"

"你疯了！"翠薇嚷着说，"那是我呀！我怕你不在家，在窗口看了看，还敲了你的窗子，什么涵妮？你不要永远拒绝接受涵妮死亡的事实，我看，你简直要去看看心理科医生了！"

"你少管我吧！"云楼不快地说，"让我过我自己的日子，我高兴怎么想就怎么想！"

翠薇结舌了，半晌，她才走到云楼身边，热心地望着他，急切地说：

"可是，你在逃避现实呀！你这样会把自己弄出神经病来的！何苦呢？涵妮已经死了，你为什么要陪葬呢？理智一点吧，云楼，接受姨妈和姨父的好意，我们来过一个热热闹闹的圣诞节，说不定，你在圣诞节里会有什么奇遇呢！"

"哼！"云楼冷笑了一声，"奇遇？除非是涵妮复活了！"他突然怔了一下，瞪着翠薇说："是吗？或者涵妮根本没死，你姨妈把她藏起来了，现在，想要给我一个意外的惊喜，让她重新出现在我眼前，是吗？"

"你真正是疯了！"翠薇颓然地叫。

"那么，还可能有什么奇遇呢？"云楼无精打采地说。看到翠薇那满脸失望的、难过的神情，他已有些于心不忍了。振作了一下，他凝视着翠薇，用郑重的、严肃的、诚恳的语气说："我告诉你，翠薇，并不是我不识好歹，也不是我执迷不悟，只是……只是因为我忘不了涵妮，我实在忘不了她。我也用过种种办法，我酗酒，我玩乐，但是我还是忘不了涵妮。舞会啦，圣诞节啦，对我都是没有意义的，除了涵妮，而涵妮死了。"他深吸了一口气，眼睛模糊而朦胧，"不要劝我，不要说服我，翠薇。说不定有一天我自己会从这茧里解脱出来，说不定会有那么一天，但，不是现在。你回去告诉杨伯伯杨伯母，我明天晚上去看他们，让他们不要为我操心，也不要为我安排什么，我是——"他顿了顿，眼里有一层雾气，声音是沉痛而令人感动的，"我是曾经沧海难为水，除却巫山不是云。"

翠薇注视着他，他的神态、他的语气、他的眼光……都使她感动了，深深地感动了，她感到自己的眼眶发热而湿润，这男孩何等令人心折！涵妮，能获得这样一份感情，你死而何恨？于是，她想起涵妮常为云楼所唱的那支歌中的几句：

> ……
> 遭猎网将我捕，
> 宁可死傍你足，
> 纵然是恨难消，
> 我亦无苦。

涵妮，你应该无苦了，只是，别人却如何承受这一份苦呢！死者已矣，生者何堪！

"云楼，"她酸涩地微笑着，"我懂你了，我会去告诉姨妈，但愿……"她停了停，但愿什么呢？"但愿涵妮能为你而复活！"

"但愿！"云楼也微笑了，笑得更酸涩、更凄苦、更无奈。然后，他惊跳了起来，嚷着说："开水都要烧干了！"

真的，那电壶里的水正不住地从壶盖及壶嘴里冲出来，发出嗤嗤的响声。翠薇惊喊了一声，跑过去拔掉插头，壶里的水已经所剩无几了。她掉过头来看看云楼，两人都莫名所以地微笑了。

第十九章

云楼在热闹的衡阳路走着，不住地打量着身边那些五花八门的橱窗，今晚答应去杨家，好久没去了，总应该买一点东西带去。可是，那些商店橱窗看得他眼花缭乱，买什么呢？吃的？穿的？用的？对了，还是买两罐咖啡吧，许久没有尝过雅筠煮的咖啡了。

走进一家大的食品店，店中挤满了人，几个店员手忙脚乱地应付着顾客，真不知道台北怎么有这样多的人。他站在店中，好半天也没有店员来理他，他不耐烦地喊着：

"喂喂！两罐咖啡！"

"就来，就来！"一个店员匆忙地应着，从他身边掠过去，给另外一个女顾客拿了一盒巧克力糖。

他烦躁地东张西望着，买东西是他最不耐烦的事。前面那个买巧克力糖的女顾客正背对着他站着，穿着件黑丝绒的旗袍，同色的小外套，头发盘在头顶上，梳成蛮好看的发髻，露出修长的后颈。云楼下意识地打量着她的背影，以一种艺术家的眼光衡量着那苗条的、纤秾合度的身材，模糊地想着，她的面容不知是不是和身段同样的美好。

"我要送人的，你给我包得漂亮一点！"前面那女人说着，声音清脆悦耳。

"好的，小姐。"

店员把包好的巧克力糖递给了那个女郎，同时，那女郎回过身子来，无意识地浏览着架子上的罐头食品，云楼猛地一怔，好熟悉的一张脸！接着，他就像着了魔似的，一动也不能动了！呆站在那儿，他张大了嘴，瞪大了眼睛望着前面。那女郎已握着包好的巧克力糖，走出去了。店员对他走过来：

"先生，你要什么？"

他仍然呆愣愣地站着，在这一瞬间，他没有思想，没有意识，也没有感觉，仿佛整个人都化成了虚无，整个世界都已消失，整个宇宙都已变色。

"喂喂！先生，你到底要什么？"那店员不耐烦地喊，诧异地望着他。

云楼猛地醒悟了过来，立即，像箭一般，他推开了店员，对门外直射了出去，跑到大街上，他左右看着，那穿黑衣服的女郎正向成都路的方向走去，她那华丽的服装和优美的身段在人群中是醒目的。他奔过去，忘形地、慌张地、战栗地喊：

"涵妮！涵妮！涵妮！"

他喊得那样响，那样带着灵魂深处的战栗，许多行人都回过头来，诧异地望着他。那女郎也回过头来了。他瞪视着，觉得自己的呼吸停止，整个胸腔都收缩了起来，手脚冰冷，而身子摇摇欲坠。他怕自己会昏倒，在这一刻，他绝不能昏倒，但是，他的心跳得那么猛烈，猛烈得仿佛马上就会跳出胸腔来，他喘不过气来，他拼命想喊，但是喉咙仿佛被压缩着、扼紧着，他一点声音也发不出来了。

一个路人扶住了他，热心地问：

"先生，你怎么了？"

那黑衣服的女郎带着股好奇，却带着更多的漠然看了他一眼，就重新转过身子，自顾自地走向成都路去了。云楼浑身一震，感到心上有阵尖锐的刺痛，痛得他直跳了起来，摆脱那个扶住他的路人，他对前面直冲过去，沙哑地、用力地喊：

"涵妮！"

那女人没有回头，只是向前面一个劲儿地走着，动作是从容不迫的，袅袅娜娜的。云楼觉得冷汗已经湿透了自己的内衣，那是涵妮！那绝对是涵妮！虽然是不同的服饰，虽然是不同的装扮，但，那是涵妮！百分之百是涵妮！世界上尽管有相像的人，但不可能有同样的两张面貌！那是涵妮！他追上去，推开了路人，带翻了路边书摊的书籍，他追过去，一把抓住了那女人的手臂，喘息着喊：

"涵妮！"

那女人猛吃了一惊，回过头来，她愕然地瞪视着云楼，那清亮的眼睛，那小巧的鼻子和嘴，那白皙的皮肤……涵妮！毫无疑问是涵妮！脂粉无法改变一个人的相貌，她在适度的装扮下，比以前更美了。云楼大大地吸了一口气，他剧烈地颤抖着、喘息着，在巨大的激动和惊喜下几乎丧失了说话的能力，涵妮，我早知道你还活着，我早知道！他瞪视着她，眼睛里蓄满了泪。那女人受惊了，她挣扎着要把手臂从他的掌握里抽出来，一面嚷着说：

"你干吗？"

"涵妮！"他喊着，带着惊喜，带着乞求，带着战栗，"我是云楼呀！你的云楼呀！"

"我不认识你！"那女人抽出手来，惊异地说，"我不知道你在说些什么！"转过身子，她又准备走。

"等一等，"他慌忙地拦住了她，哀恳地瞪着她，"涵妮，我知道你是涵妮，你再改变装束，你还是涵妮，我一眼就能认出你，你别逃避我，涵妮，告诉我，这一切是怎么回事？"

"我还要你告诉我是怎么回事呢！"那女人不耐烦而带点怒容地说，"我不是什么涵什么妮的，你认错了人！让开！让我走！"

"不，涵妮，"云楼仍然拦在她前面，"我已经认出来了，你不要再掩饰了，我们找地方谈谈，好吗？"

那女郎瞪视着他，憔悴而不失清秀的面容，挺秀的眉毛下有对燃烧着痛苦的眼睛，那神态不像是开玩笑，也并不轻浮，服装虽不考究，也不褴褛，有种书卷味儿，年纪很轻，像个大学生。她是见过形形色色的男人的，但是很少遇到这一种，她遭遇过种种追求她或结识她的方式，但也没有遇到过这样奇怪的。这使她感到几分兴味和好奇了。注视着他，她说：

"好了，别对我玩花样了，你听过我唱歌，是吗？"

"唱歌？"云楼一怔，接着，喜悦飞上了他的眉梢，"当然，涵妮，我记得每一支歌。"

那女郎微笑了，原来如此！这些奇异的大学生啊！

"那么，别拦住我，"她微笑地说，"你知道我要迟到了，明晚你到青云来好了，我看能不能匀出点时间来跟你谈谈。"

"青云？"云楼又怔了一下，"青云是什么地方？"

那女郎怫然变色了，简直胡闹！她冷笑了一声说：

"你是在跟我开什么玩笑？"

转过身子，她迅速地向街边跑去，招手叫了一辆计程车，云楼惊慌地追过去，喊着说：

"涵妮！你等一等！涵妮！涵妮！涵妮！"

但是，那女郎已经钻进了车子，他奔过去，车子已绝尘而去了。剩下他呆呆地站在街边，如同经历了一场大梦。好半天，他就呆愣愣地木立在街头，望着那辆计程车消失的方向。这一切是真？是梦？是幻？他不知道。他的心神那样恍惚、那样痴迷、那样凄惶。涵妮？那明明是涵妮，绝没有疑问是涵妮，可是，她为什么不认他？杨家为什么说她死了？为什么？为什么？为什么？或者，那真的并不是涵妮？不，不，世界上绝不可能有这样凑巧的事，竟有两张一模一样的脸庞！而且，年龄也是符合的，刚刚这女郎也不过是二十岁的样子！一切绝无疑问，那是涵妮！但是……这是怎么回事呢？这之间有什么问题？有什么神秘？

一辆计程车缓缓地开到他身边来，司机猛按着喇叭，把头伸出车窗，兜揽生意地问：

"要车吗？"

一句话提醒了他，问杨家去！是的，问杨家去！钻进了车子，他说：

"到仁爱路，快！"

车子停在杨子明住宅的门口，他付了钱，下了车，急急地按着门铃，秀兰来开了门。他跑进去，一下子冲进了客厅。杨子明夫妇和翠薇都在客厅里，看到了他，雅筠高兴地从沙发里站了起来说：

"总算来了，云楼，正等你呢！特别给你煮了咖啡，快来喝吧。外面冷吗？"

云楼站在房子中间，挺立着，像一尊石像，满脸敌意的、质问的神情。他直视着雅筠，面色是苍白的，眼睛里喷着火，嘴唇颤抖着。

"告诉我，杨伯母，"他冷冷地说，"涵妮在哪儿？"

雅筠惊愕得浑身一震，瞪视着云楼，她不相信地说：

"你在说些什么？"

"涵——妮。"云楼咬着牙，一字一字地说，"我知道她没死，她在哪儿？"

"你疯了！"说话的是杨子明，他走过来，诧异地看着云楼，"你是怎么回事？"

"别对我玩花样了！别欺骗我了！"云楼大声说，"涵妮！她在哪儿？"

翠薇走过去，揽住了雅筠的手，低低地说：

"你看！姨妈，我告诉你的吧，他的神经真的有问题了！应该请医生给他看看。"

云楼望着雅筠、杨子明和翠薇，他们都用一种悲哀的、怜悯的和同情的眼光注视他，仿佛他是个病入膏肓的人，这使他更加愤怒，更加难以忍受。眯着眼睛，他从睫毛下狠狠地盯着杨子明和雅筠，喑哑地说：

"我今天在街上看到涵妮了。"

雅筠深深地吸了口气，然后，她对他走了过来，温柔而关怀地说："好了，云楼，你先坐下休息休息吧！喝杯咖啡，嗯？刚煮好，还很热呢！"

她的声调像是在哄孩子，云楼愤然地看看雅筠，再看看杨子明，大声地说：

"我不要喝咖啡！我只要知道你们在玩什么花样！告诉你们！我没有疯，我的神志非常清楚，我的精神完全正常，我知道我自己在说什么。今晚，就是半小时之前，我看到了涵妮，我们还谈过话，真真实实！"

"你看到了涵妮？"杨子明把香烟从嘴里拿出来，仔细地盯着他问，"你确信没有看错？"

"不可能！难道我连涵妮都不认识吗？虽然她化了妆，穿上了旗袍，但是，她仍然是涵妮！"

"她承认她是涵妮吗？"杨子明问。

"当然她不会承认！你们串通好了的！她趁我不备就溜走了，如果给我时间，我会逼她承认的！现在，你们告诉我，到底你们在搞什么鬼？"

"我们什么鬼都没有搞，"雅筠无力而凄凉地说，"涵妮确实死了！"

"确实没死！"云楼大叫着说，"我亲眼看到了她！梳着发髻，穿着旗袍，我亲眼看到了！"

"你一定看错了!"翠薇插进来说,"涵妮从来不穿旗袍,也从来不梳发髻!"

"你们改变了她!"云楼喘息着说,"你们故意给她穿上旗袍,梳起发髻,抹上脂粉,故意要让人认不出她来!故意把她藏起来!"

"目的何在呢?"杨子明问。

"我就是要问你们目的何在!"云楼几乎是在吼叫着,感到热血往脑子里冲,而头痛欲裂。

"你看到的女人和涵妮完全一模一样吗?"杨子明问。

"除了装束之外,完全一模一样!"

"高矮肥瘦也都一模一样?"

"高矮肥瘦?"云楼有些恍惚,"她可能比涵妮丰满,比涵妮胖,但是,一年了,涵妮可以长胖呀!"

"口音呢?"杨子明冷静地追问,"也一模一样?"

"口音?"云楼更恍惚了,是的,那是完全不同的两种口音,他想起来了,涵妮的声音娇柔细嫩,那女郎的却是清脆响亮的。可是……可是……人的声音也可能变的!他用手扶住额,觉得一阵晕眩,头痛得更厉害了。他呻吟着说:"口音……虽然不像,但是……但是……"

"好了,云楼,"杨子明打断了他,温和地说,"你坐下吧,别那么激动。"扶他坐进了沙发里,杨子明对雅筠说:"给他倒杯热咖啡来吧,翠薇,你把火盆给移近一点儿;外面冷,让他暖和一下。"

雅筠递了咖啡过来,云楼无可奈何地接到手中,咖啡的香气绕鼻而来，带来一份属于家庭的温暖。翠薇把火盆移近了，带着个安慰的微笑说：

"烤烤火，云楼，好好地休息休息，你最近工作得太累了。"

在这种殷勤之下，要再发脾气是不可能的。而且，云楼开始对自己的信心有些动摇了，再加上那剧烈的头痛，使他丧失思考的能力。他啜了一口咖啡，觉得眼睛前面朦朦胧胧的。望着炉火，他依稀想起和涵妮围炉相对的那份情趣，一种软弱和无力的感觉征服了他，他的眼睛潮湿了。

"涵妮，"他痛苦地，低低地说，"我确实看到她了，我不知道这是怎么回事。"

"云楼，"雅筠坐到他身边来，把一只手放在他宽阔的肩膀上，诚恳而真挚地说，"你知道我多爱涵妮，但是我也必须接受她死亡的事实，云楼，你也接受了吧。我以我的生命和名誉向你发誓，涵妮确确实实是死了。她像她所愿望的，死在你的脚下，当你抱她到沙发上的时候，她已经死了。也就是因为看出她已经死了，你杨伯伯才逼你回去，一来要成全你的孝心，二来要让你避开那份惨痛的局面，你了解了吗？"

云楼抬起眼睛来，看着杨子明，杨子明的神情是和雅筠同样真挚而诚恳的。云楼无力地垂下了头去，颓然地对着炉火，喃喃地说：

"可是，我看到的是谁呢？"

"你可能是精神恍惚了，这种现象每个人都会有的，"雅筠温柔地说，"我一直到现在，还经常听到涵妮在叫妈妈，午夜醒来，也常常觉得听到了琴声，等到跑到楼下一看，才知道什么都是空的。"雅筠叹了口气，"答应我，云楼，你搬回来住吧！看你把自己折腾成什么样子了，你需要有人照顾。我们……自从涵妮走了之后，也……真寂寞。你——就搬回来吧！"

云楼慢慢地摇了摇头。

"不，我也需要学习一下独立了。"

"无论如何，今晚住在这儿吧，"雅筠说，"你的房间还为你留着呢！"

云楼没有再说话了，住在这儿也好，他有份虚弱的、无力的感觉，在炉火及温情的包围之下，想到自己的那间小屋，就觉得太冷了。

深夜，躺在床上，云楼睡得很不安稳。这间熟悉的房间，这间一度充满了涵妮的笑语歌声的房间，而今，显得如此空漠。涵妮，你在哪里？辗转反侧，他一直呻吟地呼唤着涵妮，然后，他睡着了。

他几乎立即就梦到了涵妮，穿着白衣服，飘飘荡荡地浮在云雾里，她在唱着歌，并不是她经常唱的那支《我怎能离开你》，却是另一支，另一支他不熟悉的歌，歌词却唱得非常清晰：

> 夜幕初张，天光翳翳，
>
> 眼中景物尚依稀，
>
> 阴影飘浮，忽东忽西，
>
> 往还轻悄无声息，
>
> 风吹袅漾，越树穿枝，
>
> 若有幽怨泣唏嘘，

你我情深，山盟海誓，

奈何却有别离时！

苦忆当初，耳鬓厮磨，

别时容易聚无多！

怜你寂寞，怕你折磨，

奇缘再续勿蹉跎！

相思似捣，望隔山河，

悲怆往事去如梭，

今生已矣，愿君珍重，

忍泪吞声为君歌。

　　唱完，云雾遮盖了过来，她的身子和石雾糅合在一起，幻化成一朵彩色的云，向虚渺的穹苍中飘走了，飞走了。他惊惶地挣扎着，大声地喊着：

　　"别走！涵妮！别离开我！涵妮！"

　　于是，他醒了，室内一屋子空荡荡的冷寂，曙色已经照亮了窗子，透进来一片迷迷蒙蒙的灰白。他从床上坐了起来，脑子里昏昏沉沉的，真实和梦境糅合在一起，他一时竟无法把它们分开来。奇怪的是，涵妮在梦中唱的那支歌竟非常清晰地一再在他脑中回响，每一个字都那么清楚，这歌声盖过了涵妮的容貌，盖过了许许多多的东西，在室内各处回荡着，回荡着，回荡着……

　　他就这样坐在床上，坐了好久好久，直到门上有响声，他才惊醒过来，望着门口，他问：

　　"谁?"

没有回答，门上继续响着扑打的声音，谁？难道是涵妮？他跳下床，奔到门边去打开了房门，一个毛茸茸的东西一下子扑了过来，扑进了云楼的怀里，是洁儿！云楼一把抱住了它，把头靠在它毛茸茸的背脊上，他才骤然感到一阵说不出来的凄楚。喃喃地，他说："原来是你，洁儿。"抚摸着洁儿的毛，他望着洁儿，不禁深深地叹息了一声。"洁儿，"他说，"我想，涵妮可能真的是离我们而去了。"

第二十章

云楼站在那幢大建筑前面，抬头看着那高悬在三楼上的霓虹灯"青云歌厅"四个大字，就是这个地方吗？他不敢肯定，今天，当他询问广告公司里的同事时，答复有好几种：

"青云？是的，有个青云酒家。"

"青云吗？谁不知道？青云歌厅呀！"

"好像有家青云咖啡馆，我可不知道在哪条街。"

"青云舞厅，在和义路的地下室。"

这么多不同的"青云"，而他独独地选择了青云歌厅，他自己也不知道为什么。或者，因为那女郎的一句："你听过我唱歌，是吗？"也或者，因为这儿离广告公司最近，吃了晚饭，很容易地就按图索骥地摸到这儿来了。但是，现在，当他仰望着"青云歌厅"那几个霓虹灯字在夜空中明明灭灭地闪烁时，他突然失去探索的勇气了！他来这儿找寻什么呢？涵妮的影子？他是无论如何没有办法把涵妮和歌厅联想在一起的。就为了那个酷似涵妮的女人说了一句"青云"，自己就摸索到这儿来，也未免有点太傻气了！但是，"酷似"？岂止是酷似而已？他回忆着昨日那乍然的相逢，那是涵妮，那明明是涵妮！他必须要弄弄清楚，必须要再见到她，问个明白！否则，自己是怎么样也不能甘心的，怎么样也不肯放弃的！

　　走到售票口，他犹疑着要不要买票，生平他没有进过什么歌厅，而且有一大堆的工作正等着自己去做，放下正经的工作不做，到歌厅来听歌，多少有点儿荒谬！何况，那女郎所说的"青云"，又不见得是指的这个青云！还是算了吧！他正举棋不定，却一眼看到售票口的橱窗里，悬挂了一大排驻唱歌星的照片和名字，他下意识地打量着这些照片，并没有安心想在这些照片里找寻什么。可是，一刹那，他被那些照片中的一张吸引了、震动了、惊愕了！

　　那是涵妮，他心中的那尊神祇：涵妮！同样的眼睛，同样的眉毛，同样的鼻子和嘴，所不同的，是装束，是表情。当然，照这张照片之前，她是经过了浓妆的，画了很重的眼线，夸张了嘴唇的弧度，高梳的发髻上，簪着亮亮的发饰，耳朵上垂着两串长长的耳坠。这样的打扮，衬着那张清秀的脸庞，看来是并不谐调的，难怪她脸上要带着那份倨傲的、自我解嘲似的微笑了。他抽了口气，涵妮，这是你吗？这不是你吗？是你，为什么不像你？不是你，又为什么像你？他呆呆地瞪着这张照片，然后，他看到照片底下的介绍了："本歌厅驻唱歌星——玉女歌星唐小眉小姐。"

　　唐小眉！那么，不是涵妮了！却生就一副和涵妮一模一样的脸庞，岂不滑稽！世界上会有这样的巧合，写到小说里别人都会嘲笑你杜撰得荒谬！那么，唯一的解释是：这就是涵妮！

他不再犹疑了，到了售票口，那儿已排着一长排人，比电影院门口还要拥挤，没有料到竟有那么多爱好"音乐"的人！好不容易，他才买到了一张票，看看开始的时间已经差不多了，他走上了楼梯。

他走进一间光线幽暗的大厅里，像电影院一样排着一列列的椅子，椅子前面有放食品及茶杯的小台子。他被带票员带到一个很旁边的位子上，他四面看看，三四百个位子几乎全满，"音乐"的魔力不小！

他坐着，不知为什么，有种强烈的、如坐针毡的感觉，侍应的小姐送来了一杯茶，他轻轻地啜了一口，茶是浓浓的、苦苦的，有一股烟味。他望着前面，那儿有一个伸出来的舞台，垂着厚厚的帘幔。

然后，表演开始了，室内的光线更暗了，有一道强烈的、玫瑰红色的灯光一直打到台子上。从帘幔后面走出来一个化妆得十分浓艳的、身材丰满的报幕小姐，穿着件红色袒胸的晚礼服，在红色灯光的照射下，显得更红了，像一团燃烧着的火焰。在一段简短的报告和介绍之后，她隐了进去，换了一个穿绿衣服的歌女出来，她高高的个子，冶艳的长相，一出场就赢得了一片爆发似的掌声。

她开始唱了，一面唱，一面摇摆着腰肢，跟随着韵律扭动，她的歌喉哑哑的，蛮有磁性，唱的时候眉毛眼睛都会动，满场的听众都受她的影响，一曲既终，掌声如狂。她一连唱了三支歌，然后，由于不断的掌声，她又唱了一支，接着，再唱了一支，她退下去了。

第二个歌女登场了，云楼不耐烦地伸长了他的脚，碰到了前面的椅子，他觉得自己的脚没有地方放，浑身都有局促的感觉。这第二个歌女是个身材瘦小的女孩子，年纪很轻，歌喉还很稚嫩，看样子不超过十八岁，打扮得却十分妖艳。她唱了几支"扭扭"，很卖力地扭动着自己那瘦小的腰肢，但，听众的反应并不热烈，只在一个角落中，有几个太保兮兮的男孩子吹了几声响亮的口哨。

然后，是一段舞蹈节目，一个披挂了一身羽毛的女孩子随着击鼓声抖动着出来了，观众的情绪非常激动，云楼身边的一位绅士挺直了背脊，伸长了脖子在看。于是，云楼发现了，这是夜总会中都不易见的节目，那女孩不是在"舞"，而是在"脱"，怪不得这歌厅的生意如此好呢！这是另一个世界。

舞蹈节目之后，又有好几个歌女陆续出来唱了歌，接着，又是一段舞蹈。云楼相当地不耐烦了，感到自己坐在这儿完全是"谋杀时间"，他几乎想站起身来走了，可是，帘幔一掀，唐小眉出来了！

唐小眉！她的名字是唐小眉吗？她穿了件浅蓝色轻纱的洋装，脖子上挂了一串闪亮的项链，头发仍然盘在头顶上，梳成挺好看的发髻，耳朵上有两个蓝宝石的耳坠。她缓步走上前来，从容不迫地弯腰行礼，气质的高贵，台风的优雅，使人精神一振。涵妮！这不是涵妮吗？只有涵妮能有这份高贵的气质、这份大家闺秀的仪态！他坐直了身子，目不转睛地盯着台上，屏息着，等待着她的歌声。

她停在麦克风前面，带着个浅浅的微笑，先对台下的观众静静地扫视了一圈，然后，她说话了，声音轻而柔：

"我是唐小眉，让我为你们唱一支新歌，歌名是'在这静静的晚上'。"

于是，她开始唱了，歌喉是圆润动人而中气充足的，一听就可听出来，她一定受过良好的声乐训练。那是一支很美的歌、一支格调很高的歌：

> 在这静静的晚上，
> 让我俩共度一段安闲的时光，
> 别说，别动，别想！
> 就这样静静地、静静地，
> 把世界都遗忘！
> 在这静静的晚上，
> 树荫里筛落了梦似的月光，
> 别说，别动，别想，
> 就这样静静地、静静地，
> 相对着凝望！
> ……

她唱得很美很美，她的表情跟她的歌词一样，像个梦，不过，听众的反应并不热烈，掌声是疏疏落落的。云楼觉得满心的迷惘和困惑，这不是涵妮的歌声，涵妮无法把声调提得那么高，也无法唱得这样响亮和力量充沛。涵妮的歌是甜甜的、低而柔

的。他目不转睛地紧盯着唐小眉，她开始唱第二支了，那可能是
支老歌：

> 心儿冷静，夜儿凄清，
> 魂儿不定，灯儿半明，
> 欲哭无泪，欲诉无声，
> 茫茫人海，何处知音？
> ……

她唱得很苍凉，云楼几乎可以感觉出来，她确有那份"茫茫
人海，何处知音"的感慨。她的歌声里充满了一种真挚的感情，
这是他在其他歌女身上找不到的。可是，奇怪的是她并不太受欢
迎，没有热烈的掌声，没有叫好声，也没有喊"安可"的声音。
大概因为她并不扭动，不满场飞着媚眼。她浑身上下，几乎找不
出一丝一毫的风尘味，她不是一个卖唱的歌女，倒像个演唱的女
声乐家，这大概就是她不受欢迎的主要原因。对四周的听众打量
了一番，云楼心底涌上了无限的感慨。

"涵妮，"他在心里自语着，"你的歌不该在这种场合里来
唱的！"

涵妮？这是涵妮吗？不，涵妮已经死了。这是唐小眉，一
个离奇的、长着一张涵妮的脸孔的女人！他望着舞台上，那罩在
蓝色灯光下的女人，不！这是涵妮！这明明是涵妮！他用手支着
头，感到一阵迷糊的晕眩。

唱了三支歌，唐小眉微微鞠躬，在那些零落的掌声中退了

下去。云楼惊跳了起来，这儿没有什么值得留恋的了。他走出边门，向后台的方向走去，他必须找着唐小眉，和她谈一谈。在后台门口，他被一个服务生模样的女孩拦住了。

"你找谁？对不起，后台不能进去。"

他急忙从口袋里摸出了纸笔，说：

"你能帮我转一张字条给唐小眉小姐吗？"

"好的。"

他把字条压在墙上，匆匆忙忙地写：

唐小姐：

　　急欲一见，万请勿却！

　　　　昨日和你在街上一度相遇的人　孟云楼

那服务生拿着字条进去了，一会儿，她重新拿着这字条走了出来，抱歉地说：

"对不起，唐小姐已经走了！"

这是托词！云楼立即明白了，换言之，唐小眉不愿意见他！撕碎了那张字条，他走出了后台旁的一道边门，默默地靠在门边，这儿是一条走廊，幽幽暗暗的。他站着，微扬着头，无意识地看着对面墙上的一盏壁灯。为什么呢？为什么她不愿见他？以为他是个当街追逐女孩子的太保？还是……还是不愿重拾一段已经埋葬的记忆？他站着，满怀充塞着凄凉与落寞，一层孤独的、怅惘的、抑郁的情绪抓住了他，涵妮，他想着，不管那唐小眉和你是不是同一个人，你都是已经死了！确确实实地死了！

站直了身子，他想离开了。可是，一阵高跟鞋的声音传来，接着，唐小眉从边门走了出来，他下意识地回头，和唐小眉正好打了个照面。唐小眉似乎吃了一惊，禁不住地"哦"了一声，云楼却又感到那种心灵深处的震动。

"涵妮！"他脱口而出地呼唤着。

"你——你要干吗？"唐小眉仿佛有些惊恐。

"哦，"云楼醒悟了过来，不能再莽撞行事了，不能再惊走了她。他盯着她，嗫嚅地说："唐——唐小姐，我能跟你谈谈吗？"看到她有退避的意思，他乞求地加了一句："请你！请求你！"

唐小眉望着眼前这年轻人，这人是怎么回事？是个轻浮的登徒子，还是个神经病？为什么对她这样纠缠不休？但是，那种诚恳的神情却是让人难以抗拒的。

"你为什么选择了我？"她带着种嘲弄的意味说，"你弄错了，我不是那种女人。"

"我知道，唐小姐，我很知道！"云楼急促地说，"我没有恶意，我只是要跟你谈谈。"

"可是我还要去金声唱一场，这儿九点钟还有一场。要不然，你送我去金声。"

"金声是什么地方？"他率直地问。

"你——"唐小眉锁起了眉头，瞪视着他，"你装什么糊涂？"

"真的，我不是装糊涂，我跟你发誓，今天到青云来，是我第一次走进歌厅。"

"哦？"唐小眉诧异地望着他，那坦白的神态不像是在装假，这是个多么奇异的怪人！"可是，昨天你说你听过我唱歌！"

"是——的，是——"云楼望着她，在浓厚的舞台化妆之下，她仿佛距离涵妮又很远了。"我——以为你是另外一个人。"

"是吗？"唐小眉扬起眉毛，对他看了一眼，"这是个笨拙的解释。"

云楼苦笑了一下。是的，这是个笨拙的解释！假若她与涵妮完全无关，自己才真笨得厉害呢！到底，自己是在找寻什么呢？下了楼，唐小眉看了看手表。

"这样吧，离我金声的表演还有五十分钟，我们就在这楼下的咖啡座里坐坐吧！"

他们走了进去。那是个布置得很雅致的咖啡馆，名叫"雅憩"，听这名字，也知道是个不俗的所在了。顶上垂着的吊灯是玲珑的，墙上的壁画是颇有水准的。他们选了一个靠墙的位子坐下来。唐小眉要了一杯果汁，云楼叫了杯咖啡。

他们静静地相对坐着，好一会儿，云楼都不知该说些什么好。唐小眉握着杯子，带着种研究的神情，注视着云楼。她自己也有些恍惚，为什么接受了这男孩子的邀请呢？她曾经拒绝过那么多的追求者。

"怎样？你不是要'谈谈'吗？"她说，轻轻地旋转着手里的杯子。

"哦，是的，"云楼一怔，注视着她，他猝然地说，"你认识一个人叫杨子明的吗？"

"杨子明？"小眉歪了歪头，想了想，"不认识，我应该认识这个人吗？"

"不，"云楼怅然若失，"你住在哪里？"

"广州街。"

"最近搬去的？"

"住了快十年了。"

"你一个人住吗？"

"跟我爸爸。"

"你爸爸叫什么名字？"

小眉放下了杯子，她的眼睛颇不友善地盯着云楼。

"你要干什么？家庭访问？户口调查？我从没有碰到过像你这样的人，再下去，你该要我背祖宗八代的名字了！"

"哦，"云楼有些失措，"对不起，我只是……随便问问。"垂下头，他看着自己手里的咖啡杯，感到自己的心情比这咖啡还苦涩。涵妮，世界上竟会有一个长得和你一模一样的人，你相信吗？涵妮！抬起头来，他看着小眉，觉得自己的眼睛里有雾气。"为什么要出来唱歌？"他不由自主地又问了一句。

"生活呀！"小眉说，自我解嘲地笑了笑，"生存的方式有许许多多种，这是其中的一种。"

"歌是唱给能欣赏的人听的。"云楼自语似的说，"所有的歌都是美的、好的、富于感情的。但是，那个环境里没有歌，根本没有歌。"

小眉震动了一下，她迅速地盯着云楼，深深地望着他，这个奇异的男孩子是谁？这是从他的嘴里吐出来的句子吗？是的，就是这几句话！从到青云以来，这也是自己所感到的、所痛苦的、所迷惘的。青云并非第一流的歌厅，作风一向都不高级，自己早就厌倦了，而他，竟这样轻轻地吐出来了，吐出她的心声来了！

这岂不奇妙？

"你说在今晚以前，你从没进过歌厅？"她问。

"是的。"

"那么，今晚又为什么要来呢？"

"为了你。"他轻声地说，近乎苦涩地。

"你把我弄糊涂了。"小眉困惑地摇了摇头。

"我也同样糊涂，"云楼说，恍惚地望着小眉，"给我点时间，我有个故事说给你听。"

"我该听你的故事吗？"小眉眩惑地问。

"我也不知道。"

小眉凝视着云楼，那深沉的眸子里盛载着多少的痛苦、多少的热情啊！她被他撼动了，被他身上那种特殊的气质撼动了，被一种自己也不了解的因素所撼动了。她深吸了口气："好吧！明天下午三点钟，我们还在这儿见面，你告诉我你的故事。"

"我会准时到。"云楼说，"你也别失信。"

"我不会失信，"小眉说，望着他，"不过，你难道不该先告诉我，你到底是谁吗？"

"孟云楼，师大艺术系二年级的学生，你——从没听过我的名字吗？"

"没有。我该知道你的名字吗？"

云楼失意地苦笑了。

"你很喜欢问：我该怎样怎样吗？"他说。

小眉笑了，她的笑容甜而温柔，淡淡的，带点羞涩，这笑容使云楼迷失，这是涵妮的笑。

"我的脾气很坏，动作也僵硬，唱得也不够味儿，这是他们说的，所以我红不起来。"她说，自己也不明白，为什么要说这些，尤其在一个陌生的男孩子面前。

"你干这一行干了多久了？"

"只有三个月。"

"三个月，够长了！"云楼望着她，像是在凝视着一块坠落在泥沼里的宝石，"那些人，何尝真的是要听歌呢？他们的生活里，何尝有歌呢？歌厅！"他叹息了一声，"这是个奇怪的世界！"

"你有点愤世嫉俗，"小眉说，看了看手表，"我，我该走了！"

"我送你去！"云楼站起来。

"不必了，"小眉很快地说，"我们明天见吧！"

"不要失信！"

"不会的！再见！"

"再见！"

云楼跟到了门口，目送她跳上一辆计程车，计程车很快地开走了，扬起了一股灰尘。他茫然地站在那儿，好长的一段时间，他都精神恍惚，神志迷茫。小眉，这是怎样一个女孩？第二个涵妮？可能吗？仰首望着天，他奇怪着，这冥冥之中，有什么神奇的力量，在操纵着人间许多奇异的遇合，造成许多不可思议的故事？

天空广漠地伸展着，璀璨着无数闪烁的星光。冥冥中那位操纵者，居住在什么地方？

第二十一章

　　离下午三点钟还很远，云楼已经坐在"雅憩"那个老位子了，他深深地靠在高背的沙发椅中，手里紧握着一大卷画束，注视着面前的咖啡杯子。咖啡不断地冒着热气，那热气像一缕缕的轻烟，升腾着，扩散着，消失着，直至咖啡变得冰冷。他沉坐着，神志和意识似乎都陷在一种虚无的状态里，像是在专心地想着什么，又像是什么都不想。他的面色憔悴而苍白，眼睛周围有着明显的黑圈，显然，他严重地缺乏睡眠。

　　不知什么时候起，唱机里的爵士乐换成了一张钢琴独奏曲的唱片，一曲《印度之歌》清脆悠扬地播送开来。云楼仿佛震动了一下。把头靠在沙发靠背上，他近乎痛苦地闭上了眼睛，聆听着那熟悉的钢琴曲子。那每一下琴键的叮咚声，都像是一根铁锤在敲击着他的心脏，那样沉重地、痛楚地，敲击下来，敲击得他浑身软弱而无力。

　　"涵妮，"他闭紧了眼睛，无声地低唤着，他的头疲乏地在靠背上摇动，"天啊！慈悲一点吧！"他在心中呼喊着，一股热气从他心里升起，升进他的头脑，升进他的眼睛。在这一刻，他不再感到自己的坚强，也早已失去了往日的自信，他茫然，他失措，他迷失，他是只漂荡在黑暗的大海中的小船，脆弱而单薄。

有高跟鞋的声音走进来，停在他的身边，他吸了口气，慢慢地张开眼睛来。于是，他浑身通过了一阵剧烈的战栗，他迅速地再闭上眼睛，怕自己看到的只是一个幻象，那琴键声仍然在室内回荡，啊，涵妮，别捉弄我！别让我在死亡的心灵中再开出希望的花朵来！啊，涵妮，别捉弄我！我会受不了，我没有那样强韧的神经，来支持一次又一次的绝望！啊，涵妮！

"喂！你怎么了？"

他身边响起了清脆的声浪，他一惊，被迫地张开了眼睛，摇摇头，他勇敢地面对着旁边的女郎。不再是盘在头顶的发髻，不再浓妆艳抹，不再挂满了闪亮的装饰品，他身边亭亭玉立着的，是个长发垂肩、淡妆素服的少女，一件浅蓝色的洋装，披了件白色的大衣，束了条湖色的发带。她站着，柔和的脸上挂着宁静的微笑，盈盈的大眼中闪耀着一种特殊的光芒。涵妮！他紧咬着自己的嘴唇，阻止自己要冲出口来的那声灵魂深处的呼唤。这是涵妮，这一定是涵妮！洗去铅华之后，这是张不折不扣的涵妮的脸孔，每一分，每一厘，每一寸！

"怎么？你不请我坐？"小眉诧异地问，望着云楼那张憔悴的、奇异的、被某种强烈的痛苦折磨着的脸。

"哦，"云楼吐出一口长气，用手指压着自己疼痛欲裂的额角。"原谅我的失态，"他的声音低沉而苦楚，"我该怎样称呼你？"

"你昨天叫我唐小姐，如果你愿意喊我小眉，我也不反对。"小眉坐了下来，叫了杯咖啡，微笑着说，"你这个人多奇怪！每句谈话都叫人摸不着头脑。"

"小眉，"云楼苦涩地重复了一遍这个名字，"你坚持你的名字叫小眉，没有第二个名字吗？"

"你是什么意思？我该有第二个名字吗？"小眉诧异地问。

"该的，你该有。"云楼固执而苦恼地盯着她。

"为什么？"

"你该有另外一个名字，另外一个姓！"

"荒谬！"小眉说，"你怎么了？你完全语无伦次！"

"我很清楚，"云楼继续盯着她，他的眼睛是燃烧着的，"你不叫唐小眉，你的真名是杨涵妮！"

"滑稽！"小眉叫着说，"我看你这人神经有问题，我真后悔跟你在这儿浪费时间，好了，假如你没有故事讲给我听，我要走了！"

"噢，别走！"云楼紧张地扑过去，忘形地一把抓住了她的手，"请求你别再逃开！"

"你——？"小眉吃惊地把自己的手抽出来，"你吓住我了，孟先生。"她怔忡地说，真的受了惊吓。

"哦，对不起，"云楼慌忙说，"请原谅我。"他望着她，她那受惊的样子和涵妮更像了，他摇了摇头，"我是真的被你弄糊涂了。"

"我才被你弄糊涂了呢！"小眉叫，"你不是说有故事要讲给我听吗？"

"是的。"

"那么讲吧！"

云楼无语地，用一种痛楚的、深思的、炽烈的眸子，痴痴地望着她。

"怎么了？你到底讲不讲呢？"小眉皱起了眉头。

"是的，我要讲，只是不知从何讲起，"云楼说，揉着额角，觉得整个头部像要迸裂似的疼痛着，"或者，你愿意先看一些东西！"他拿起带来的那一束画，递过去给小眉，"打开它，看一看！"

小眉诧异地接过了那厚厚的一卷东西，奇怪地看了云楼一眼。然后，她铺开了那束画，立即，她像被催眠似的呆住了。这是一卷画像，大约有十几张，包括水彩、素描和油画，画中全是同一个女孩子，一个长发垂肩，有张恬静的、脱俗的、楚楚动人的面孔的少女。画的笔触那样生动、那样传神、那样细腻，这是出于一个画家的手啊。她不能抑制自己胸中涌上的一股惊佩与敬服。她一张一张看过去，越来越困惑，越来越惊愕，越来越迷惘。然后，她抬起眼睛来，满面惊疑地说：

"你画的？"

云楼点点头。

"你画的是我吗？"她问，瞪大了眼睛，"你什么时候画的？我怎么不知道？"

"我画过一百多张，大的、小的都有，这十几张是比较写实的作品。"云楼说，深深地望着她，"你认为这画的是你吗？"

"很像，"小眉说，不解地凝视着他，"这是怎么回事呢？"

"这画里的女孩子名叫涵妮，"云楼深沉地说，他的眸子一瞬也不瞬地紧盯着她，"这能唤醒你的记忆吗？"

"我的记忆？"小眉困惑地摇了摇头，"你是什么意思？"

"你记得半夜里弹琴、我坐在楼梯上听的事吗？你记得你常为我唱的那支《我怎能离开你》的歌吗？你记得我带你到海边去，在潭水边许愿的事吗？你记得我们共有的许许多多的黄昏、夜晚和清晨吗？你记得你发誓永不离开我，说活着是我的人、死了变鬼也跟着我的话吗？你记得为我弹《梦幻曲》一遍一遍又一遍的事吗？你记得……"

"哦！我明白了！"小眉愕然地瞪着他，打断了他那一长串急促的语声，"我明白了。"

"你明白了，是不？"云楼惊喜地盯着她，"你想起来了，是不？你就是涵妮！是不？"

"不，不，"小眉摇着头，"我不是涵妮！我不是！可能我长得像你那个涵妮，但我不是的，你认错人了，孟先生！"

"我不可能认错人！"云楼喊着，热烈地抓住她的手，徒劳地想捉回一个消失了的影子，"想想看，涵妮，你可能在一次大病之后丧失了记忆，这种事情并不是没有，至于你怎么会变成唐小眉的，我们慢慢探索，总会找出原因来的！你想想看，你用心想想看，难道对以前的事一点都不记得吗？涵妮……"

"孟先生！"小眉冷静地望着他，清楚地说，"我不是什么涵妮！绝对不是！我从没有丧失过我的记忆，我记得我从四岁以来的每件大事。我也没生过什么大病，从小，我的身体就健康得连伤风感冒都很少有的。我的父亲也不姓杨，他名叫唐文谦，是个很不得意的作曲家。你懂了吗？孟先生，别再把我当作你那个涵妮了，这是我生平碰到的最荒谬的一件事！"她把那些画像卷好，放回到云楼的面前，她脸上的神情是抑郁而不快的，"好了，孟先生，这事就这样结束了，希望你别再来纠缠我。"

"等一下！涵——唐小姐！"云楼嚷着，满脸的哀恳和乞求，"再谈一谈，好不好？"

小眉靠回到沙发里，研究地看着云楼。这整个的事件让她感到荒唐，感到可笑，感到滑稽和不耐。但是，云楼那种恳切的、痛苦的、乞求的神情却使她不忍遽去。端起了咖啡，她轻轻地啜了一口，叹口气说：

"你还有什么问题吗？"

"是的，"云楼说，固执地盯着她，"你会不会弹钢琴？"

"会的，会一点点！"云楼的眼睛里闪出了光彩。

"瞧！你也会弹钢琴！"他喊着。

"这并不稀奇呀，"小眉说，"那还是我在学校读书的时候学的，我家里太穷，买不起钢琴，本来还有一架破破烂烂的，也给爸爸卖掉了，我在学校学，一直学了四五年，利用下课的时间去弹。但是，我弹得并不好，钢琴是需要长时间练习的。自己没有琴，学起来太苦了。"

"你以前念什么学校？"

"女中，高中毕业，我毕业只有两年，假若你对我的身世还有问题，很可以去学校打听一下，我在那学校念了六年，名字一向都叫唐小眉。或者，你的女朋友也在那学校念过书？"

"不，"云楼眼里的阳光消失了，颓然地垂下头去，他无力地说，"她没有。"

"你看！"小眉笑了笑，"我绝不可能是你的女朋友了！我奇怪你怎么会有这样荒唐的误会。"

"你长得和她一模一样。"云楼说，凝视着她，"简直一模一样。"

"世界上不可能会有两个完全一模一样的人，"小眉说，"你可能是想念太深，所以发生错觉了。"望着他，她感到一股恻然的情绪，一种属于女性的怜悯和同情，"她怎样了？"

"谁？"

"你的女朋友，她离开你了吗？"

"是的，离开我了。"云楼仰靠进沙发里，望着天花板，那上面裱着深红带金点的壁布，嵌着许多彩色的小灯，像黑夜天空中璀璨的星光。

"到什么地方去了呢？你找不到她了吗？"

"找不到了。"云楼闭上了眼睛，声音低而沉，"他们告诉我她死了。"

"哦！"小眉的脸色变了，这男孩子身上有种固执的热情，令人感动，令人怆恻，"这就是你的故事？"她温柔地问。

他的眼睛睁开了，静静地看着她，那种激动的情绪已经平息了，他开始接受了目前的真实，这是小眉，不是涵妮！这只是上帝创造的一个巧妙的偶合！同一张脸谱竟错误地用了两次！他看着她，凄凉而失意地微笑了。

"是的，这就是我的故事，"他揉了揉额角，"一个很简单的故事，但是，我常常希望这故事不会完结，希望一些奇迹出现，把这故事再继续下去……"

"于是，你发现了我，"小眉说，"你以为是奇迹出现了。"

云楼苦笑了一下。

"人在绝望的时候往往会祈祷奇迹，至今我仍然对于你的存在觉得是个谜。"他叹口气，"正像你说的，世界上不会有两张一模一样的脸孔，何况你们没有丝毫血缘关系，这是不可解的！"

"你看走眼了。"小眉笑着。

"你愿意跟我去见见涵妮的母亲吗？看看是我神志错乱，还是你真像涵妮。"

"哦，不，"小眉的笑容收敛了，"这事到目前已经可以告一段落了，我不想卷进你的故事里去。你别再把我和你的女友缠在一起，记住我是唐小眉，一个歌女！一个社会的装饰品！不是你心目里的那个女神！涵妮，她必定出身于一个良好的家庭吧？"

"是的。"

"而我呢？你知道我出生在什么环境里吗？我母亲是在生我的时候难产去世的。我父亲是音乐家，他自封的音乐家，没有人欣赏的音乐家，他给了我一份对音乐的狂热，和对生活的认识。我七八岁的时候，就做全部的家务，侍候一个永远在酒醉状态下的父亲……"她笑了，凄凉而带点嘲讽的，"你看！我不是你的涵妮！看她的画像我就知道了，她该是那种玻璃屋子里培植出来的名贵花朵，我呢？我只是暴风雨里的一棵小草，从小就知道我的命运，是被人践踏的！你看，我不是你的涵妮，我不知道你怎么可能发生这样的错误！"

云楼注视着她，深深地注视着她，是的，这不是涵妮，这完全不是涵妮！从她那坦白的叙述里，从她那坚定的眼神里，他看出她是如何在生活的煎熬下，挣扎着长大的。她和涵妮完全不同，涵妮柔弱纤细，她却是坚强茁壮的！他坐正了身子，点了点头，说："当然，如果你不愿意去，我不会勉强你！"

"那么，这事就这样结束了。既然已经证实了我不是涵妮，我希望你也别再来打扰我，好吗？"

云楼凝视着她，没有说话。

"好吗？"她再问。

"我尊重你的意见。"云楼低沉地说，"如果我使你厌烦，我不会去打扰你的。"

小眉笑了笑。

"并不是厌烦，"她宁静地说，"只是没有意义，我不习惯让人在我身上去找别人的影子。"

云楼了解了，一种激赏的情绪从他心头升了起来，这是个倔强的灵魂啊！尽管生活在那种半沉沦的状态里，她却还竭力维持着她的自尊。

"我明白，"他点点头，郑重地说，"我答应你，我不会让你感到任何不快。"

小眉看着他，她立即听出他的言外之意，这个男人了解她！她想，他了解的不止她嘴里所说的，还有她心里所想的，甚至于她那份埋藏在心底的自卑。她握着咖啡杯子，深深地啜了一口，突然，她有些懊悔了，懊悔刚刚对他说得那么绝情。她勉强地笑了笑，掩饰什么似的说：

"那种地方你也不该常去，如同你说的，真正的歌不在那儿。"

"你却在那儿唱啊！"云楼叹息地说。

"人生有的是无可奈何！是不？"小眉怅惘地笑笑，"我也曾经一度幻想自己会成为一个声乐家，我练过好几年的唱，每晚闭上眼睛，梦想自己的歌声会到达世界的每个角落里。现在，我站在台上唱了。"她放下杯子，叹口长气，"现实总是残忍的！是不？好了，孟先生，我该走了。晚上还要唱三场呢！"

云楼看着她。

"在你离去以前，我还有几句话要说。"他说，"因为你不愿我打扰你，所以，我以后可能不会再去找你，但是，我必须告诉你，关于涵妮，"他困难地咽了一口口水，"那是一个我用生命来热爱着的女孩，我可以牺牲一切来换得她的一个微笑、一个眼光，或一句轻言细语。可是，她死了。你呢？你有一张和她相像到极点的脸孔，虽然我们素昧平生，我却不能不觉得，你像我的一个深知的朋友……"他顿住了，觉得很难措辞。

"怎样呢？"她动容地问。

"我说了，你不要觉得我交浅言深，"他诚挚地望着她，"当你唱的时候，用你的心灵去唱吧！不要怕没有人欣赏，不要屈服于那个环境，还有……不要低估了你自己！你的歌像你的人，真挚而高贵。"

小眉的睫毛垂了下去，她必须遮掩住自己那突然潮湿了的眼珠，好一会儿，她才重新扬起睫毛来，她的眼睛是晶莹的，是清亮的，是水盈盈的。

"谢谢你。"她喉咙喑哑地说，匆匆地站起来，她一定要赶快离去，因为她的心已被一种酸楚的激情所胀满了，"我走了，别送我。"

　　他真的没有送她，坐在那儿，他目送她匆忙地离去。他的眼睛是朦胧的，里面凝聚着一团雾气。

"这种生活是让人厌倦的！"唐小眉低低地、诅咒地说，把眉笔掷在梳妆台上，注视着镜子里的自己。她刚刚换上登台的服装，一件自己设计的，紫罗兰色的软缎晚礼服，腰上缀着一圈闪亮的小银片，从镜子里看来，她是纤秾合度的，那些银片强调了她那纤细的腰肢，使她看起来有些弱不胜衣。她抚摸了一下自己的面颊，献唱的几个月来，她实在是瘦了不少。"这根本不是人过的生活，"她继续嘀咕着，用小刷子刷匀脸上的脂粉，"我唱，生活里却没有诗也没有歌。"她不知不觉地引用了云楼的话，虽然，她自从在"雅憩"和他分手后，就再也没有见到过他，但，这男孩给她的一些印象，却是不容易忘记的。

"你在叽里咕噜些什么？"刚下场的一个名叫安琪的歌女问，"还不赶快准备上场。马上就轮到你了。"

"好没意思！"小眉说。

"你知道他们要些什么，"安琪说，她出来唱歌已经好几年了，和小眉比起来，她是老大姐，"你多扭几下，他们就高兴了，看看吧，场内的听众，百分之八十都是男性，他们要的不是歌，是人！"

"更没意思了。"

"你要学得圆一点，"安琪一面卸着妆，一面说，"像昨晚邢经理请你去吃宵夜，你就该接受，他在商业界是很有点势力的，你这样一天到晚得罪人，怎么可能唱红呢？别总是天真地把这儿当学校里的歌唱比赛，以为仅仅凭唱得好，就可以博得掌声。那些人花钱是来买享受的，不是来欣赏艺术的！"

"可悲！"小眉低声说。

"这是生活呀！谁叫我们走上这条路呢！不过，你又怎么知道别一行就比我们这行好呢？反正，干哪行都得应酬，都得圆滑！虽然也有不少根本不肯应酬而唱红了的歌女，但她们的本钱一定比我们好，我们都不是绝世美人呀，是不？"

小眉淡淡地笑了。

负责节目安排的小李敲了敲门，在外面叫着说：

"小眉，该你了！"

"来了！"小眉提起了衣角，走出化妆室。到了前台的帘幔后面，报幕的刘小姐正掀起了帘幔的一角，对外面张望着，台上，一个新来的歌女正唱到了尾声。看到小眉过来，刘小姐轻轻地拉了拉她的衣服，低声说：

"你注意到了没有？最近有个很奇怪的男孩子，每到你唱的时候就来了，你一唱完他就走了！现在，他又来了。花一张票价听你一个人唱，他是你的男朋友吗？"

"是吗？"小眉的心脏猛跳了两下，自己也不明白为什么呼吸忽然急促了，"在哪儿？"

"你看！第三排最旁边那个位子。"

小眉从帘幔后面窥探过去，由于灯光集中打到台上，台下的观众是很难看清楚的，尤其他又坐在靠边的位置。她无法辨清那人的面貌，但是，一种直觉，一种第六感，使她猜到了那是谁。

"我看不清楚。"她含糊地说，"不会只听我一个人唱，恐怕你弄错了。"

"才不会呢！我本来也没注意到他，只因为他总是中途进场，又中途出场，怪特别的，所以我就留心了。你不信，唱完你别走，在这帘幔后面看着他，他一定是在你唱完后就走。"

"他天天都来吗？"小眉迟疑地问。

"并不是天天，不过，最近是经常来的，你不认得他吗？"

"不——不知道。"小眉说，"我看不清，我想，没这么荒谬的事！"

"我见多了，"刘小姐微笑着说，"怎么样荒谬的事都有！"顿了顿，她说："好了，该你了。"

台上的那位歌星退了下来，于是，小眉出场了。

灯光对她集中地射了过来，那么强烈，刺得她看不清任何东西，但她知道台下的人却能看清楚自己的每一个表情、每一个动作。她不能随便，她不能疏忽，每夜，她站在这儿，接受着考验。在一段例行的自我介绍之后，她开始唱了，她唱了一支《回想曲》。

一曲既终，掌声并不热烈。掌声，这曾经是她努力想争取的东西。世界上最悦耳的音乐是歌吗？是钢琴吗？是小提琴？小喇叭？鼓？或任何一种乐器吗？不！都不是！世界上最悦耳的音乐是掌声，人人爱听的，人人需要的，它能把人送入云端，制造出最大的愉悦和满足。但是，几个月的献唱生涯，使她知道了，在这儿博取掌声是困难的，永远重复唱那几支歌也是令人厌倦的，可是，听众喜欢听他们熟悉的歌。于是，她唱，每晚唱，唱了又唱，她疲倦了，她不再希冀在这儿获得掌声了。每次唱完之后，她对自己说：

"我孤独，我寂寞，我不属于这个世界，这个世界也不属于我。"

这是自我解嘲，还是自我安慰？她无法分析，也不想分析，却在这种心情下，送走了每一个"歌唱"着的夜。但是，今晚不同了，她感到有种不寻常的、热烈的情绪，流动在自己的血管中，激荡在自己的胸腔里，她忽然想唱了，真正地想唱了，想好好地唱、高声地唱，唱出一些埋藏在自己心灵深处的东西。

于是，当《回想曲》唱完之后，她临时更改了预定的歌，和乐队取得了联系，她改唱了另外一支：

　　　　我是一片流云，

　　　　终日飘浮不定，

　　　　也曾祈望停驻，

　　　　何处是我归程？

　　　　风来吹我流荡，

　　　　风去吹我飘扬，

也曾祈望停驻，

何处是我家乡？

飘过海角天涯，

看尽人世浮华，

多少贪欲痴妄，

多少虚虚假假！

飘过山海江河，

看尽人世坎坷，

多少凄凉寂寞，

多少无可奈何！

我是一片流云，

终日飘浮不定，

也曾祈望停驻，

何处是我归程？

　　她唱得非常用心，贯注了自己全部真实的感情。她自认从踏进歌厅以来，从没有这样唱过。这支歌是从她心灵深处唱出来的，有她的感叹，有她的迷惘，有她的凄凉，有她的无助和落寞。但是，掌声依然是零落的，这不是听众喜欢听的那种歌。她不由自主地对第三排最旁边的位子看过去，灯光闪烁着，阻挡了她的视线。她忍不住心头涌上一股恻恻之情，茫茫人海，是不是真能找到一个知音？停顿了一下，她开始唱第三支歌：

　　我最爱唱的一支歌，

是你的诗，说的是我……

唱完了三支歌，她的这场演唱算结束了，微微地弯了弯腰，她再度对那个位子投去很快的一瞥，转过身子，她退到帘幔后面去了。到了后面，刘小姐很快地说：

"瞧！那个人走了！"

她看过去，真的，那位子上的一个年轻人正站起身来，走出去了。她心底掠过了一声不明所以的叹息，感到有份难以描述的感觉，把她给抓住了。这个人，是为她的歌而来，还是仍然在找寻他女友的影子？回到化妆室，她慢吞吞地走到镜子前面，呆呆地审视着自己，镜中的那张脸孔是茫然若失的。

安琪还没有走，坐在那儿，她正在抽烟，一面等待着她的男朋友来接她。看到小眉，她说："你不该唱那两支歌，你应该唱《午夜香吻》，或者是《家家有本难念的经》，要不然，唱《桃花江》或者是《月下情歌》都好些。"

小眉怅惘地笑了笑，坐下来，她一句话也没有说，开始慢慢地摘下耳环和项链。安琪仍然在发表着她的看法和意见，给了小眉无数的忠告和指导。小眉始终带着她那个迷惘的微笑，不置可否地听着。收好了项链和耳环，她到屏风后面去换了衣服。几个表演歌舞的女孩进来了，嘻嘻哈哈地喧闹着，匆匆忙忙地换着衣服，彼此打闹，夹杂着一些轻浮的取笑。小眉看着这一切，心底的迷惘在扩大，在弥漫。到底，这世界需要些什么？

有人敲着化妆室的门，一位侍应小姐嚷着说：

"唐小姐，有你的信！"

小眉打开了门，那侍应小姐递上了一张折叠着的纸，说：

"有位先生要我把这个给你！"

"哦！"小眉狐疑地接过了字条，心里在嘀咕着，别是那个邢经理才好！打开字条，她不禁呆住了！那张纸上没有任何一句话，只用画图铅笔，随便地画着一枝莲花，含苞欲放的、亭亭玉立的，虽然只是简单的几笔，却画得栩栩如生。在纸张的右下角，签着"云楼"两个字，除此以外，没有其他的东西了。小眉愕然地望着这朵莲花，诧异地问：

"那个人呢？"

"走了。"侍应小姐说，"他叫我交给你，他就走了。"

"哦！"小眉有些失望，却有更多的困惑。退回屋里，她对这张字条反复研究，什么意思呢？孟云楼，他真是个奇怪的男孩子！把纸张铺在梳妆台上，她心神恍惚地望着那朵莲花。忽然，她脑子里灵光一闪，猛地想起在学校里读过的一篇课文，周敦颐所著的《爱莲说》中仿佛有这么几句话：

世人甚爱牡丹，予独爱莲之出淤泥而不染，濯清涟而不妖，中通外直，不蔓不枝，香远益清，亭亭净植，可远观而不可亵玩焉。

是这样的意思吗？他是这个意思吗？她瞪视着那张纸，只觉得心里涌满了一种特殊的激情，竟让她眼眶发热，鼻中酸楚。好半天，她才叠起了那张画，收进了皮包里。站起身来，她走出去了，脚步是轻飘飘的，好像是踏着一团云彩。

接着的日子里，小眉发现自己竟期待着青云演唱的那一刻了，而且热心地计划着第二天要演唱的歌。她踏上唱台的脚步不再滞重，心情不再抑郁，歌声不再晦涩。她忽然觉得自己的歌有了意义、有了生命、有了价值。每晚，当她走上台去的时候，她总习惯性地要问问刘小姐了：

"那个人又来了吗？"

当答案是肯定的时候，她的歌声就特别地柔润、特别地悠扬，她的眼睛特别地亮、特别地有神，她的心情也特别地欢愉、特别地喜悦。她唱，热烈地唱，她的心和她的嘴一起唱着。当答案是否定的时候，她的歌声就变得那么凄凉而无奈了，大厅里也黯然无光了，她的心也闭塞了。她唱，机械地唱，不再用她的心灵，仅仅用她的嘴和喉咙。

日子就这样流过去了。在歌声里，小眉送走了一个又一个的夜，冬天消逝，春天来了。小眉也感染了那份春的喜悦和这种崭新的、温暖的季节带来的一份希望。她正年轻，她正拥有着让人欣羡的年龄，她发现自己常常幻想了。幻想离开歌厅，幻想她的歌不再在那种大庭广众里被机械地献唱，她愿意她的歌是属于某一个人的。某一个人！谁呢？她没有一定的概念，只是，她觉得自己像一朵沐浴在春风里的花，每一个花瓣都绽放着，欣然地渴求着雨露和阳光，但是，雨露和阳光在哪儿呢？

每晚，她唱完了最后一场，在深夜的寒风中回到她那简陋的、小小的家里。家，这是让许多人感到舒适和安慰的所在，让许多人在工作之余消除疲劳和得到温暖的所在。可是，对小眉而言，这个"家"里有什么呢？三间简简单单的日式的房子，原来是榻榻米和纸门的，小眉在一年前雇工人把它改装成地板和木板门了，这样，最起码可以整洁一些，也免得父亲在醉酒之后拿纸门来出气，撕成一条一条或打出无数的大窟窿。三间屋子，小眉和父亲各住一间，另一间是客厅——很少有客人来，它最大的功用是让父女二人相聚片刻，或者是让父亲在那儿独斟独酌以及发发酒疯。父亲，这个和她相依为命的亲人，这个确实非常疼爱女儿，也确实很想振作的男人，给予她的却是无尽的忧愁、凄苦和负担。唐文谦在不喝酒的时候、脑筋清楚的时候，自己也很明白这一点，他会握着小眉的手，痛心疾首地说：

"女儿，我告诉你，我会戒酒的，我要好好地振作起来，好好地工作赚钱，让你能过一份正常的、幸福的生活！女儿，我允诺你！从明天起，我再也不喝酒，我要从头开始！"

小眉凄然地望着他，一句话也不说，她知道，这种允诺是维持不了几分钟的。果然，没多久，他就会拎着酒瓶，唱着歌从外面回来，一面打着酒嗝，一面拉着她的衣袖，高声地喊着说：

"小眉，你瞧你爸爸，他是个大……大……大音乐家！你——你看，多少人在演奏他的曲子，交响乐、奏鸣曲，小——小夜曲……你，你听哪！"

于是，他开始演奏了起来，自己一会儿是鼓手，一会儿是钢琴师，一会儿又拉小提琴……忙得不亦乐乎，用嘴模仿着各种乐器的声音，演奏他自己的"名曲"，直至酒意和疲倦征服了他，倒头入睡为止。

他就这样生活在梦境里，和酒精造成的自我陶醉之中。酒醒了，他懊恼，他难过，他惭愧，他痛苦。他会捶打自己的头，抱着小眉痛哭流涕，说自己是个一无用处的废物，说小眉不该投生做他的女儿，跟着他受苦，又自怨自艾他的遭时不遇，又埋怨着小眉的母亲死得太早，说小眉怎么这样可怜，从小没有母亲疼、母亲爱，又碰着这样不争气的父亲，直闹到小眉也伤心起来，和父亲相对抱头痛哭才算完了。

这样的家里有慰藉吗？有温暖吗？是个良好的休憩所在吗？每晚小眉回到家里，有时父亲已经在酒后入睡了，有时正在家里发着酒疯，有时根本在外喝酒没有回家。不管怎样的情形，小眉总是"逃避"地躲进自己的小房间里，关上房门，企图把家里的混乱或是寂寞都关在门外，但是，关在门里的，却是无边的凄苦，和说不出来的一份无可奈何。

春天来了，窗前的一株栀子花开了，充塞在屋里的香味是小眉家中唯一的"春"的气息。小眉喜欢在静静的深夜里，倚窗站着，深深地呼吸着夜空中那缕绕鼻而来的栀子花香。她会沉醉地把头倚在窗棂上，闭上眼睛，让夜风轻拂着自己的面颊，享受着那一瞬间包围住她的，"春"的气氛。同时，幻想一些虚无缥缈的事情，那些虚无缥缈的烟雾之中，总是隐隐约约浮着一张脸孔，一张年轻的、男性的、有对热烈而愁苦的眸子的脸孔，和这脸孔同时存在的，仿佛是一些画、一些画像，和一株亭亭玉立的莲花。

这种幻想和沉醉总是结束得很快的，然后，睁开眼睛来，屋里那份寂寞和无奈就又从四面八方涌来了，那些虚无缥缈的事情全被吞噬了。她会发现，她手中掌握着的，只是一些拼不拢的、破碎的梦，和一些压迫她的、残酷的现实。于是，她叹息一声，轻轻地唱了：

心儿冷静，夜儿凄清，
魂儿不定，灯儿半明，
欲哭无泪，欲诉无声，
茫茫人海，何处知音？

第二十三章

　　好几天没有去过青云了。云楼曾经一再告诉自己，他去青云是没有意义的事情，那儿找不到他所寻觅的东西。但是，他仍然很难抵制青云对他的一种神秘的吸引力。尤其，夜晚常常是那样冷清、那样寂寞、那样孤苦和漫长。于是，他一次又一次地去了青云，算准了小眉歌唱的时间，去聆听她的几支歌。小眉，这女孩在他心中的地位是微妙的，他自己也说不出来对她是怎样的一种感觉，看着她在那儿唱，他有时恍惚地把她当作涵妮，感到一份自欺的安慰，有时他清楚地知道她不是涵妮，只是小眉，却觉得她的歌对他有种神奇的力量，它撼动他，她的人也撼动他。看着她每次挺直了背脊，贯注了全部的精神和感情，唱着"我是一片流云，终日飘浮不定，也曾祈望停驻，何处是我归程？"他就觉得心里酸酸楚楚地涌满了某种感动的情绪，他可以看出她那份倔强、她那份刚直，和她那份感怀自伤的无奈。尤其，他以前常把涵妮看成一朵小小的云彩，如今，这朵云彩是飞走了，却另有一个女孩唱着"我是一片流云"出现了，这片灿烂的、美丽的、旖旎的彩云也会飞吗？将飞向何处呢？于是，他会想起纳兰词中的两句"惆怅彩云飞，碧落知何许"而感到一份难言的怆恻。又于是，他会有种奇异的感觉，觉得他和小眉之间是沟通的，觉得小眉知道他在这儿，而在唱给他听。就在这种吸引力之下，整个寒假，他几乎天天去青云，直到春天来了。

新的学期开始了，生活骤然忙碌了起来，与忙碌一起来临的，是经济的拮据。他几乎忽略了每次去歌厅的二十五元票价并不是一个小数字。开学后，需要添置大量的油彩、画笔和画布，他才明白自己在寒假里浪费了太多的金钱。"青云是不能再去了。"他再度告诉自己，这次是郑重而坚决的。于是，好多天过去了，他真的没有再去青云。

可是，他有种怅然若失的感觉，每晚，躺在床上，他瞪视着满房间涵妮的画像，开始强烈地觉得孤独，那些画像栩栩如生地凝视着他，他竟往往把那些画像看成小眉了。只为了涵妮已经死了，而小眉是活生生的。那些画像是涵妮，也是小眉，他潜意识里仍然无法把这两个人分开来。

一天又一天，他迷失在自己抑郁的情绪中。每天去广告公司之后，他必须和自己做一番斗争，去青云，还是不去青云？他常常幻觉听到小眉在唱歌，这歌声一会儿就幻变成了涵妮的，再一会儿又变成小眉的，再一会儿又是涵妮的……他无法摆脱开这两个影子，强烈地想抓住其中的一个，涵妮已经抓不回来了，而小眉呢？小眉呢？他挣扎着：不，不，不能再去青云了，小眉毕竟不是涵妮哦！

这晚，他离开广告公司，吃了晚餐之后，他不想回家，在街上，他漫无目的地流连着。天气很好，白天出了一整天的太阳，晚上空气中仍然留着白昼的暖意，不很冷，夜风是和缓的、轻柔的。天上有星星，疏疏落落的，把一片黑暗而广漠的穹苍点缀得华丽高雅，像一块黑丝绒上缀着的小亮片，像——小眉的衣服。小眉的衣服？这天空和小眉的衣服有什么相干？他自嘲地微笑了一下，摇了摇头。不自禁地又想起涵妮，曾经有许多个晚上，他也曾和涵妮在这种夜色中散步，听涵妮在他耳边低唱："我怎能离开你，我怎能将你弃……"伊人已杳！他再摇了摇头，这次摇得很猛烈。抬起头来，他发现自己正停在一家电影院的门口，买票的人寥寥无几，正要放映七点钟的一场。

他沉吟了一下，与其去青云，不如看场电影。他买了票。这是部文艺旧片，他根本没看片名，也不知道是谁主演，但是，一看之下，却很被那故事吸引。电影是黑白片，可能是二十年前的老片子，演技却精湛而动人，叙述一段烽火中的爱情，演员是亨弗莱·鲍嘉和英格丽·褒曼。他几乎一开始就沉迷地陷进男女主角那份无奈而强烈的爱情里去了，片中有个黑人，常为男女主角而唱一支歌，每当他唱的时候，云楼就觉得自己热泪盈眶。看完电影出来，云楼才注意到片名是《卡萨布兰卡》。

看完这场电影，云楼更不想回自己那寂寞的小屋里去了。他觉得满胸腔充塞着某种激动的、酸楚的感情。这是他每次看到任何令人感动的事物时都会有的现象，一幅好画、一首好诗、一本好书、一部好电影、一支好歌曲……都会让他满怀激动。他觉得有些热，敞开了胸前夹克的拉链，他把双手插在口袋里，沿着街道，漫无目的地向前走去。

他一定走了很久，因为，最后，他发现很多商店的板门都拉上了，灯光都熄灭了。而且，自己的腿也隐隐地感到酸痛。他停了下来，四面打量着，好熟悉的地方！然后，他惊奇地发现，自己正站在青云的门口。

青云那块高高的霓虹灯还亮着，显然，最后一场还没散场，可是，售票口早就关闭了。现在还能进场吗？一定不行了，何况他并不知道小眉晚场献唱的时间，说不定她的表演早就结束了。他把双手插在口袋中，斜靠在人行道的柱子上，开始无意识地凝视着橱窗里悬挂着的小眉的照片。

他注视了多少时间？他不知道。直到有高跟鞋的声音惊动了他，他回过头来，一眼看到小眉，正从青云的出口处走出来。她正像他所想的，穿了件黑丝绒的旗袍，襟上别了个亮晶晶的别针，闪烁得像天上的星星。

她立即看到了他，似乎受了大大的震动，她的脸色顿时变得苍白，呆呆地望着他，她停在那儿一动也不动。

他也没有动，保持着原有的姿势，他斜靠在柱子上，静静地看着她。他们两人相对凝视，好半天，谁也没有说话。然后，她醒悟了过来，用舌尖润了润嘴唇，她轻轻地说：

"我以为，你再也不会到青云来了。"

"是吗？"他问，仍然没有动，眼睛深深地望着她。

"为什么这么久不来？"她走向他，眸子是燃烧着的，是灼热的，是激动的。

"有那么多人在听你唱，不够吗？"他问。

"没有，"她摇摇头，眼睛清亮如水，"没有很多人听我唱，只有你一个，你不来，就连一个也没有了。"

"小眉！"他低低地呼唤了一声，这一声里有发自内心深处的怜恤及关怀。他从没有这样称呼过她，但他喊得那样自然，那样温柔，竟使她忽然间热泪盈眶了。

"你在这儿干吗？"好半天，她才稳定了自己，低声地问。

"我也不知道，"他说，仍然深深地注视着她，"看到了你，我才想，大概是在等你。"

"是吗？"她瞅着他，眸子里有一些期盼，有一些感动，还有一些不信任，"来多久了？"

他摇摇头。

"不知道。"他说。

"从哪儿来？"

他再摇摇头。

"不知道，我在街上走过很久。"

"现在呢？要到哪儿去？"

"不知道。"他第三次说，望着她，"要看你。"

"到'雅憩'坐坐，好吗？"她问，轻轻地扬起了眉梢。

"好的。"他说，站直了身子，挽住了她。

于是，他们走进了"雅憩"，在靠角落的一个僻静的座位里坐了下来，两人都要了咖啡。这儿是可以吃宵夜的，所以生意通常都要做到深夜一两点钟。在他们的座位旁边，有一棵棕榈样的植物，大大的绿叶如伞般伸展着，成为一个绿色的屏风，把他们隔绝在一个小小的天地里。唱机中在播放着古典的轻音乐，正放着《胡桃夹子组曲》。音乐声柔和而轻快地流泻在静幽幽的夜色里。

咖啡送来了。云楼代小眉倒了牛奶，又放了三块方糖，小眉看了他一眼，问：

"为什么放三块糖？"

"我想你会怕苦。"

"怎么见得？"

"因为我怕苦。"

小眉笑了。凝视着他，多么武断的男孩子！拿起小匙，她搅动着咖啡，搅出了无数的回旋。他们顶上垂着一串彩色的小灯，灯光在咖啡杯里反射出一些小光点，像寒夜中的星光。她注视着咖啡杯，然后慢慢地抬起头来，她接触到了他的眼光，那样专注地、深邃地停驻在她的脸上。她不由自主地震颤了一下，这眼光是可以诱人灵魂的啊！

"为什么好久不来了？"她问。

"开学了，很忙。"他说，啜了一口咖啡，坦率地望着她，"而且，我并不富有。"

她立即了解了他的意思。

"你跟父母住一起吗？"她问，这时才骤然想起，他们之间原是如此陌生的。

"不，我的家在香港，我一个人在台湾读书。"

"哦。"她望着他，那年轻的脸上刻画着风霜及疲惫的痕迹，那眼神里有着深刻的寥落及孤独。这勾起了她一种属于母性的柔情。"你家境不好吗？"她关怀地说。

"不，很好。"他落寞地笑了笑，"我和父亲不和，所以，我没有用家里的钱。"

"和父亲不和？怎么会呢？"

他再度苦笑了一下，握着咖啡杯，他望着那里面褐色的液体，又想起了涵妮。好半天，他才扬起眼睛来，他的眼里浮动着雾气，小眉的脸庞在雾中飘动，他心中一阵绞痛，不自禁地抽了口冷气，低低地说：

"别问了，好吗？"

她有些惶惑，他的眉梢眼底，有多么深重的愁苦和痛楚！这男孩子到底遭遇过一些什么呢？她不敢再问下去了，靠在沙发中，她说：

"既然如此，以后别再到青云来了，花二十五块钱听三支歌，岂不太冤？"

"不，你错了，小眉。"他说，语音是不轻不重的、从从容容的，却有着极大的分量，"你低估了自己，你的歌是无价的，二十五元，太委屈你了！"

她盯着他，那样诚恳的眸子里是不会有虚伪的，那样真挚的神情中也没有阿谀的成分。她心里掠过一阵奇妙的痉挛，脸色就变得苍白了。

"你在说应酬话。"她低语。

他摇了摇头，凝视着她。

"如果我是恭维你，你会看得出来，你并不麻木，你的感应力那么强，观察力那么敏锐。"

她的心情激荡得那么厉害，她必须垂下眼帘，以免自己的眸子泄露了心底的秘密，好一会儿，她才说：

"如果你真的觉得我的歌是无价的，那么，别再到廉价市场去购买它了。随时随地，我可以为你唱，不在歌厅里，在歌厅以外的地方。"

"是吗？"他问，眼光定定地停驻在她的脸上，"你不再怕我'打扰'你吗？"

她的脸红了。

"唔，"她含糊地说，"我不懂你的意思。"

"我怕我会养成一种嗜好，有一天，我会离不开你的歌了。"

"你真的那么喜欢我的歌？"

"不只是歌，"他说，"还有你其他的一些东西。"

"什么呢？"她又垂下了睫毛。

"你的倔强、你的挣扎、你的无可奈何，和——你那份骄傲。"

"骄傲？"她愣了愣。

"你怎么知道我骄傲？"

"你是骄傲的，"他说，"你有一身的傲骨，这在你唱歌的时候就看得出来，你是不屑于现在的环境的，所以你在挣扎，在骄傲与自卑中挣扎。"

她震动了一下，端起咖啡杯，她掩饰什么似的啜了一大口。她的眸子里有点儿惊慌，有点儿失措，也有点儿烦恼。很快地扫了云楼一眼，她有种急欲遮掩自己的感觉，这男人！他是大胆的，他是放肆的，他凭什么去扯开别人的外衣？她本能地挺起了背脊，武装了自己，她的表情严肃了、冷漠了。她的语气僵硬而嘲讽：

"你是很会自作聪明的啊。"

他深深地靠在椅子中，没有被她突然的冷淡所击倒。扶着咖啡杯子，他仍然用他那深沉而热烈的眸子看着她。

"如果我说错了，我抱歉。"他静静地说，微微地蹙了一下眉，"但是，别板起脸孔来，这使我觉得很陌生，很——不认识你。"

"我们本来就是陌生的，不是吗？"她说，带着几分自己也不明白的怒气，"你根本就不认识我，你也不想'认识'我！"

"我认识你，小眉。"他说，"我不会对有你这样一张脸孔的人感到陌生。"

"为什么？"她加重语气地问，"因为我长了一张和涵妮相似的脸孔吗？"

他的眉峰迅速地虬结了起来，那层平静的外衣被硬给剥掉了。他挺直了身子，脸上的线条拉直了。

"别提涵妮，"他沙哑地说，"你才是自作聪明的！是的，你长了一张和涵妮相同的脸，但是，诱使我每晚走入青云的并不仅仅是这张脸！你应该明白的！为什么一定要说些残忍的话去破坏原有的气氛，我不懂！"

"但是，"小眉紧逼着说，"如果我长得和涵妮丝毫没有相似的地方，你也会每晚去青云听我唱歌吗？"

"这……"云楼被打倒了，深锁着眉，他看着小眉那张倔强的脸，一时竟答不出话来了。半晌，他才说："你也明白的，我认识你，是因为你和涵妮相像。"

"是的，你去青云，也是为了找涵妮！"她冷冷地接着说。

"你不该这样说！"他恼怒而烦躁。

"这却是事实！"她的声音坚定而生硬。

他不说话了，瞪着她，他的脸色是苍白的，眼神是愤怒的。原来在他们之间那种心灵相会的默契完全消失了，取而代之的，是冷漠，是生疏，是懊恼和怒气。好一会儿，空气僵着，他们谁也不说话，只是用防备和冷淡的眼光彼此看着。夜，越来越深，他们的咖啡冷了。

"好吧！"终于，他说话了，推开了咖啡杯，他直视着她，"你是对的，我们根本就是陌生的，我不认识你。"他摇了摇头，"抱歉我没有守信用，'打扰'了你，我保证以后不会再有这种事了，我不会再来'打扰'你了。你放心吧。"

她呆呆地坐着，听着他那冷冰冰的言语。她心底掠过了一阵刺痛，很尖锐，很鲜明。有一股热浪从她胸腔中往上冲，冲进了头脑里，冲进了眼眶中，她看不清楚面前的咖啡杯了。这是何苦呢？她模糊地想着，为什么会这样呢？而她，曾经那样期盼着他的，那样强烈地期盼着他的！每晚，在帘幔后面偷看他是不是来了，是不是走了。他一连数日不来，她精神恍惚，怅然若失，什么歌唱的情绪都没有了。而现在，他们相对坐着，讲的却是这样冷淡绝情的言语。为什么会这样呢？为什么？为什么？他们原来不是谈得蛮投机的吗？怎么会变成这种局面的呢？怎么会呢？

"好了，"他冷冷的声音在继续着，"时间不早了，我送你回去吧！"

她抬起头来，勇敢地直视着他。"不，不必了，"她发现自己的声音比他还冷淡，"我自己回去。"

"我应该送你，"他站起身来，拿起桌上的账单，"夜很深，你又是个单身女子。"

"这是礼貌？"她嘲讽地问。

"是的，是礼貌！"他皱着眉说，语气重浊。

"你倒是礼节周到！"她嘲讽的成分更重了，"只是，我向来不喜欢这些多余的礼貌，我经常在深夜一个人回家，也从来没有迷过路！"

"那么，随便你！"他简单地说。

于是，一切都结束了。小眉惊愕而痛楚地发现，再也没有时间和余地来弥补他们之间那道鸿沟了，再也没有了。付了账，他们机械地走出了"雅憩"，迎面而来的，是春天夜晚轻轻柔柔的微风，和那种带着夜露的凉凉的空气，他们站定在街边上，两人相对而视，心底都有份难言的痛楚，和怅然若失的凄苦。但是，两人的表情却都是冷静的、淡漠的、满不在乎的。

一辆计程车戛然一声停在他们的前面。云楼代小眉打开了车门。

"再见。"他低低地说。

"再见。"小眉钻进了车子。

车门砰然一声合上了，接着，车子绝尘而去。云楼目送那车子消失了。把双手插在裤子的口袋里，他开始向自己住的方向走去，一步一步地，他缓慢地走着。街灯把他的影子投在地下，好瘦，好长，好孤独。

第
二
十
四
章

一连串苍白的日子。

小眉每天按时去歌厅唱歌，按时回家，生活单调而刻板。尽管许多同行的女孩生活都是多彩多姿的，她却在岁月中找不到丝毫的乐趣。歌，对她已经失去了意义，她觉得自己像一张唱片，每天，每天，她播放一次。机械地，重复地，不带感情地。她获得的掌声越来越零落，她的心情也越来越萧索。

云楼是真的不再出现了，她每晚也多少还期待一些奇迹，可是，刘小姐再也没有情报给她了，那个神秘出现又神秘离开的男孩子已经失踪，他也将她忘怀了。不能忘怀的是小眉。她无法克制自己对云楼的那种奇异的思念，真的不来了吗？她有些不相信，每晚站在台上，她耳边就响起云楼说过的话：

"当你唱的时候，用你的心灵去唱吧！不要怕没有人欣赏，不要屈服于那个环境，还有……不要低估了你自己！你的歌像你的人，真挚而高贵。"

人的一生，能得到几次如此真挚的欣赏？能得到几句这样发自肺腑的赞美？可是，那个男孩子不来了！只为了她的倔强！她几乎懊悔于在"雅憩"和他产生的摩擦。何苦呢，小眉？她对自己说，你为什么对一切事物都要那么认真？糊涂一点，随和一点，你不是就可以握住你手中的幸福了吗？但是，你让那幸福溜走了，那可能来到的幸福！如今，握在手里的却只有空虚与寂寞！

来吧！孟云楼！她在内心深处，轻轻地呼唤着。你将不再被拒绝，不再被拒绝了。来吧！孟云楼，我将不羞愧地承认我对你的期盼。来吧。孟云楼，我要为你歌唱，为你打开那一向封锁着的心灵。来吧，孟云楼。

可是，日子一天天地过去了。孟云楼始终不再出现。小眉在自己孤寂与期盼的情绪中消瘦了，与消瘦同时而来的，是脾气的暴躁和不稳定。她那么烦躁，那么不安，那么件件事情都不对劲。她自己也无法分析自己是怎么了，但是，她迅速地消瘦和苍白，这苍白连她那终日醉醺醺的父亲都注意到了。一天晚上，那喝了很多酒的父亲睁着一对醉眼，凝视着女儿说：

"你怎么了？小眉？"

"什么怎么了？"

"你很不开心吗？小眉？有人欺侮你了吗？"

"没有，什么都没有。"小眉烦躁地说。

"呃，女儿！"唐文谦打了个酒嗝，把手压在小眉的肩上，"你要快乐一点，女儿！去寻些快乐去！不要太认真了，人生就这么回事，要——要——及时行乐！呃！"他又打了个酒嗝，"你那么年轻，不要——不要这么愁眉苦脸，要——要及时行乐！

呃，来来，喝点酒，陪老爸爸喝点酒，酒……酒会让你的脸颊红润起来！来，来！"

她真的喝了，喝得很多。夜里，她吐了，哭了，不知为什么而哭，哭得好伤心好伤心。第二天她去青云的时候，突然强烈地渴望云楼会来，那渴望的强烈，使她自己都感到惊奇和不解，她渴望，说不出来地渴望。她觉得有许多话想对他说，许多心灵深处的言语，许多从未对人倾吐过的哀愁……她想他！

但是，他没有来。

唱完了最后一支歌，她退回到化妆室里，一种近乎痛苦的绝望把她击倒了。生命有什么意义呢？每晚站在台上，像个被人玩弄的洋娃娃，肚子里装着音乐的齿轮，开动了发条，她就在台上唱……啊，她多么厌倦！多么厌倦！多么厌倦！

有人敲门，小李的头伸了进来，满脸的笑。

"唐小姐！你有客人。"

"谁？"她一惊，心脏不明所以地猛跳了两下，脸色立即在期盼中变得苍白。

"邢经理。"小李笑容可掬。

"哦！"小眉长长地吐出一口气来，闭了闭眼睛，浑身的肌肉都松懈了。正想让小李去打发掉他，耳边却猛然响起父亲的醉语：

"女儿，你那么年轻，要——要及时行乐！"

及时行乐！对了，及时行乐！认什么真？做什么淑女？这世界上没有人在乎她，没有人关怀她！她有种和谁怄气似的情绪，有种自暴自弃的心理，望着小李，她很快地说：

"好的，请他等一等，我马上就好！"

于是，这天晚上，她和邢经理去了中央酒店。她跳了很多支舞，吃了很多的东西，发出了很多的笑。她仿佛很开心，她尽量要让自己开心，她甚至尝试着抽了一支邢经理的"黑猫"，呛得大咳了一阵，咳完了，她拼命地笑，说不出地高兴。

这是一个开始，接着，她就常常跟邢经理一起出游了。邢经理是个很奇特的人，年轻的时候他的环境很不好，他吃过许多苦，才创下了一番事业，现在，他是好多家公司的实际负责人，家财万贯。他的年龄已经将近五十，儿女都已成人，在儿女未成年以前，他很少涉猎声色场所，儿女既已长成，他就开始充分地享受起自己的生活来。他不是个庸俗的人，他幽默，他风趣，他也懂得生活，懂得享受，再加上他有充足的金钱，所以，他是个最好的游伴。不过，对于女孩子，他有他的选择和眼光，他去歌厅，他也去舞厅，却专门邀请那些不该属于声色场所的女孩子，他常对她们一掷千金，却不想换取什么。他带她们玩，逗她们笑，和她们共度一段闲暇的时光，他就觉得很高兴了。他也不会对女孩子纠缠不清，拒绝他的邀请，他也不生气，他的哲学是："要玩，就要彼此都觉得快乐，这不是交易，也不该勉强。"

小眉在和他出游之前，并不了解他，和他去了一次中央酒店之后，才惊讶于他的风趣，和他对她那份尊重。她常常跟他一起出去了，他们跳舞，吃宵夜，谈天，吃饭。他喜欢她那种特殊的雅致和清丽，更喜欢她那份飘逸。他常用自己的车子接她去歌厅，也常送她回家，因此，他也知道一点她家庭的情况，当他想接济她一点金钱的时候，她却很严肃地拒绝了。

"别让我看轻了自己。"她说，"跟你一起玩，是我高兴，我不出卖我的时间。"

他欣赏她的倔强，对她更加尊重了，他们来往得更密切，小眉对于和他的出游，不再看成一种堕落边缘的麻醉，反而是一种心灵的休憩。他像个父亲般照顾她，也像个挚友般关怀她。有时，他问她：

"你没有要好的男朋友吗？"

她想起了云楼，凄苦地笑了笑。

"没有。"

"我要帮你留意，给你物色一个好青年，你值得最好的青年来爱你。"

这就是她和邢经理之间的情形。但是，尽管他们之间没有丝毫不可告人的事，青云里的人却都盛传她找到"大老板"了。甚至说她和邢经理"同居"了，歌场舞榭，这种绯闻是层出不穷的。她也听到了这些闲言闲语，却只是置之一笑说：

"管他呢！人为自己而活着！不是吗？"

她继续和邢经理交游，然后，那天晚上来临了。

那晚，她和邢经理又到了中央酒店。

他们去得已经很晚了，因为小眉唱完了晚场的歌才去的。那晚的客人并不多，他们在靠舞池不远的一张桌子坐了下来。叫了一些吃的，小眉就和邢经理跳起舞来。

邢经理的舞跳得很好，小眉跳得也不错。那是一支扭扭，小眉尽情地跳着，跳得很起劲、很开心。接着，是支华尔兹，她一向喜欢圆舞曲，她轻快地旋转着，像只小蛱蝶。跳完了两支舞，折回到座位上，邢经理不知道讲了一句什么笑话，小眉笑了起来，笑得上气不接下气。笑完了，邢经理看着不远处的一张桌子说：

"那边桌上的一个年轻人，你认识吗？从我们进来，他就一直盯着你看。"

"是吗？"小眉好奇地说，跟着邢经理的眼光看过去，立即，她呆住了，笑容冻结在她的唇上，她的心脏猛地一沉，脸色就变得好苍白、好苍白。那儿，坐在那儿直盯着她的是云楼，是她从未忘怀过的那个男孩子——孟云楼！而他，不是一个人来的，也不是很多人来的，是两个人！他身边另有一个衣饰艳丽的女孩子！

她和云楼的眼光接触了几秒钟，在那暗淡的灯光下，她看不清楚他脸上的表情，但她知道他已经明白她发现他了。他没有点头，也没有打招呼，可是，她却能感觉出来他的目光的锐利和冷酷。接着，他站起身来了，一时间，她以为他是要向她走来，但是，她错了。他只是弯下身子去请他的女伴跳舞，于是，他们走入舞池去了。

那是支慢四步，乐队的奏乐柔和而旖旎。小眉不由自主地用眼光跟踪着他们，云楼紧揽着他的舞伴，那女孩的头倚着他的面颊，轻柔地滑着步子，两人显得无比亲昵。小眉痉挛了一下，垂下头去，她很快地啜了一口茶，怪不得！怪不得他真的不来了，他并不寂寞啊！

"怎么，认得吗？"邢经理问，深深地看着小眉。

"是的，"她仓促地回答，"见过一两面，他常来听我的歌。"

她不愿再谈下去了，站起身来，她挑起了眉梢，用夸张的轻快的语气说："我们为什么不去跳舞？"

他们也滑入了舞池，不知道出于怎样一种心理，她一反平日"保持距离"的作风，而紧倚在邢经理的肩头。她笑着，说着，嘴里哼着歌，没有片刻的宁静，像一只善鸣的小金丝雀。

好几次，她和云楼擦身而过，好几次，他们的目光相遇而又分开，云楼紧闭着嘴，脸上毫无表情，就在他们目光相遇的时候，他脸上的肌肉也不牵动一下，仿佛他根本不认识她。倚在他怀里的那个少女有对灵慧的大眼睛，有两道挺而俏的眉毛，和一张蛮好看的嘴。虽然不算怎么美丽，却是很亮、很引人、很出色的。

一曲既终，云楼和那少女退回到位子上了。小眉和邢经理又接跳了下面的一支恰恰。小眉的身子灵活而有韵律地动着，舞动得美妙而自然，她似乎全心融化在那音乐的旋律里，跳得又专心、又美好、又高兴。

云楼截住了在场中走来走去的女侍，买了一包香烟。

"你抽烟？"他的舞伴诧异地问，那是翠薇。

"唔，"云楼鼻子里模糊地应了一声，目光继续追逐着在场中活跃舞动着的小眉。

"那女孩长得很像涵妮，"翠薇静静地说，"猛一看，几乎可以弄错，当作就是涵妮呢！"

"涵妮可不会对一个老头子做出那副妖里妖气的样子来！"云楼愤愤地说，燃起烟，抽了一大口，引起了一串咳嗽。

翠薇注视着他，说："不会抽烟，何苦去抽呢？烟又不是酒，可以用来浇愁的！”

云楼瞪了翠薇一眼。“你不知道在说些什么，我干吗要浇愁？”他再抽了一口烟，这次，他没有咳，但是脸色变得非常苍白。他握着香烟的手是颤抖的。

“你认识她吗？”翠薇问。

“认识谁？”

“那个像涵妮的女孩子！”

“我干吗要认识她？”云楼没好气地说。

“哦，你今天的火气可大得很，”翠薇说，“早知道拖你出来玩，反而把你的情绪弄得更坏，我就不拉你出来了。”

云楼深抽了口气，突然对翠薇感到一份歉意。

“对不起，”他低低地说，“我不知道怎么了。”

“我知道，”翠薇说，看了看在场中跳舞的小眉，“我没看过这么像涵妮的人，或者，她就是你在街上碰到过的那个女孩子？”

“或者。”云楼打鼻子里说，紧盯着小眉。小眉正退回座位来，她的身子几乎倚在邢经理的怀里。“哼！”云楼哼了一声。

“别弄错了，云楼，”翠薇说，“那又不是涵妮！”

“管她是谁！”云楼深锁着眉说，开亮了桌上那盏叫人的红灯。

“你要干吗？”翠薇问。

“叫他们算账，我们回去了。”

“不跳舞了？”

“不跳了！”

翠薇看了云楼一眼，没有说话。云楼从口袋里摸出了一本记事册，在上面匆匆地涂了一些什么，撕下来，他交给了那来算账的侍者，对他指了指小眉。付了账，他拉着翠薇的手腕，简单地说：

"我们走吧！"

翠薇沉默地站起身来，跟着云楼走出了中央酒店，一直来到街道上，翠薇才长长地叹了一口气。

"怎么？为什么叹气？"云楼心不在焉地问。

"为你。"

"为我？"

翠薇看着前面，这是暮春时节，几枝晚开的杜鹃，在安全岛上绽放着，月光下，颜色娇艳欲滴。翠薇再叹了口气，低低地说：

"春心莫与花争发，一寸相思一寸灰！"

云楼呆住了，看着月光下的花朵，他一句话也说不出来了。心绪缥缈而凌乱，许许多多的影像在他脑海中交叠，有涵妮，有小眉，每个影像都带来一阵心灵的刺痛，他悼念涵妮的早逝，他痛心小眉的沉沦。咬住牙，他的满腔郁愤都化为一片心酸了。

这儿，小眉目送云楼和翠薇的离去，忽然间，她觉得像个泄了气的皮球，再也振作不起来了。邢经理一连和她说了两句话，她都没有听清楚，坐在那儿，她茫然地看着表演台上的一个歌女，那歌女正唱着《不了情》。她闭了闭眼睛，心里恍惚而迷惘。然后，一个侍者走到她身边来，递上了云楼那张字条。

她的心猛然狂跳，出于第六感，她立即知道是谁写的条子了。打开来，上面只有寥寥数字：

何堪比作青莲性，

原是杨花处处飞！

她一把揉皱了字条，苍白的脸色在一刹那涨红了，咬紧了牙齿，她浑身掠过了一阵战栗。孟云楼，我恨你！她在心里喊着，我恨你！恨你！恨你！你侮辱吧，你轻视吧！你这个自命清高、扮演痴情的伪君子！

"什么事，小眉？"邢经理问。

"没有！"小眉咬着牙说，语气生硬，甩了一下头，她一把抓住邢经理的手，她的手心是冰冷的，"我们再去跳舞！"

"不。"邢经理拉住了她，"我们离开这儿吧，你需要休息了。"

"我不休息，"小眉说，"我们今天去玩一个通宵！我不想回家！"

邢经理深深地注视她，静静地问：

"那是你的男朋友，是吧？"

"他？"小眉的声调高亢，"去他的男朋友！我才不要他这样的男朋友呢！"望着邢经理，她的两颊因激怒而红晕，眼光是烦恼而痛楚的："我想喝一点酒。"

"起来，小眉，"邢经理说，"我送你回家！"

"怎么，你不愿跟我一起玩？"小眉挑战似的扬起了眉梢。

"小眉，"邢经理拍了拍她的手背，"理智一些，你年纪太轻，还不了解男人，世界上的男人都不足以信任，包括我在内。"他笑笑，笑得沉着而真挚，"但是，我不想占你便宜，尤其在你心

266

情不好的时候。回去吧，小眉，你是个很好很好的女孩子，千万别做出错事来！"

小眉垂下了头，好半天，她一语不发，等她再抬起头来的时候，她满眼都含着泪水，轻轻地、哽咽地，她说：

"我懂了，请送我回去。"

于是，他们走出了中央酒店，到了邢经理的车子里。邢经理一面开车，一面安静而镇定地问：

"你爱他？"

爱？这是小眉从没想过的一个字，她思念过他，她关怀过他，她同情过他，她恨过他！但是，她不知道她爱不爱他。

"我不知道，"她迷惘地说，喃喃地说。接着，她又愤然地接了一句："我恨他！我讨厌他！"

邢经理嘴边飘过一个难以觉察的微笑，回过头来，他看了看小眉，语重心长地说：

"多少年轻人，是多情反被多情误！小眉，你要收敛一点傲气才好！"

小眉怔住了。看着车窗外的街道，她心底充塞着一片凄苦与迷茫。接着，她突然用手蒙住脸，哭起来了。她自己也不明白为什么要哭，只觉得满腹酸楚、委屈和难言的悲痛，她哭得好伤心好伤心。邢经理迅速地把车子停在街边，用手揽住她，急急地问：

"怎么了？小眉？怎么了？"

于是，小眉一面哭，一面述说了她与孟云楼相识的经过及一切。夹带着泪，夹带着呜咽，夹带着咒骂，她叙述出了一份无奈的、多波折的、懵懵懂懂的爱情。

第二十五章

　　从中央酒店回到家里，云楼彻夜无眠，躺在床上，他瞪视着那悬挂在墙上的涵妮的画像，心里像一锅煮沸了的水，那样起伏不定地、沸腾地、煎熬地烧灼着。在床上翻腾又翻腾，他摆脱不掉中央酒店里所看到的那一幕。小眉，她毕竟不是涵妮，她毕竟只是欢场中的一个女子！那样不知羞地倚在那个中年男子的怀中，那样地不知羞！他焦躁地掀开了棉被，燥热地把面颊倚在冰凉的床沿上。拿起床头柜上的一个涵妮画像的镜框，他凝视着，固执而热烈地凝视着，画像中的女孩在他眼中扩大了，扩大了，模糊了，模糊了，她隐隐约约地浮在一层浓雾里，脸上带着飘逸的、倔强的、孤傲的笑。云楼把镜框扣在胸前，嘴里喃喃地呼唤着：

　　"小眉！小眉！"

　　这名字一旦脱口而出，他就吃惊地愣住了。为什么他喊的是小眉呢？他想着的应该是涵妮啊！把镜框放回到床头柜上，他又翻了一个身，对涵妮感到一份不忠的、抱歉的情绪，涵妮，涵妮，你尸骨未寒，我呼唤的已经是另一个女孩的名字了！涵妮，涵妮！卿本多情，郎何薄幸！闭上眼睛，他的情绪更加混乱了。

就这样折腾着，一直到了黎明，他才朦朦胧胧地进入了神思恍惚的状态中，似乎是睡着了，又似乎根本没有睡着。就在这种恍惚里，他又看到了小眉，不，不是小眉，是涵妮。她静静地瞅着他，眉目间一片怜恤的深情，她的嘴唇嚅动着，正在唱一支歌，一支他以前在梦里也曾听她唱过的歌，里面有这样的句子：

> 苦忆当初，耳鬓厮磨，
> 别时容易聚无多！
> 怜你寂寞，怕你折磨，
> 奇缘再续勿蹉跎！

她唱得婉转低回，歌声中似乎大有深意，那瞅着他的眼神无限哀怜。云楼挣扎着，涵妮！他想呼唤，却喊不出丝毫的声音，胸部像有重物压着。涵妮！他想对她奔过去，却无法移动自己的身子。涵妮！涵妮！涵妮！他在心底辗转地呼喊，紧紧地盯着她。她继续唱着，那眉目间的神情逐渐有了变化，他仔细一看，原来不是涵妮，却是小眉，她带着一脸的寥落和孤傲，在反复唱着：

> 我是一片流云，
> 终日飘浮不定，

也曾祈望停驻，

何处是我归程？

　　她唱得那样萧索，那样充满了内心深处的凄惶，使云楼浑身每根纤维都被她绞痛了。他对她伸出手去。小眉，他喊着，腾云驾雾似的向她走去，但她立即幻变成一朵彩色的云，飘走了，飘走了，眼看就要失去她的踪迹，他急了，大声喊：

　　"小眉！"

　　他喊得那么响，把他自己喊醒了，睁开眼睛来，在他怔忡的眼光里，他看到的是一屋子的阳光，天已经大亮了。

　　从床上坐起来，他用双手抱住膝，好半天不知身之所在。然后，他下了床，迷离恍惚地去梳洗过了。今天有一整天的课，他整理了上课要用的画板画笔，精神一直在恍惚不安的情况中。离开了小屋，他慢吞吞地走去搭公共汽车，脑子里全是夜里梦中的影像，涵妮的歌、小眉的歌、涵妮的凄楚、小眉的寥落……他的心脏酸楚地收缩着、痉挛着，满胸怀充塞着难言的苦涩。

　　一整天的课程都不知道怎样度过的，他的头昏昏然、沉沉然。下午上完了课，他去了广告公司，仍然是心神恍惚的。公司几个同事在大谈"泡舞厅"的经验，一个同事高谈阔论地说：

　　"别看轻了那些女孩子，她们好多都出身上等家庭，只为了一些不得已的原因才走入欢场中。许多人都认为她们的私生活一定很随便，其实，洁身自好的大有人在！"

　　云楼呆了呆，不由自主地想起了小眉，洁身自好！她何尝洁身自好呢？中央酒店的一幕又出现在他眼前了，他感到一阵烦躁。收好了设计的资料，他走出了广告公司，望着街车纵横的街道，去哪儿呢？

到沅陵街吃了一碗牛肉面，算是晚餐。他该回去工作了，可是，他不想回去。漫无目的地在街上逛着，他逗留在每一个橱窗外面，看到的却都不是橱窗里的东西，而是一张脸，小眉的脸！他闭眼睛，他甩头，他挣扎，但他躲不开小眉的脸，他忽然有个强烈的欲望，想抓过小眉来，好好地责备她一顿，你为什么不自爱？你为什么自甘堕落？可是，他有什么资格责备她呢？他有什么资格？

走过一条街，又走过一条街，他走了好久好久，然后，他忽然站住了，惊愕地发现自己正走向青云。不，不，你绝不能去青云，他对自己说。你再去，就太没有骨气了！你是个男子汉，你提得起，放得下，向后转吧，回家去！但是，他停在那儿，没有移动，向后转吗？他的脚仿佛有一千斤重，重得提不起来，他无法向后转，他浑身每个细胞都在背叛他，拒绝向后转的命令，他心底有个小声音低低地说：

"也罢！就再去听她唱一次吧！最后一次！"

于是，他又糊里糊涂地买了票，糊里糊涂地走进青云了。这是九点钟的一场，他进场得比较早，还没有轮到小眉唱。用手支着额，他闷闷地看着台上，一面在跟自己生着气。为什么要进来呢？难道经过了昨晚的局面，还不能忘怀小眉吗？孟云楼，你没出息！

可是，小眉出场了！所有反抗的意识，都离开他的身子飞走了。小眉！她今天穿着一件纯白的晚礼服，没有戴任何饰品，头发也没有梳上去，而是自然地披垂着。轻盈袅娜地走向台前，她对台下微微弯腰，态度大方而高贵，像个飘在云层中的仙子！她今晚竟一反往常，根本没经过舞台化妆，只淡淡地施了一些脂粉，显得有些憔悴，有些消瘦，却比往日更觉动人。站在台前，她握着麦克风，眼波盈盈地望着台下，轻声地说：

"我是唐小眉。今晚，是我在青云献唱的最后一晚，我愿为各位来宾唱两支我心爱的歌，算是和各位告别，并谢谢各位对我的爱护。"

云楼的血液猛地加速了运行，心脏也狂跳了两下。最后一晚，为什么？

小眉开始唱了，是那支《我是一片流云》。正像云楼梦中所见的，她带着满脸的寥落和孤高。她那神态、她那歌声、她那气质，如此深地撼动了云楼，他觉得胸腔立即被某种强烈的、迫切的、渴求的感情胀满了。小眉萧索地唱着：

……

飘过海角天涯，

看尽人世浮华，

多少贪欲痴妄，

多少虚虚假假！

飘过山海江河，

看尽人世坎坷，

多少凄凉寂寞，

多少无可奈何！

……

272

哦，小眉！云楼在心底呼唤着，这是你的自喻吗？他觉得眼眶润湿了。哦，小眉！我不该对你挑剔的，我也没有权利责备你！置身于欢场中，你有多少的无可奈何啊！他咬住了嘴唇，热烈地看着小眉。我错了。他想着，我不该写那张字条给你，我不该侮辱你！那张字条是残忍而愚蠢的！

小眉唱完了第一支歌，场中竟掌声雷动。云楼惊奇地听着那些掌声，人类是多么奇怪啊，永远惋惜着即将失去的东西！小眉又接着唱第二支了，是那支《心儿冷静》，唱完，她退了下去。而场中却极度热烈，掌声一直不断，于是，小眉又出来了，她的眼眶中有着泪。噙着泪，她唱了第三支歌，唱的是《珍重再见》。然后，她进去了，尽管掌声依然热烈，她却不再出来。

云楼低低地叹息了一声。站起身来，他走出了歌厅的边门。在这一刻，他心里已没有争执和矛盾了，他一直走向了后台的化妆室门口，站在那儿，他没有让人传讯，也没有写字条进去，只是站在那儿静静地等待着。

然后，小眉出来了，她已经换上了一件朴素的、蓝色的旗袍，头发用一个大发夹束在脑后，露出整个匀净而白皙的脸庞，她瘦了，几乎没有施脂粉的脸庞显得有三分憔悴，却有七分落寞。跨出了化妆室的门，她一看到云楼就呆住了，血色离开了她的嘴唇，她乌黑的眼睛睁得大大的，瞪视着云楼。

云楼的心跳得狂猛而迅速，他觉得有许多话想说，却一句也说不出来，他想表达他心中激动的感情，他想乞求原谅，但他只是愣愣地看着她，半天也没有开口。于是，他发现她的脸色变了，变得生硬而冷漠，她的眼光敌意地停在他的脸上。

"哦，是你，"她嘲弄地说，"你来干什么？"

"等你！"云楼低声地说，声调有些苦涩。

"等我？"她冷笑了，那笑容使她的脸充满了揶揄和冷酷，"等我干吗？"

"小眉，"他低唤了一声，她的神态使他的心绞痛了，使他的意志退缩了，使他的热情冰冷了，"我能不能和你谈一谈？"

"谈一谈？"小眉嗤之以鼻，"我为什么要和你谈？你这个上流社会的君子！你不知道我只是个欢场中的歌女吗？和我谈一谈？你不怕辱没了你高贵的身份？"

云楼像挨了当头一棒，顿时觉得浑身痛楚。尽管有千言万语，这时却一句也说不出口了。凝视着小眉，他沉重地呼吸着，胸部剧烈地起伏。小眉却不再顾及他了，坚决地一甩头，她向楼梯口走去，云楼一怔，大声喊：

"小眉！"

小眉站住了，回过头来，她高高地挑着眉梢。

"你还有什么事？"她冷冰冰地问。

"小眉，你这是何苦？"云楼急促地说，语气已经不再平静，走到她面前，他拦在楼梯前面，"我只请你给我几分钟好不好？"

"几分钟？我没有。"小眉摇了摇头，多日的等待、期盼，以及昨晚所受的屈辱、轻视，和一夜的辗转无眠，在心中堆积的悲痛和愤怒，全化为一股怨气，从她嘴中冲出来了，"对不起，我没时间陪你，孟先生。虽然我们这种女孩子像杨花一样不值钱，但是还不见得会飞到你那儿去呢！"

"你这样说岂不残忍？"云楼咽下了一股酸楚，忍耐地说，"我道歉，好吗？"

"犯不着，"小眉挺直了背脊，高高地昂着头，一脸无法解冻的寒霜，"请你让开，楼下还有人在等我，我没时间跟你在这儿交涉。"

"那个老头子吗？"云楼脱口而出，无法按捺自己了，怒气和痛楚同时在他胸腔里爆炸，震得他自己头昏眼花。他的脸涨红了，青筋在额上跳动，咬着牙，他从齿缝里说："他有钱，是吗？你的每小时要卖多少钱？不见得我就买不起，你开价吧！"

小眉战栗了一下，脸色顿时变得雪白雪白，她大睁着眼睛，直视着云楼，她的脸色那样难看，以至于云楼吓了一跳，以为她会昏过去。但是，她没有昏，只是呼吸异常地沉重。她那带着受伤的神情的眼光像两把冰冷的刀，直刺进他的心脏里去。他不自禁地心头一凛，立刻发现自己犯了多大错误。仓促间，他想解释，他想收回这几句话，可是，来不及了。小眉的睫毛垂了下去，看着脚下的楼梯，她自语似的，轻轻地说：

"人类是世界上最残忍的动物！"

她不再看云楼，自顾自地向楼下走去。云楼急切之间，又拦在她前面，他站在低两级的楼梯上，乞求似的仰望着她，急迫地说了一句：

"小眉，再听我两句话！"

"让开！"她的声音低而无力，却比刚刚的冷漠尖刻更让人难以抗拒，"你说得还不够吗，孟云楼？要怎样你才能满意？你放手吧！我下贱，我是出卖色相的女人，我水性杨花……随你怎么讲，我可并没有要高攀上你呀！凭什么我该在这儿受你侮辱呢？你让开吧！够了，孟云楼！已经够了！"

云楼咽了一口口水，心里又痛又急又懊恼。她这篇话说得缓慢而清晰，带着浓重的感怀和自伤，这比她的发脾气或争吵都更使他难受。看着她那苍白的脸色，看着她那受了伤而仍然倔强的眼神，他心底的痛楚就更扩大了。他抓着楼梯的扶手，额上在冒着汗珠，他的声音是从内心深处绞出来的：

"小眉，请不要这样说，我今天来，不是想来跟你吵架的，是想对你道歉。我们不要再彼此伤害了，好不好？我承认我愚蠢而鲁莽……"

"别说了。"小眉打断了他，她的脸色依然苍白而冷淡，"我说过我没时间了，有人在楼下等我。"

她想向楼下走，但是，云楼猛然抓住了她的手腕。

"别去！"他厉声说。

小眉吓了一跳，惊讶地说：

"你这是干吗？"

"不要去！"云楼的脸涨红了，他的声音是命令性的，"尊重你自己吧！你不许去！"

"不许去？"小眉挑高了眉毛，"你有什么资格命令我不许去？你算什么人？"撇了撇嘴角，她冷笑了，"尊重我自己！不陪别人，陪你，是不是？你就比别人高一级啊！你放手吧，这是公共场所，别惹我叫起来！"

"好吧！你去！"云楼愤然地松了手，咬牙切齿地说，"你告别歌坛，是因为他准备金屋藏娇吗？他到底给了你多少钱？你非应酬他不可？"

小眉看着云楼，她浑身战栗。

"你滚开！"她沙哑地说，"希望我这一生一世再也不要看到你！"

"我也同样希望！"云楼也愤怒地喊，转过身子，他不再回顾，大踏步地，他从楼梯上一直冲了下去，像旋风般卷到楼下，在楼下的出口处，他和一个人几乎撞了个满怀。他收住了步子，抬起头来，却正是中央酒店的那个中年男人！血往他的脑子里冲，一时间，他很想揍这个男人一拳，他自己也不明白为什么对这个男人仇视得如此厉害。那男人却对他很含蓄地一笑，说：

"你来找小眉的吗？"

他一愣，鲁莽地说：

"你管我找谁！"

那男人耸了耸肩，满不在乎地笑了笑。好可恶的笑！云楼想，你认为你是胜利者吗？他从鼻子里哼了一声，正要走开，那男人拦住了他。

"等一等，孟先生。"

云楼又一愣，他怎么会知道他姓孟？他站住了，瞪视着那个男人。

"别和小眉怄气。"那男人收起了笑，满脸严肃而诚恳的表情，他的声音是沉着、稳重，而能够深入人心的，"不要辜负了她，孟先生。她很爱你。"

云楼愕然了，深深地望着这男人，他问：

"你是谁？"

"我是小眉的朋友，我像父亲般关心她。你很难碰到像她这样的女孩，这样一心向上、不肯屈服于恶劣的环境、纯洁而又好强的女孩。错过了她，你会后悔！"

云楼的呼吸急促了，血液在他体内迅速地奔窜，他觉得自己的心像蚌的壳一般张开了，急于要容纳许许多多的东西。他张大了眼睛，注视着面前这个男人。你是上帝派来的使者，他想。人，是多么容易被自己的偏见所欺骗啊！深吸了口气，他问："你为什么要——告诉我这些？"

"君子有成人之美！"邢经理说，他又笑了，转过身子，他说，"你愿意代我转告小眉吗？我有事，不等她了，我要先走一步。"

他真的转身走了，云楼追过去问：

"喂！您贵姓？"

"我姓邢。"邢经理微笑地转过头来，"一个爱管闲事的老头子。三天后，你会谢我。"

"不要三天后，"云楼诚挚地说，"我现在就谢谢你。"

邢经理笑了，没有再说话，他转身大踏步地走了。

这儿，云楼目送他的离去，然后他站在楼梯出口的外面，斜靠着墙，怀着满腔热烈的、期待的情绪，等着小眉出来。在这一刻，他的心绪是复杂的、忐忑的、忧喜参半的。对小眉，他有歉疚，有惭愧，还有更多激动的感情。又怕小眉不会轻易地再接受他，她原有那样一个倔强的灵魂，何况他们已经把情况弄得那么僵！他就这样站着，情绪起伏不定，目光定定地停在楼梯的出口处。

好一会儿，他才听到高跟鞋走下楼梯的声音，他屏住呼吸，心脏狂跳，可是，出来的不是小眉，是另一个歌女。再一会儿，小眉出来了。她一直走到街边上，因为云楼靠墙站着，她没有看见云楼。她显然哭过了，眼睛还是红红的，虽然她又重匀了脂粉，但是却掩饰不住她脸上的泪痕。这使云楼重新感到那种内心深处的绞痛和愧悔。她站在那儿，眼光搜寻地四顾着。于是，云楼跨上了一步，停在她的面前。

"这一生一世已经过去了，现在是第二生第二世了。"他低声地说，带着满脸抱歉的、乞谅的神情，嘴边有个恳求的笑容。

"你？"小眉又吃了一惊，接着，暴怒的神色就飞进了她的眼底，"你到底要干什么？为什么这样阴魂不散地跟着我？难道你对我的侮辱还不够吗？你还要做什么？你要纠缠我到什么时候为止？"

"如果你允许，这纠缠将无休无止。"云楼低而沉地说，拉住了她的手臂，他的眼睛热烈地盯着她，他的语音里有股让人不能抗拒的力量，那么诚挚，那么迫切，"让我们去'雅憩'坐坐。"

"我不！"小眉甩开了他，往街边上走，找寻着邢经理。

"邢先生已经走了。"云楼说。

"你让他走的？"小眉怒气冲冲地回过头来，直视着云楼，"你凭什么让他走？"

"他自己走的，他要我帮他问候你。"云楼说着，深深地望着她，"小眉，收起你的敌意好不好？"

"哦，你们谈过了！"小眉的怒气更重，觉得被邢经理出卖了，一种微妙的、自尊受伤的感觉使她更加武装了自己，狠狠地瞪了云楼一眼，她嚷着说，"好了！请你不要再来烦我！你让开！"

云楼拦在她的前面，他的目光坚定不移地停在她的脸上。

"我永远都不会让开！"他低而有力地说。

"你……"小眉惊愕而愤怒地抬起头来，一瞬间，她愣住了，她接触到一对男性热烈而痴狂的眸子，那眼神是坚定的、果决的、狂热的、完全让人不能抗拒的。她在这目光下瑟缩了，融解了，一层无力的、软弱的感觉像浪潮一样对她涌了过来，把她深深地淹没了。敌意从她的脸上消失，愤怒从她的心底隐没。她听到自己的声音，在那儿好无力好无力地说："你——你要干什么呢？"

"我要你跟我一起走。"他说。

"到哪儿去？"她软弱地问。

"走到哪儿算哪儿。"

"现在吗？"

"是的！"

她无法抗拒，完全无法抗拒，望着他，她的眼里有着一份可怜的、被动的、楚楚动人的柔顺。她的嘴唇轻轻地嗫动着，语音像一声难以辨识的叹息。

"那么，我们走吧。"

他立即挽住了她。他们走向了中正路，又转向了中山北路，两人都不说话，只默默地向前走着。她的手指接触到了他那光滑的夹克，一阵温暖的、奇妙的感觉忽然贯穿了她的全身。奇怪，仅仅半小时以前，她还怨恨着他，诅咒着他，责骂着他，恨不得他死掉！可是，现在呢？她那朦朦胧胧的心境里为何有那样震颤的欢乐，和窒息般的狂喜？为何仿佛等待了他几百几千几万个世纪？为何？为何呢？

沿着中山北路，他们一直走了下去，忘记了这条路有多么长，忘记了疲倦和时间。他们走着，走着，走着。他们满心充塞着激动的、热烈的狂喜。她是陷在恍惚如梦的、迷离的境界，他们竟一直走到了圆山。

过了桥，他们走向了圆山忠烈祠，从那条上山的路拾级而上，两人仍然是默默无语，包围着他们的是一片静幽幽的夜、一缕缕柔和的夜风，和那一株株耸立在夜色里的树木。远处松涛阵阵，天边闪烁着几点寒星。有只不知名的鸟儿，在林中深处低低地鸣叫。

他们停在一棵大树下面。

他用双手扶住她的手臂，把她的身子转过来，让她面对着自己。深深地，他凝视着她，眼光是那样专注的带着痛楚的激情。她悸动了一下，浑身酥软，心神如醉。

"小眉。"他轻轻地喊，喉咙沙哑。

她静静地望着他。

"你能原谅我吗，能吗？"他问，他嘴中热热的气息吹在她的脸上，"如果我曾经有地方伤害过你，我愿用一生的时间来弥补那些过失，你给我机会吗，给我吗？"

她不语，仍然静静地看着他，但是，逐渐地，那乌黑的大眼珠被泪水浸透了，被泪水浸亮了，被泪水浸没了，那薄薄的小嘴唇微微地颤动着，像两瓣在风中摇曳的花瓣。

"我早就想对你说一句话，只是，我不信任我自己，"他喃喃地，低低地说，"我一度以为我的感情已经死亡了、埋葬了，永远不可能再复活了。可是，认识你以后……哦，小眉！"他说不下去，千般思绪，万般言语，只化为一声心灵深处的呼唤，"我要你！小眉！"

他的手臂圈住了她的身子，他那男性的胳膊在她身上强而有力地紧压着，他凝视她，那炙热的、深邃的眸子可以融化整个世界，吞噬整个世界。她完全瘫痪了，迷惘了，眩惑了。她的心飘向了云端，飘向那高高的天空，一直飘到星星上面去了。于是，他的头对她俯了下来，他的嘴唇一下子捉住了她的。她呻吟了一声，没有挣扎，她无力于挣扎，也无心于挣扎。她浑身软绵绵的，轻飘飘的，腾云驾雾一般的。他的吻细腻而温存，辗转而缠绵。她的头昏昏然，整个神志都陷进了一种虚无的境界里。她忘记了对他曾有过的怀恨，忘记了曾诅咒他、责骂他，她只觉得自己满心怀充满了狂喜和感激的情绪。她需要，她渴求，她热爱着眼前所来临的事物。

好一会儿，他抬起头来了，仍然紧紧地抱着她，他痴痴地望着她的脸。她的睫毛也轻轻地、慢慢地扬了起来，在那昏暗的街灯下，她那对乌黑的眼珠放射着梦似的光彩，使她整个脸庞都焕发出异样的美丽。他看着她，一瞬也不瞬地看着她，接着，他就又埋下头来，吻住她了。这次，他的吻是猛烈的、炙热的、狂暴的，如骤雨急风，如骄阳烈日，那样带着灵魂深处的饥渴及需求。她喘息，呻吟，整个身子贴住了他，双手紧紧地揽住了他的脖子。

"还恨我吗？"他一面吻着一面问。

"不。"她被催眠似的回答。

"原谅我了？"

"唔。"

"可有一些些喜欢我？"他不敢看她的脸。

她不语。他的心停顿了。

"有一些吗？有吗？"他追问，抬起头来，他怀疑地、不安地搜寻着她的眼睛，那对眼睛是迷蒙的、雾样的、恍恍惚惚的。

"小眉！"他喊，抚摸她的面颊，"答复我，别折磨我！"

"你明知道的。"她轻轻地说。

"知道什么？"

"不是一些些，是全部！"她几乎是喊出来的，她的眸子里燃烧着火焰，透过了那层迷蒙的雾气，直射在他脸上，"整个的人，全部的心！"

"哦，小眉！"他喊了一声，热烈地抱住了她，他的头又俯了下来，辗转地吻着她的嘴唇、面颊和颈项。

夜，很深很深了。夜风拂着他们，沐浴着他们，这样的夜是属于情人们的，月亮隐进云层里去了。

第二十六章

　　云楼惊奇地发现，这一段崭新的爱情竟比旧有的那段带着更深的感动和激情。第二天早上，他睁开眼睛，第一件想起的就是小眉。望着墙上涵妮的画像，他奇怪自己对涵妮并没有抱歉的情绪，相反，他觉得很自然、很安慰。站在涵妮的一幅巨幅画像的前面，他对她喃喃地说：

　　"是你的安排吗？涵妮？这一切是你的安排吗？"

　　于是，他又想起梦里涵妮唱的歌：

　　　　怜你寂寞，怕你折磨，

　　　　奇缘再续勿蹉跎！

　　是的，这是涵妮的安排！他固执地相信这一点，忘了自己的无神论。本来，他和小眉的相遇及相爱，都带着那么浓重的传奇意味，那样包含着不可置信的神秘。涵妮死了，竟会有个长得和涵妮一模一样的女孩突然出现，再和他相恋。"奇缘再续勿蹉跎！"这是怎样的奇缘！举首向天，他以狂喜的、感激的情绪望着那高不可测的云端。他服了！向那冥冥中的万物之神敬服了！

整天，他都是轻飘飘的，上课的时候都不自禁地吹着口哨。这天只有上午有课，他迫不及待地等着下课的时间。上完了最后一节课，他立即搭上公共汽车，直赴广州街，他等不及地要见小眉。

昨晚他曾送小眉回家，分手不过十几小时，可是，在他的感觉里，这十几小时已漫长得让人难以忍耐，再有，他对昨晚的一切，还有点模模糊糊地不敢相信，他必须再见到小眉，证实昨晚的一切是事实，并不是一个梦。

找到了小眉的家，那简陋的、油漆剥落的大门，那矮矮的短篱，都和昨晚街灯下所见到的相同，这加深了他的信心。小眉总不会是《聊斋》里的人物了。可是……可是……假若他按了门铃，出来的不是小眉，是个老态龙钟的老太婆，张开缺牙的嘴，对他说：

"唐小眉？什么唐小眉？这是一幢空屋子，空了几十年了，我是看房子的，这房里从没住过什么唐小眉！"

那么，他将怎么办呢？他胡乱地想着，一面伸手按着门铃，心里不自禁地涌起一阵忐忑不安的情绪。他听到门铃在里面响，半天都没有人来开门，他的不安加强了，再连连地按了几下门铃，他紧张地等待着，怎么了？别真的根本没有一个唐小眉！那他会发疯，会发狂，会死掉！

他正想着，吱呀一声，门开了，云楼吓了一跳，悚然而惊。

门里，真的不是小眉，正是个老态龙钟的老太婆，用一块布包着疏落的头发。她对云楼露出了残缺不全的牙齿，口齿不清地问：

"你找啥郎？"

云楼张大了嘴，喃喃地、结舌地说："请——请问，有一位唐——唐小姐，是不是住在这里？"

那老太婆瞪着云楼，她似乎和云楼同样地惊讶，叽里咕噜地，她用闽南话说了一大串，云楼一个字也没有听清楚，他更加不安了，正想和那老太婆再解释一下他的意思，屋子里传来一声清脆的呼唤：

"阿巴桑，是谁来了？"

接着，一阵脚步声，小眉出现了，看见了云楼，她欢呼地跑了过来，高兴地嚷着说：

"云楼！是你！快进来，阿巴桑耳朵不好，别跟她说了，快进来吧！"

云楼走进了院子（那窄小的泥地如果能叫"院子"的话），瞪视着小眉，他还无法从那怔忡的神情和满腹不安中恢复。小眉望着他，诧异地说：

"怎么了？云楼？你的脸色好坏！"

"我——我以为——"云楼说着，突然间，他的恐惧消失了，他的意识恢复了，他不禁大笑了起来，"我以为你是根本不存在的呢！还以为昨晚是梦呢！"

小眉也笑了，看着他，她说：

"傻瓜！"

"那老太婆是谁？"

"请来烧饭洗衣服的。"

"哦！"云楼失笑地应了一声，跟着小眉走进了房间。小眉一边走一边说：

"爸爸一清早就出去了，你到我屋里来坐吧。我家好小好乱，你别笑。"

"如果你看到我住的地方，你就不会说这句话了。"云楼说。

"真的，什么时候带我去你那儿？"

"随便，你高兴，今天下午就去！"

走进小眉的房间，小眉反手关上了房门，立即投身到云楼的怀里，她用手钩住云楼的颈项，热烈如火的眸子烧灼般地盯着他。她整个人都像一团火，那样燃烧着，熊熊地燃烧着，满脸的光亮的热情。望着他，她低低地、热烈地说：

"我一夜都没有睡好，一直想你，一直想你！"

"我也是，小眉。"他说着，她身上的火焰立刻传到了他的身上，弯下腰，他吻住了她。她那柔软的、纤小的身子紧紧地依偎着他。云楼再一次感到她和涵妮的不同，涵妮是水，是一条涓涓不断的溪流。她是火，具有强大的热力的火。她的唇湿而热，她的吻令人心跳、令人昏眩。

"噢，小眉！"他喘息着抬起头来，看着她那对被热情燃亮了的眼睛，"你是个小妖魔，我第一次见到你的时候就知道了，你使我全身的血液都奔腾起来，使我忽而发热忽而发冷，使我变得像个傻瓜一样。噢，小眉，你实在是个小妖魔，一个又让人疼又让人气的小妖魔！"

"我让你气吗？"小眉微笑地问。

"是的。"

"我何时气你呢？"

"你才气我呢！"云楼说，用手指画着她的面颊，"你惹得我整日心神不宁，却又逃避得快，像个逗弄着老鼠的小坏猫！"

他的比喻使小眉哑然失笑。

"你是那只老鼠吗？"她问。

"是的。"他一本正经地回答。

"我才是那只老鼠呢！"小眉说，笑容突然从她的脸上收敛了，凝视着云楼，她的眼底有一丝痛楚与怨恨，"你知道吗？我等了你那么久，每天在帘幔后面偷看你有没有来，又偷看你有没有走，每晚为了你而计划第二天唱什么歌，为了你而期待青云演唱的时间。而你呢？冷淡我，僵我，讽刺我，甚至于欺侮……"

"不许说了！"云楼叫，猛然用嘴唇堵住了她的嘴，然后，他抬头望着她说，"我们是一对傻瓜，是吗？我们浪费了多少时间，噢，小眉！你说的可是真的？你等待过我吗？真的吗？真的吗？"

"你不信？"她睇着他。

"不敢相信。"

"哦！云楼！"她低唤着，把面颊埋在他宽阔的胸前，"其实，你是明明知道的！"

"那么，为什么每次见面以后，你都要板着脸像一块寒冰？把我的满腹热情都冻得冰冷，为什么？为什么？"他追问着，想把她的脸孔从怀中扳起来，他急于要看到她的表情。

"是你嘛！是你先板起脸来的嘛！"小眉含糊地说着，把头更深地埋进他的怀中，不肯抬起头来，"谁要你总是刺伤我？"

"是谁刺伤谁？不害羞啊！小眉！一开始我可没伤害你，是吗？抬起头来，让我看看你这个强词夺理的小东西脸红了没有？"

"我不！"她逃开了。

"看你往哪儿跑？"

云楼追了过去，一把捉住了她，于是，她咯咯地笑着，重新滚倒在他的怀里。云楼忍不住又吻了她，吻了又吻。然后，他不笑了。郑重地、严肃地，他捧着她的脸，深深地注视着她说：

"以前的那些误会、波折都过去了。小眉，以后我们要珍视我们所获得的。答应我，我们永不吵架，好吗？"

"只要你不伸出你的爪子来！"小眉嘟着嘴说。

"爪子？"

"你是那只小坏猫呀！"

云楼笑了。小眉也笑了。离开云楼的身边，小眉走到梳妆台前面，整理了一下头发，说：

"有什么计划吗？"

"头一件事情，请你出去吃中饭！"

"其实，阿巴桑已经做了中饭，爸爸又不知道跑到哪儿去了，我们何不在家吃了再出去呢？"

"为什么不愿出去吃？"

"可以省一点钱。"

云楼默然了，片刻之后，才勉强地笑了笑说：

"我虽然很穷，请你吃一顿还请得起呢！"

"你可别多心！"小眉从镜子里看着他，"你现在还在读书，又没有家庭的接济，你也说过你并不富有，能省一点总是好的！

是吗？"

云楼笑了笑，没说话。到这时候才有心来打量这间房间，房间很小，大约只有六席大，放了一张床、一张梳妆台，和一个小书桌，除此之外，几乎就没有别的家具了。你很难相信这就是每晚站在台上、打扮得珠光宝气、服饰华丽的女孩的房间！小眉在镜子里看出他的表情，转过身子来，她叹口气说：

"干我们这一行，很多女孩都是这样的，赚的钱可能只够做衣服，买化妆品！而我呢，"她压低了声音，"还要负担一个家庭，当然什么都谈不上了。"

云楼望着她。

"什么原因使你决心离开青云呢？"他问。

小眉垂下睫毛，沉默了好一会儿，再扬起睫毛的时候，她眼里有着隐隐的泪光。

"你那张字条。"她低低地说，"那晚，我哭了一整夜，我发现，要让人尊重是那么难那么难的一件事情！在歌厅，我因为太自爱而不受欢迎，在歌厅以外的地方，还要被人轻视……"

"哦，小眉！"他的心又绞痛了起来。

"这个人非但不再听我的歌，反而侮辱我。对于我……别打断我，"小眉说，"我忽然发现，一切都没有价值、没有意义，何况，有那么长一段时间，我的歌都只为了唱给一个人听，如今，这些还有什么意义呢？"

"噢，小眉！"云楼走过去，把她圈进自己的臂弯里，"你也有错，你那晚故意捉弄我，你和那个邢经理弄得我快要发疯……"

"你呢？"小眉盯着他，"那个女孩是谁？"

"翠薇。"云楼沉吟了一下，"将来再告诉你吧！"

"唔，"小眉继续盯着他，"你的故事倒不少！涵妮、翠薇，还有没有别的女孩子？"

"你呢？"云楼反问。

"当然你不可能希望我一个男朋友都没有的。"小眉掀了掀睫毛，轻声地说。

"哦！"云楼本能地痉挛了一下，"是吗？有几个？有很要好的吗？"他的声音颇不自在。

"嗯，"小眉垂下了头，声音更低了，"有一个。"

"哦！"云楼喉咙里仿佛哽了一个鸡蛋，"很——很要好？"

"还——很不错。"

"他做什么的？"

"读书，读大学。"

"漂亮吗？"

"唔——还不错。"

"他爱你吗？"

"唔——相当爱。"

他的手臂变硬了。

"他——一定是个流氓吧！你对他一定看不顺眼吧！是吗？"

"不，正相反，他很正派，我也很欣赏他。"

"哦！"他松开了手，推开她的身子，"那么，你干吗来惹我呢？你为什么不到他身边去？"

"我不是正在他身边吗？"

"噢，小眉！"云楼叫着，"你这个坏东西！坏透了的东西！

看我来收拾你！"他对她冲过去，作势要呵她的痒。

小眉咯咯地笑着，笑弯了腰。一面笑，一面逃，云楼在后面追她，屋子小，地方窄，小眉没地方可跑，打开房门，她冲进了客厅里，云楼也追进了客厅，两人在客厅中绕着，跑着，追着。直到玄关处陡地冒出了一个人来，他坐在墙角的水泥地上，不知道什么时候就在那儿了，手里抱着一个酒瓶，一直不声不响地看着他们追。这时，他从墙角猛地站了起来，摇摇晃晃地，笑嘻嘻地说：

"咦咦，这、这好玩，我、我也、参加一个！参加一个！"

小眉大吃了一惊，顿时，她脸上的笑容完全消失了，她瞪大了眼睛，喊着说：

"爸爸！你又喝醉了！"

"没、没醉，没醉，"唐文谦口齿不清地说，走进了房间，脚步歪歪斜斜的，他几乎一跤栽倒在云楼的身上，云楼慌忙扶住了他。他眯着眼睛，醉眼蒙眬地看着云楼，大着舌头说："你、你这个小伙子，从、从哪儿来的？哦，好呀！"他大发现似的拍了一下云楼的肩膀，回头对小眉高声地叫着说，"这、这是你的男、男朋友，是吗？"

"爸爸！"小眉忍耐地喊一声，"你又喝得这样醉，你还是回房里去睡睡吧！"

"怎么，女儿！"唐文谦瞪大了眼睛，"你有了——男、男朋友，就、就、要赶老爸爸走？"

"爸爸！你……"小眉说不下去，看到唐文谦身子摇摇晃晃的，只得走过去把他扶到沙发椅子上坐下。一面把那个酒瓶从父亲怀里抢下来，一看，酒瓶早就空了，她就忍不住地喊了起来：
"你又喝了这么多！爸爸呀，你这样怎么办呢？别说把身体弄坏
了又要看医生，我们欠盛芳的酒饭钱算都算不清了！"

唐文谦似乎挨了一棍，顿时颓丧了下来，垂着头，他像个打
败了仗的斗鸡，充满了自怜与自怨自艾，喃喃地，伤感地，他说：

"哦哦，小眉，你爸爸、不、不好，拖累你、跟着受、受罪，
可怜的，没、没娘的孩子！你爸爸没出息，成不了、名，只有、
吃、吃女儿的，让你、抛、抛头露面地去、去歌厅唱、唱、唱流
行曲儿，我、可怜的学声、声乐的女儿……"

"爸爸！"小眉的眼泪在眼眶里打转，唐文谦的几句话，又弄
得她泫然欲泣了，"我已经离开青云了！"

"离、离开青云？"唐文谦吃了一惊，睁着那布满红丝的眼
睛，犹疑地看着小眉，接着，他的眼光转到云楼身上，立即恍然
大悟地说，"哦哦，你们、你们要、要结婚，是、是吗？"看着云
楼，他也斜着眼说："你、你弄走了我、我女儿，可也、也要养
活我这、老、老丈人吗？我……"

"爸爸！"小眉叫着，又难堪，又气愤，又羞愧，"你别说
了！谁要结婚呢？"

"不、不结婚？"唐文谦嚷了起来，"小、小眉，你可别、别
糊涂了！你到底是好人家的女儿……这、这小子要是占、占了你
的便宜，我揍、揍他……"

"爸爸！"小眉更无地自容了，"你在说些什么呀？你醉了！
你去睡吧！"

"我不、不、不醉！不醉！"唐文谦仍然嚷着，可是，他的身

子已经歪倒在那沙发上了。

"到房里睡去！别在这儿睡！"小眉喊着，却推不动唐文谦的身子，他已经合着眼，睡意蒙眬，嘴里还在那儿模模糊糊地说个不停。云楼走了过来，看着他，说：

"你拿条棉被来给他盖一盖好了，这样子是无法移动他了！"

小眉看了云楼一眼，她的眼光是抱歉的、可怜分分的、无可奈何的。走进父亲的卧房，她拿了一条棉被出来，给唐文谦盖上。然后，她抬起头来，看着云楼说：

"我去告诉阿巴桑，我们不在家吃午饭了，还是出去吃吧！"

云楼点了点头。于是，一会儿之后，他们已经走到大街上了。好半天，两人都没有说话，只是静静地向西门町的方向走去。云楼的沉默使小眉更加不安了，悄悄地看了他一眼，他的脸色是严肃的、深思的、看不透的。小眉又觉得受伤了，他在轻视她吗？因为她有这样一个父亲、这样一个家庭！深吸了口气，她解释似的说：

"爸爸不喝酒的时候是很好的，他今天实在是醉了，你不要对他的话……"

"小眉！"云楼站住了，打断了她。他的眼睛严肃而郑重地盯着她，清晰有力地说：

"不要对我解释什么，我看得很清楚，因此，我更佩服你，更爱你了！我从没料到，你这瘦瘦小小的肩上会有这样重的担子！以后，小眉，这担子应该由我来挑了！"

"哦，云楼！"小眉低喊了一声，语音里充塞着那么多的热情和感动，如果不是在大街上，她就又要投身到他怀里去了，"你是好人，云楼。"她说，觉得没有言语可以表示自己的感情，"不过，我不会让你来挑我家的担子，我不要用你的钱。"

"为什么？"他们继续往前走，他责备地说，"还要跟我分彼此吗？"

"不，不是，"小眉急急地说，"因为你也很穷，你还要读书。"

"我念的学校是公费。"

"可是，你的钱还是不够用，我知道。"

"我可以再找一个兼职！"

"不，云楼，你已经够忙了，与其你去找工作，不如我去找工作！"

"你去找什么工作呢？我绝不愿意你再回到歌厅里去！"

"我找邢经理，或者他能帮我在他公司中安排一个位置！"

"不，别去找他！"

"怎么？"

"我吃醋。"

"云楼！"小眉啼笑皆非，"你明知道他对我像父亲一般的！"

"可是，他不是你父亲，男女间的关系微妙到极点，他现在对你虽然只是关怀，焉知道朝夕相处不会演变成爱情呢？我不许你去他的公司！"

"你——真专制！"小眉笑着说，"人家还帮了你忙呢！你这不知感恩的人！"

"我是感恩的，所以更要保护我的爱情！"

"强词夺理！"小眉说，"那么，你的意见呢？"

云楼深思了一下，忽然，像灵光一闪，一个念头闪电似的飞入他的脑海中，他兴奋地喊：

"有了！"

"怎么？"

"我要带你去见一个人，他一定能为你想出办法来！"

"谁？"

"涵妮的父亲！"

小眉愣住了，好半天都不知道说什么好，她的思绪有些纷乱、有些茫然、有些困惑。涵妮、涵妮，自从和云楼认识以来，这名字就纠缠在她和云楼之间，难道她永远无法摆脱这个名字吗？

"怎样？"云楼追问，"你会使他吓一大跳！"

"我真的那么像涵妮？"她不信任地问。

"神情、态度、举止、个性都不像，但是，你的脸和她几乎是一模一样的！"

"这成了电视里的奇幻人间了！"小眉说。

"真的，是奇幻人间！"他看着她，"怎样？去吗？"

"如果你要我去。"她柔顺地说。

"我希望你去！"

"好吧！"她叹息了一声，"我去！"

"好女孩！"云楼赞美地说，"吃完午饭，你先到我住的地方去坐坐，到四五点钟，我们再去杨家，杨伯伯恐怕要五点以后才在家。"

小眉默然不语。

"怎么了，小眉？不高兴？"云楼问。

"不，不是的，只是，我有一种很奇怪的感觉。"

"什么感觉呢？"

"我说不出来，好像……好像……"她抬头看了看天，"我不知道人的世界里，怎么会有一些不可解释的神秘，而我，竟卷在这种神秘里面，这使我有点心寒，有点害怕。"

"不要胡思乱想。"

小眉停住了，她审视着云楼。

"你爱上我，并不完全因为我长得像涵妮吗？"她担忧地问。

"小眉！"他低喊，"构成一个爱情的因素并不仅仅是相貌呀！"

"我——嫉妒她！"小眉低语。

"别傻吧！小眉。"

小眉看了云楼一眼，嫣然地笑了。抛开了这个问题，她大声地说：

"我们快找一个地方吃饭！我饿了！"

第二十七章

午后，小眉跟着云楼来到云楼的住宅。

一走进云楼那间小屋，小眉就被一种异样的感觉抓住了，一开始，她不知道这种感觉的来源在什么地方，接着，她就发现了，是那些画像！是那些琳琅满目的画像。她站在屋子中间，愕然四顾，那些画像都静静地望着她，另一个小眉的脸谱！她不由自主地打了个寒战，觉得有股奇异的寒流从她的背脊里钻了进去。那些画画得那么好、那么传神、那么栩栩如生，竟使她觉得那每张脸都是活的，都会从画纸上走下来一般。她面前靠窗子的地方，还有个画架，画架上钉着画纸，上面有张水彩人像，依然是同一个人，涵妮！她慢慢地走过去，望着那水彩画像出神，她被这屋子里的气氛震慑住了。

"像不像？"云楼问，一面给她倒了杯开水。

小眉怔了怔。

"像不像什么？"她心神不宁地说。

"你呀！"

"是、是的，"小眉结舌地说，"她确实很像我，尤其这张水彩，连神态都——都像。"

"她？"云楼一愣，"你在说什么，小眉？这画的是你呀！我昨夜回来之后才画的，我无法睡觉，就画了这张画，你以为我画的是涵妮吗？"

"哦！"小眉哦了一声，再凝视那张水彩，又掉头打量了一下墙上所挂的，"别人会以为这是同一个模特儿！"她说，更加不安了，她有迷失的感觉，觉得自己被涵妮所吞噬了，觉得涵妮的影子充塞在这屋子的每一个角落里，连自己都仿佛变成了涵妮！她走到书桌前面，无力地在书桌前面的藤椅里坐了下来，这才又看到玻璃板下压着的画像和词：

泪咽更无声，只向从前悔薄情，凭仗丹青重省识，盈盈，一片伤心画不成。

别语忒分明，午夜鹣鹣梦早醒，卿自早醒侬自梦，更更，泣尽风檐夜雨铃。

她深抽了一口气，用手支住头，她呆呆地望着玻璃板下那张画像，越看越像自己，越看越是自己，她的头有些晕，她的心境迷茫而微带恐惧。云楼走了过来，用手扶住她的肩膀，他说：

"你怎么了？脸色好苍白！"

"没有，只是有点头晕。"她勉强地说，抬起头来看着云楼，她忽然下定了决心，坐正身子，她挺了挺肩膀，抓住云楼的手说，"你告诉我你和涵妮到底是怎么一回事，详详细细地告诉我，我从没有弄清楚过。"

云楼的眼睛暗了一下。

"你真要听？"他问。

"是的。"她坚决地回答。

"好吧，我说给你听。"云楼点了点头，拉了一张椅子，他坐在小眉的身边，他们面对着面，她的手被他合在他的大手掌之中。

于是，他开始叙述那个故事，详详细细地叙述，从初到杨家、午夜听琴说起，一直说到父母逼令回港、涵妮竟香消玉殒为止，他足足说了两小时，每个细节，每个片段，都没有漏过。小眉仔细地听着，随着云楼的叙述，她仿佛看到了涵妮，那个酷肖自己的女孩！她动容了，她为这个故事而动容了，她忘了自己，忘了那份醋意，她融进了云楼和涵妮这份凄苦无奈的恋情之中。当云楼说完，她已经含着满眼的泪，和满心灵的激动与柔情。望着云楼，她怜恤地、关怀地、惋惜地说：

"哦，云楼，我为你们难过，我——想哭呢！"她真的想哭，一种她自己也不了解的感动震撼了她，她突然那么热爱起涵妮来了，她何止容貌和小眉相似，那种一往情痴，不也和她一样？涵妮、涵妮，到底她和她之间，有什么隐秘的关联吗？

"故事还没有完，"云楼继续说下去，"涵妮死后，我发现我自己不能画了，我画什么都画不好，画涵妮都画不像，你看玻璃板下那张，连神韵都不是涵妮的，我画不好了，我失去了灵感。"

小眉不自禁地又看了看玻璃板下那张画像，怪不得他说"一片伤心画不成"呢！忽然，她惊跳了一下。

"这张画像像我！"她喃喃地说。

"是吗？"云楼问，俯身看了看那画像，再看看小眉，他愣住了。一时间，他们两人静静相窥，都被一种神秘的、难解的力量控制了。冥冥中真有神灵吗？有第二个世界吗？有操纵这人世间一切事物的大力量吗？有第六感吗？他们惊愕了，困惑了，迷失了。只是望着彼此。

好一会儿，小眉才恢复过来，说：

"说下去吧！"

云楼凝视着她，半晌，喘了口气。

"好，我说下去。涵妮死后一年，我在街上碰到了你，你还记得那晚的事吧？"

"是的，"小眉说，"我以为你不是疯狂，就是个瞎捧歌女的轻薄子，可是，我又觉得对你有份莫名其妙的好感，觉得不忍也不能拒绝你。所以我约你去青云。"

"对我呢，那晚的一切像梦，我以为我看到的是涵妮，我简直要发疯了！我冲到杨家去大吵大闹，直到杨伯伯杨伯母都对我指天誓日地发誓为止。然后，那晚我住在杨家，夜里，我竟梦到了涵妮，她对我唱了一支奇怪的歌。"

"什么歌？"小眉着迷地问。

"我不会唱，只记得一部分的歌词，有这样的句子。"于是，他念：

苦忆当初，耳鬓厮磨，

别时容易聚无多！

怜你寂寞，怕你折磨，

奇缘再续勿蹉跎！

相思似捣，望隔山河，

悲怆往事去如梭，

今生已矣，愿君珍重，

忍泪吞声为君歌。

小眉敛眉凝思，然后问：

"你能哼哼调子吗？"

"我试试看。"云楼哼了两句，小眉点着头说：

"我知道了！这是一支老歌，原名叫"In the Gloaming"，中文名字是《忆别离》，但是，歌词更改了一些！"

"你也会唱？"

"是的，还有那支《我怎能离开你》！这些都是老歌。"

"你看！"云楼眩惑地望着她，"你们都会唱相同的歌！这岂不奇怪！"

"不过，很多人都会唱这几支歌的，只是——"她想着"怜你寂寞，怕你折磨，奇缘再续勿蹉跎"的句子，有些说不下去了，"你再继续说吧！"

"醒来我很迷糊，"云楼接着说，"老是反复地想着这几句话，然后，我和你就陷进那段忽冷忽热的情况里，到前天晚上，我从中央酒店回来，几乎已经下定决心不再去找你了，结果，夜里我又梦到了涵妮，她仍然在唱这支歌，唱着唱着，却变成了你，在唱那支《我是一片流云》，于是，我忍不住，终于昨晚又去了青云。"

故事完了。小眉看着云楼，小眉被涵妮的影子占满了，再抬头看涵妮的那些画像，一张一张的，那些满脸充满了恬静的温柔、满眼含着痴迷的深情、满身带着飘逸的轻灵的那个少女，她着迷了。被这个女孩迷住了。把眼光从墙上收回来，她一瞬也不瞬地望着云楼。

"我怕——我没有她那么好。"

"小眉！"他把她的手拿到了唇边，轻轻地吻了那双柔软的小手，"你和她的个性完全不同，她柔弱，你坚强，她畏怯，你勇敢，她像火焰尖端上那点蓝色的光焰，你却是火焰的本身。整个说起来，你像一个实在的物体，她像一个虚幻的影子，你懂我的意思了吗？"

小眉轻轻地点了一下头。

"再告诉你一件事，昨夜我回家后，突然渴望画画，我画了那张水彩人像，把记忆中的你画出来，这是我一年来画得最成功的一张画——我的灵感回来了，甚至没有用模特儿。"

小眉唇边涌上一个微笑。

云楼凝视着她，突然握起她的手来，紧压在他的唇上，用力地用嘴唇揉擦着她的手，他低喊着：

"哦，小眉，你重新创造了我！你知道吗？你给了我新的意志、新的灵感、新的生命！"他拉她过来，拥住了她，他的嘴唇探索着她的，带着如饥似渴的需索与热情，"哦，小眉！我全身每根纤维都在需要你！"

"哦，云楼，"小眉挣扎地说，"你不怕涵妮在悄悄地看我们吗？"

"她会看到，她会欢笑。"云楼模糊地说。

是吗？小眉从云楼的头后面看过去，望着墙上的画像，忽然，她觉得那些画像真的在笑，欣慰而赞美地笑，她吃惊了，慌忙闭上了眼睛，一心一意地献上自己的唇和整个的心。

下午四点多钟，云楼和小眉来到了杨家的门口。

按门铃之前，云楼打量着小眉说：

"看吧！他们也会和我第一次看到你一样，吓得跳起来！"

小眉笑笑，没说话，她有点儿隐隐的不安，她不知道来这儿是明智还是不明智，也不知道这扇门里迎接自己的是什么。云楼按了门铃，仍然在打量着小眉，她今天没有化浓妆，只搽了点口红，长发垂肩，丰姿嫣然。穿了件鹅黄色的一件头的洋装，她乍一看来，和涵妮真是一模一样。世界上竟会有这样难解的偶合！

门开了，秀兰的脸孔露了出来，看到云楼，她高兴地说：

"孟少爷！先生在公司还没回来呢，快——"她一眼看到了小眉，像中了魔，她张大了嘴，愕然地盯着她，一句话也说不出来了。云楼怕她发出惊喊或怪叫，慌忙说：

"秀兰，这是唐小姐，你看她长得真像涵妮小姐吧！"

"唐、唐小姐？"秀兰张口结舌地说，接着就猛烈地摇了摇头，嘴里喃喃地嚷着说，"不，不，不，不对！不对！"接着，她像见了魔鬼，喊了一声，掉转头，就沿着房子旁边的小路，跑到后面厨房里去了。

"她吓昏了！"云楼说，"小眉，我们进去吧！"

小眉十分不安，她的脸色有些苍白。

"我真的这么像涵妮吗？"她不信任地问。

"我说过，几乎一模一样。"云楼说。

走进了杨家的客厅，那一屋子静幽幽的绿就又对云楼包围过来了。偌大一间客厅，好冷清好安静，没有一个人影，雅筠显然在楼上。云楼四面张望着，看着那沙发、那钢琴、那窗帘、那室内一切的布置，再看看小眉，他依稀仿佛觉得，那往日的时光又回来了。小眉仍然没有消除她的不安，那一屋子的静有股慑人的力量，她走到云楼的身边，轻轻地说：

"这屋子布置得好雅致！"

"是杨伯母设计的。"云楼说，指指那架钢琴，"涵妮就经常坐在那儿弹《梦幻曲》。"

"《梦幻曲》？"小眉歪了歪头，"我也会弹，如果我有架钢琴就好了！"

"为什么不试试？"云楼走过去，打开了琴盖，"这琴好久没有人弹过了，来吧，小眉。"

小眉走到钢琴前面，犹疑地看看云楼。

"这样不会不妥当吗？"

"有什么不妥当呢？弹吧！小眉，我急于想听！"

门口有一阵抓爬的声音，夹杂着呜呜的低鸣，云楼回过头去，一眼看到洁儿正趴在纱门上面，伸长着头，拼命摇尾巴，急于想进来。云楼高兴地喊着：

"洁儿！"

开了纱门，洁儿一冲就冲了进来，扑在云楼身上，又抓又舔又低鸣，小眉惊喜交集地低喊：

"好漂亮的狗，那么白，那么可爱！"

几乎所有的女性，对小动物都有天生的好感。小眉伸出手去，抚弄着洁儿的耳朵，洁儿畏缩了一下，也就舔了舔小眉的手，算是回礼。小眉兴奋了，像涵妮第一次看到洁儿一样，她高兴地喊着：

"它舔我呢！它舔我呢！"

云楼望着洁儿和小眉，一阵心神恍惚。拍了拍琴盖，他说：

"你不弹弹吗？"

小眉坐了下来，立即，她开始弹了，一连串的音符从她手指下流泻了出来，《梦幻曲》！涵妮生前曾为云楼一遍又一遍地弹过的曲子，小眉对钢琴并不很娴熟，她弹得有些生疏，但是，听到这同一首曲子再流动在这间室内，由一个和涵妮长得一模一样的女孩弹来，云楼觉得自己的心跳得狂猛而迅速，觉得一切像个梦境。连洁儿也似乎震动了，它不安地竖起了耳朵，又闻了闻周遭的空气，然后，它竟熟练地伏下了身子，躺在小眉的脚下了，一如它在一年前所做的一样。

琴声流动着、扩散着，云楼痴痴地看着。忽然间，楼梯上传来一声惊呼。云楼迅速地回过头去，一眼看到雅筑正扶着楼梯，慢慢地走下来，眼睛紧盯着小眉的背影。云楼跨上了一步，正要解释。小眉听到了人声，停止弹琴，她回过身子来了。于是，雅筑的脸色一下子变得惨白，用手迅速地捂住了嘴，她哑着嗓子喊了一声：

"涵妮！"

接着，她用手扶着头，身子就摇摇欲坠。小眉大叫了一声：

"快！云楼！她要昏倒了！"

云楼抢前一步，一把扶住了雅筠，把她扶到了沙发上面。雅筠躺在那儿，呻吟着说：

"给我一点水，给我一点水！"

云楼迅速地跑去倒了一杯水来，扶着雅筠喝，一面急急地解释：

"我很抱歉没有先通知你，杨伯母。这不是涵妮，是唐小眉，我跟你提过的，我曾在街上碰到的那个女孩子！"

"不，不，"雅筠无力地摇着头，她一向是坚强的，是有绝大的克制力的，但是，今天这件突来的事故把她完全击倒了。她本来正在睡觉，琴声惊醒了她，她以为自己又是想涵妮想出来的幻觉，她披衣下床，走出房间，琴声更加清晰实在。她下楼，一眼看到室内的景象，云楼坐在那儿，一个长发垂肩的女孩正弹着琴，洁儿睡在她的脚下。她已经受惊了，心跳了，喘息了，而涵妮却从钢琴前面回过身子来……

"不，不，"她继续呻吟着，用手遮住了眼睛，"我在做梦。我睡糊涂了。"

"不，杨伯母，"云楼大声说，"您没有做梦，这是一个长得和涵妮一模一样的女孩，是我带她来的，带她来见你的，杨伯母！你仔细看看她，就知道她和涵妮的神态举止还是有出入的，你看呀！她姓唐，叫唐小眉。"

雅筠的神志恢复了一些，云楼的话逐渐地在她脑海里发生作用，她终于慢慢地放下了遮着眼睛的手，勇敢地挺起背脊来了。

小眉正站在她的面前，由于自己的来访竟引起了这么大的惊恐和震动，而深感不安。看到雅筠的目光转向了自己，她勉强地笑了笑，弯弯腰轻声地叫：

"杨伯母。"

雅筠闭了一下眼睛，杨伯母！这多么滑稽，这明明是涵妮呀！她再张开眼睛，仔细地看看面前这个女孩子，同样的眉毛，同样的眼睛，同样的鼻子和嘴！只是，涵妮比她消瘦，比她苍白，比她多一份柔弱与稚气。不过，世界上怎会有这样相像的人？怎会？怎会？她不信任地抬起头来，看着云楼说：

"云楼，你从哪儿找到她的？"

"我在街上碰到，后来还到你们这儿来吵，你和杨伯伯都咬定我是眼花了，你忘了吗？"云楼说。

"哦，是了。"雅筠想了起来，再看着小眉，她情不自禁地眼眶发热，如果涵妮也像她这样健康……她摇摇头，叹了口气，对小眉伸出手去，"过来，孩子，让我看看你！"

小眉不由自主地走向前来，坐在沙发前的一张搁脚凳上，把手给了雅筠。她自幼失母，雅筠又天生具有那种让人感到亲切和温暖的气质，何况，她曾有个酷肖小眉的女儿！小眉对她就本能地产生出一份近乎依恋的好感。她自己也无法解释，只是，看雅筠那含泪的眼睛，和那又惊、又喜、又怀疑、又凄恻的神情，她那颗热烈的心就被感动了，被深深地感动了。

雅筠紧握住小眉的手，她那带泪的眸子，不住地在小眉脸上逡巡着。然后，她问：

"你姓——？"

"唐。"

"唐!"雅筠震动了一下,脸色变得十分奇怪,她的眼睛深邃而迷蒙,眉峰微蹙,似乎陷进了记忆的底层。她的嘴唇嚅动着,喃喃地重复着那个姓氏。

"唐?唐?是了!是唐!"她惊异地看着小眉,"你父亲叫什么名字?"

"唐文谦。"

"唐文谦?"雅筠惊跳了起来,再看着小眉,她的嘴唇毫无血色,"天哪,多少奇怪的事情!原来你是……你是……你竟然是……"

"我是什么?"小眉不解地问,看着雅筠。

"再告诉我一句,"雅筠奇异地看着小眉说,"你的生日是哪一天?"

"阴历四月十七。"

"四月十七!"这次,惊呼的是云楼,他的脸色也变了,"涵妮也是四月十七!"

"一九四五年四月十七日。"雅筠低低地说,"是不是?你出生在四川重庆,你的母亲——死于难产,是不是?"

"哦!"小眉喊着,"你怎么知道?杨伯母?"

"杨伯母!"云楼也同样吃惊,他紧紧地盯着雅筠,"这是怎么回事?小眉和涵妮,竟是同年同月同日出生的!这到底是怎么回事?"

雅筠深深地吐出一口气来,她的脸色仍然是奇异而苍白的。

"岂止是同年同月同日?"她幽幽地说,"而且是同时同分、同一个母亲生的，她们原是一对孪生姐妹呀！"

"什么？"云楼大叫，"难道——难道——小眉也是您的女儿？"

"不，不，不，"雅筠猛烈地摇着头，眼睛模糊地看着虚幻的空间，"世界上一切的事多么不可思议呀！天意是多么难以预测！二十年来的秘密就这样揭穿了！"

"杨伯母！"云楼喊着，"你说吧！说吧，小眉和涵妮到底是怎样的关系？我早就觉得世界上没有这样的偶合！孪生姐妹！杨伯母！"

雅筠虚眯着眼睛，又仔细地看着小眉，慢慢地，她微笑了，笑得好凄凉好落寞。

"好吧！我讲给你们听，涵妮已经死了，这秘密早也就没有保持的必要了。"她摩挲着小眉的手，就像当初摩挲着涵妮的，她带泪的眸子里含满了某种属于慈母的挚情，仍然一瞬也不瞬地停在小眉脸上。"在我讲给你们听以前，先告诉我，唐小姐，你父亲好吗？"

"是的。"小眉犹疑地回答。

"跟你住一起吗？"

"是的。"

"哦，"雅筠徘徊在她记忆的深处，"他——还喝酒吗？"

"噢！您也知道他喝酒吗？"小眉惊叹，"他整天都在醉乡里，很少有清醒的时候。"

"唉，是吗？"雅筠叹口气，怜惜地看着小眉，"那么他如何养活你呢？"

"刚到台湾的时候，他还工作，他在一个中学教音乐，教了好几年，而且，那时他手上还有一点钱，一到台湾就以低价买了幢房子。后来他喝酒，教书教不成，就把房子卖了，租了广州街现在的房子住，房子的价钱卖得很好，这样，总算好勉强好勉强地支持我到中学毕业，毕业以后，我就……"她看云楼一眼，低低地说，"出去做事了。"

"在哪儿做事？"雅筠追问着。

"我……"小眉有些羞惭。

"她在一家歌厅唱歌。"云楼代她回答。

"哦！"雅筠深长地叹息了一声，"多么不同的命运！"

"伯母，"云楼急了，"您还没有说出来，到底这是怎么一回事！"

"是的，我要说，"雅筠有些神思恍惚，她还没有从激动中完全恢复过来，而且，要揭穿一件二十年来的秘密对她是件很困难的事。她又沉默了很久，终于，她振作起来了，挺直了背脊，她喝了一口水，下定了决心地说："好吧，这事并没有什么神秘性，我就从头说起吧！云楼，你记得我告诉过你，我当初是受过你祖母的诅咒的……"

云楼不解地望着雅筠，不知道该如何接口。

"是的，这诅咒立即应验了，"雅筠说了下去，并没有等云楼回答，"我和你杨伯伯结婚后，两人都希望能有孩子，我们热爱孩子，可是，我一连小产了两次。而你父亲生下了你，我们仍然没有孩子。到一九四五年，我第三次怀孕了，你们可以想象我有多欢喜，我们用尽了全力来保护这个胎儿，居然顺利地到了足月，那是一九四五年四月十七日，我在重庆某家产科医院生产……"

"你生下了涵妮和小眉!"云楼插口。

"不,不是的!"雅筠拼命地摇头,"我生下了一个女孩,阵痛了四十八小时之久,那女孩漂亮极了,可是,我是受过诅咒的,我没有做母亲的那种幸运,那孩子生下来就死了。而且,医生判定我终生不能再生孩子了!"雅筠顿了顿,云楼和小眉都定定地望着她,"这使我几乎发疯发狂,几乎自杀,你杨伯伯终日寸步不离地守在我身边,怕我寻死。而这时,一件意外的事情竟把我救了。"

她停住了,眼睛痴痴地看着小眉,唇角又浮起她那个凄婉的微笑。

"怎么呢?"云楼追问。

"原来,同一日,四月十七日,"雅筠接下去说,"有一个产妇也在那家医院生产,那年轻的丈夫是个穷苦而落拓的、音乐学院的学生,那产妇送来的时候已经奄奄一息,昏迷不醒了,医生为了挽救胎儿,剖腹取胎,取出一对双胞胎,一对粉妆玉琢的小婴儿,那就是涵妮和——小眉。"

"哦!"小眉到这时才吐出一口气来。

"那产妇在生产后只活了两小时。两个婴儿都很瘦小,尤其其中一个,生下来还不足五斤,像个小老鼠。医生检查过那婴儿后,认为她发育不全,根本养不大。另一个婴儿比较大,也比较健康,两个孩子的长相都一模一样。那年轻的父亲呢,在产妇死后就发疯一般地狂吼狂叫,他诅咒婴儿,也不管婴儿,终日喝得烂醉如泥,呼天抢地地哭他那死去的妻子。"

"哦!"小眉又哦了一声,眼睛里已蓄满了泪。

"那正是抗战的末期,奶粉很贵,那两个孩子没有母亲,只好吃奶粉。但是,那父亲拿不出钱来买奶粉,情况很尴尬。于是,一天,一个护士抱了那较小的婴儿来找我,我那时的奶已经来了,却没有孩子可喂,她问我肯不肯喂一喂那个失母的、可怜的孩子!"

室内好安静,云楼和小眉都听得出神了。

"我答应了,护士把那孩子交给了我,一个又瘦又小的小东西,可是,当那孩子躺在我的怀中,吸吮着我的乳汁,用她那乌溜溜的小眼睛对我望着的时候,所有母性的喜悦都重新来到我的心里了,我说不出我的高兴和狂喜,我热爱上了那孩子,甚至超过了一个母亲对亲生子女的爱,我再也舍不得让人把她从我怀中抱走。于是,我们找来了那个年轻的音乐家,恳求他把这孩子让给我们。"

"噢,我懂了。"云楼低低地说。

"那时,那父亲已经心碎了,而且他的境况很坏,他是流亡学生,学业既未完成,工作又无着落,再加上失去了妻子,一来就是两个婴儿,让他手足失措。何况,医生已经断定那个小的婴儿是无法带大的,即使要带,也需要大量的补品和医药。所以,那父亲在喝醉的时候就狂歌当哭,不醉的时候就对着婴儿流泪,说她们投错了胎,来错了时间。当我们的提议提出来的时候,那父亲起先很不愿意,但是,后来发现我们确实是真心爱着那孩子,家庭环境和经济情况又不坏,他终于叹息着同意了。那就是我的孩子——涵妮。"

"哦!"小眉再一次惊叹,"我从不知道我有个孪生姐妹!爸爸一个字也没提过!"

"涵妮也不知道,我们像抚养亲生女儿一样抚养涵妮,同时,我们也一直和——"雅筠注视着小眉,"你的父亲保持联系,关心着你的一切,我们用各种借口,给你的父亲许多经济的支援,希望他能振作起来,但是,他始终沉溺于酒。抗战胜利了,接着又是内战,我们离开了四川,从此,也就和你父亲断了音讯。不过,临走,我们还给你父亲留下了一大笔钱。然后,辗转地,我们到了台湾,以为你一定留在大陆了,再也没有料到……"她不相信地摇着头,"今天会又见着了你!"

"噢,伯母!"云楼喊着,"我实在没有料到是这样的!我只是觉得小眉和涵妮像得奇怪,却从没猜想过她们是同父同母的双生姐妹!怪不得她们两个都爱音乐,怪不得她们都会唱!哦,现在,一切的谜都解开了!"

小眉深深地陷进这故事里,一时竟无法整理自己的思想,好一会儿,她才眩惑地说:

"我竟有一个双生姐妹!假若涵妮还活着,我们能够见面……噢!那有多好!哦,云楼,"她看着云楼,"我们两姐妹生长在不同的环境和家庭里,却都偏偏碰到了你,这岂不奇怪吗?"

"这是天意。"云楼喃喃地说,脸上焕发着光彩。

雅筠看看云楼,又看看小眉,她立即知道这一对年轻人之间发生了什么。是的,天意真奇怪!你完全不能料到它有怎样的安排!她忽然心头掠过了一阵莫名其妙的欣喜,站起身来,她兴奋地说:

"你们得留在这儿吃晚饭，我去告诉秀兰！噢，"她用手抚摸了一下胸口，深吸了口气，眼中闪着光，"云楼，我觉得，过去的时光又回来了。"

云楼默然不语，他的眼睛深情一片地停在小眉的身上。

第二十八章

人间有无数无数的秘密，每一桩秘密揭穿的时候，往往跟着就是一个悲剧的开始。但是，对云楼和小眉以及整个杨宅而言，涵妮的身世之谜一旦揭晓，随之而来的却是喜悦。对小眉来说，一经发现涵妮是自己的双生姐妹，她立即对涵妮产生了一种属于同根并蒂的姐妹之情，消除了以往那份微妙的醋意和嫉妒，反而关怀她，怜惜她，嗟叹她。对云楼来说，失去了涵妮，得到了小眉，而她们竟是两朵同根之花，他更无法描述自己那份失而复得的欣喜。对杨氏夫妇来说，涵妮既去，不可复回，却偏偏在这时出现了小眉，同样的长相，同样的秀气，却是健康的、苗壮的、充满了生命力的。他们也有那种奇妙的失而复得的感觉，不自禁地怜爱着小眉，仿佛是涵妮死而复生了。

在这样的情况之下，接踵而来的日子里就有无尽的欢乐和欣喜。杨子明开始热心地给小眉找工作，可是，小眉既不会打字，也不会会计，对商业方面的事务更完全是外行，她唯一的特长是歌唱，杨子明的公司里却无法用歌唱的人才。所以，小眉的工作迟迟没有着落。经过一番研讨，杨子明曾对小眉郑重地提议：

"小眉，你的姐妹是我的女儿，那么，你也跟我的女儿一样，如果你不见外，让我负担你的家庭，并且拿出一笔钱来，你干脆去学声乐，怎么样？"

这提议被小眉很严肃地否决了，这倔强的孩子很坚决地说：

"我当初决心做歌女，就为了要自力更生。如果我接受了你们经济上的帮忙，我会不安，我会不快乐，即使我学声乐，我也会学得很勉强。杨伯伯、杨伯母，你们以前已经帮过我们家很多忙了，连爸爸带到台湾来买房子的钱，恐怕都是你们的，这笔钱竟支持到我高中毕业，等于说我的教育都是由你们帮助完成的，现在我满二十岁了，应该可以独立了，我不能再用你们的钱。"

"你这孩子，"雅筠叹息地说，"怎么这样子认死理呢！"

但是，杨子明欣赏小眉这种个性，他不再坚持自己的意见，只是暗暗地注意和留心有没有小眉适宜的机会。雅筠呢？她对小眉有份比母爱更强烈的感情，她巴不得小眉天天在她的眼前，巴不得小眉搬到杨家来，住在涵妮的房间里。可是，她知道小眉不会同意，小眉与涵妮，在个性上是不相同的，涵妮很柔顺，小眉的性格里却充满了棱角和尖刺。不过，小眉倒真心地爱上了雅筠，她自幼失母，很容易就融化在雅筠那种真挚的、热烈的、母性的感情里。她经常到杨家来，练钢琴，也练唱，雅筠就坐在旁边做着针线，唇边带着个满足的笑容。连秀兰都会呆呆地站在一边看，诧异着涵妮的复活。

可是，生活的压力仍然存在，小眉离开歌厅以后，减少了一大笔收入，唐文谦又终日离不开酒，日用并非一个小数字，云楼虽然坚持着拿出一些钱给小眉，但他的收入毕竟有限，维持他一个人都不见得够，这样，就弄得很拮据了。雅筠和杨子明了解这一切的情形，也了解这两个孩子那浑身的硬骨头，他们没有表示什么。只是，有一天，杨子明夫妇到了小眉的家里，正式拜会了唐文谦。唐文谦早已从小眉嘴中知道了涵妮的故事，他也曾惋惜过，但是，他从未奢望过这孩子能长大成人，何况涵妮出生三日，就给了杨氏夫妇，他自然对涵妮没什么印象，所以，叹息一阵之后，他也就算了，照样出去酗酒买醉。当杨子明夫妇来的时候，他正巧烂醉如泥，随小眉怎样叫唤，他躺在那儿动也不动。小眉也没办法，只好随他去。雅筠参观了一下小眉的卧室，眼看着这个破破烂烂的小家，那个终日不知人事的父亲，她又心疼又难受，却没有说什么。可是，杨氏夫妇告辞之后，小眉却在枕头底下发现了一大沓钞票和一张短笺：

小眉：

　　金钱何价？感情又何价？我留下的不是金钱，是我对你的疼爱，如果你退回来，你是存心要打击一个母亲的爱心，相信你不至于如此无情。

杨伯母

握着这笔钱和短笺，小眉哭了，她扑在云楼的肩上，哭得好伤心。云楼拍抚着她，深沉地说：

"收下吧！小眉，你如何能拒绝一个母亲的爱呢？"

从此，小眉和雅筠间，倒真的滋生出一份母女般的挚情。小眉在雅筠面前，没有任何秘密，她告诉她一切的事情，告诉她她对云楼的爱，告诉她她对未来的抱负和理想，告诉她那些只有女儿可以对母亲说的事。

　　至于云楼和小眉呢，这一段日子里充塞着的是无穷无尽的爱和无穷无尽的甜蜜。再也没有阴影，再也没有顾虑，他们只是相爱。生活里的点点滴滴都是由爱情堆积起来的，他们的笑里有爱，他们的泪里有爱，他们的一下蹙眉、一下沉思、一下注视里都有爱。他们为爱而活着，为爱而生存，为爱而计划未来。小眉常常到云楼的小屋里，为他洗衣服，为他收拾房间，为他做饭。他们很穷，不能常吃小馆子，所以常常买一点肉，买一点菜和米，两个人忙着弄东西吃，一餐饭做上一两个小时，弄得满屋子烟，满脸黑灰，满地的菜叶……小眉做饭并不外行，无奈云楼总不肯歇着，于是越帮越忙。但是，这样做出来的饭，却是那样地香、那样地甜、那样地美味无穷。

　　他们也常到郊外去，花间、小径、池畔、水边……他们把爱情抖落在任何一个地方，也把欢笑抖落在任何一个地方。那正是初夏的季节，阳光终日灿烂地照耀着，他们觉得连阳光里都流动着他们的爱。他们脚步所经之处，常常一朵小野花、一株小羊齿植物、一颗小石子，他们都会收集起来，作为爱情的纪念品。云楼常说：

　　"等我们儿女成群的时候，我一定要把这些小东西拿给他们看，让他们知道他们的父母是如何如何地相爱！"

　　小眉微笑着垂下头去，谈到儿女，再怎么洒脱的女孩子也禁不起那份羞涩。于是，云楼会自顾自地说：

"小眉，你说，我们将来要多少个儿女？"

小眉继续微笑不语。

"我最爱孩子，"云楼兴高采烈地说，"我们要一打，好不好？"

"胡说八道！"小眉终于开了口，"又不是养小猪，还论打算呢！"

"你不知道，小眉，"云楼笑嘻嘻地说，"双胞胎是遗传的，所以十二个孩子你只要生六胎就行了。"

"越说越不像话了！"

云楼笑得好开心，笑停了，他忽然正色地看着小眉，郑重地说：

"真的，小眉，我希望你能生一对双胞胎的女孩子，长得像你和涵妮，我要给她们取名字叫再眉和再涵。"握着小眉的手，他深深地凝视着她的眼睛，低低地、沉沉地、热烈地问，"你可愿意嫁给我吗？你可愿意给我生儿育女吗？你可愿意和我厮守一生一世吗？"

小眉用痴痴的眸子回望着他，从唇间轻轻地吐出几个字来：

"还问什么呢？"

于是，她掉转头，开始唱一支歌，一支美丽的歌，一支充满了柔情与蜜意的歌，一支让云楼心跳、让云楼如痴如醉的歌：

　　　　我怎能离开你，

　　　　我怎能将你弃，

　　　　你常在我心头，

信我莫疑。

愿今生长相守，

在一处永绸缪，

除了你还有谁，

和我为偶。

……

这是怎样的爱情！那样浓浓的、深深的、热热的、沉沉迷迷的！连他们周遭的人都会不由自主地感染上他们的喜悦，分沾上他们的热情。不只杨氏夫妇，还有翠薇。这洒脱的女孩和小眉在个性上有不少相似之点，稍一接近，她们就成了闺中密友。私下里，翠薇曾含着感动的泪，对小眉坦白地说：

"说实话，我第一次见云楼，就觉得他和一般男孩子不同，不知道怎样的女孩子才能配上他。后来他和涵妮恋爱了，我才觉得这配合是那样地恰当，那样地自然，我祝福他们。可是，涵妮不幸早逝，姨妈一再要我去安抚云楼，不瞒你说，我对云楼也有……"她咽住了，眼中闪着泪光，唇边却带着笑，叹口气，她热烈地握住小眉的手，"上天有它的意旨和安排，是吗？这是最好最好的结局，是吗？不过，不管怎样，小眉！你们结婚的时候我要做伴娘，好吗？好吗？"

小眉羞涩地垂下头去，心底却堆积着多少难言的喜悦及柔情啊！

夏季来临了，天气渐渐地热了。云楼一方面准备着期终考试，一方面热衷于一幅巨幅油画，云楼自己给这幅画题名叫《叠影》。画的前方是小眉的像，后方却在一片隐约朦胧的色彩里，飘浮着涵妮的影子。云楼画得很用功、很细心、很狂热。小眉给他足足做了一个月的模特儿。当这幅画完成的时候，已经是暑假了。刚好法国有个艺术沙龙在征集世界各地的艺术品，入选的奖金很高，云楼抱着姑且一试的心情，就把这张《叠影》寄去了。碰巧，雅筠也看到了报纸上这个征集作品的消息，没有得到云楼的同意，她就自作主张地把涵妮抱着洁儿的那张油画也寄去了，题名为《微笑》。云楼知道之后，笑着说：

"人家一定以为我穷极了，参加了两幅画像，却都是一张脸谱。"

"没有人会知道，这两幅画像里包含了怎样曲折离奇的故事。"雅筠说。

暑假带给了云楼大量的时间，利用这份时间，他接了更多的广告设计，因为生活的压力始终在逼迫着他们。他并不空闲，他很忙碌，但是忙得很开心。他知道自己必须要有一些积蓄，才能和小眉谈到婚姻，他常把小眉揽在怀里，用面颊贴着她的鬓发，低低地、允诺地说：

"我要给你塑造一个最美丽的未来。告诉你，小眉，我的画，你的歌，都不见得是什么至高无上的艺术，但是一份有爱、有光、有热的生活，才是真正的艺术！"

"何况，这份生活里还有画，又有歌！"小眉笑着说，笑得好甜、好美、好幸福。

这样的爱情里还能有阴影吗？还会有阴影吗？还允许有阴影吗？可是，夏季的天空是常变的，万里晴空也会陡地飞来几片乌云，带来一阵暴雨。这天，云楼正和小眉在小屋里工作，云楼在设计着一张广告图样，小眉在一边整理着房间，哼着歌，轻快地移动着她那娇小的身躯，她穿着一件白色的洋装，在室内闪来闪去像只白蝴蝶。云楼一面工作，一面不时地抬起眼睛来偷偷地看她，于是，她会停下来，警告地把手指按在唇上说：

"工作的时候工作，不许分心！"

"不行，"云楼说，"我已经分心了，我想吻你！"

"不可以！"她又笑又要板脸。

"那我不做了！"云楼推开设计。

"那你会交不了卷！"

"交不了卷就交不了卷！谁叫你不给我灵感！"

"你赖皮！"

于是，他把她拖进了怀里，他的吻缠缠绵绵地盖在她的唇上和面颊上。门口突然传来汽车的刹车声，接着又是车门的开合声，他们并不在意，在云楼这间小屋里，是难得有客人来拜访的。可是，一阵急促的敲门声使他们惊动了。云楼和小眉交换了诧异的一瞥，站起身来，打开了房门。

门外站着的竟是杨子明。他大踏步地跨进门来，反手关上了房门。他满脸凝重的神气，直盯着云楼说：

"你父亲到台湾来了！"

"什么？"云楼真真正正地吓了一大跳。

"看看这个！"杨子明递给他一张纸，"云霓打来要我转给你的电报！刚刚收到的。"

云楼打开那张电报，上面是这样写的：

父乘今午国泰班机赴台，为兄在台狎昵歌女之事，兄速做准备为要。

霓

云楼一把握皱了这张电文，脸色顿时变得惨白，挺直了背脊，他的眼睛喷着反叛的火焰，咬紧了牙说：

"他又来了！他已经不认我这个儿子了，他凭什么又要来破坏我？"

小眉没有看到电报的内容，并不知道电文中涉及了自己，看到云楼的脸色变得那样坏，她只认为云楼仍然为涵妮的事和他父亲记恨，就走上前去，用手扶住云楼的手臂，劝解地说：

"算了，云楼，没有人能和自己父母怄一辈子气的，怎么说，他也是你父亲，过去的都已经过去了，别再放在心里吧！"

"你知道什么！"云楼大声说，摔开了小眉的手，心里又急又气又痛苦。

"怎么了？"小眉勉强地笑着，"跟我也生气了？"

"不，不是，小眉，"云楼急急地说，额上冒出了汗珠，他的眼神痛苦地停在小眉的脸上，"不是跟你生气，我是急了。"

"怎样呢，云楼？"杨子明说，"你去不去飞机场接他？现在两点十分，飞机两点三十五分就到了！"

"我不去！"云楼很快地说。

"云楼！"小眉忍不住又插嘴了，"你就去一下吧！他到台湾来，百分之八十还是为了你，如果他真不想要你这个儿子，他也不来了。你现在去接他，父子间的一切不快就算过去了，这不是一个解除误会的大好机会吗？"

"你不知道，小眉！"云楼苦恼地咬了一下牙，"你太善良了，你根本不了解我父亲！"

"再不了解，我也知道他是个父亲，"小眉微笑着，"他的出发点还是为了爱儿子！"

"小眉！"云楼有苦说不出，"母猫为了爱小猫，有时会把小猫咬碎了吃掉呢！这种爱你也歌颂，你也赞美吗？"

"你父亲又不是母猫！"小眉噘着嘴说。

"好了，别拌嘴了，"杨子明看着云楼，"我们没有多余的时间讨论，我看这样吧，小眉先回家去。云楼，你到我家去等，我去接你父亲来谈。"

"我不见他！"云楼愤愤地喊，"这一年我没有用他的钱……"

"云楼！"杨子明打断了他，"小眉说得对，父亲总是父亲，你不能因为一年没有用他的钱，就不算他的儿子了……"

"他害死了涵妮！"云楼无法控制地叫了起来，"现在他又要……"

"云楼！"杨子明喝住了他，暗示地看了小眉一眼，"你这样说是不对的，涵妮不是你父亲害死的，如果没有你父亲叫你回去的事，她一样会死，她是死于先天性的心脏病。你现在就按我安排的去做吧，你放心，"他深深地，含蓄地看着他，"一切有我和你杨伯母，你父亲不会跟你为难的！"

"云楼，"小眉也在一边说，"你就听杨伯伯的话吧！"

云楼软化了，垂下头去，他沉思了片刻，终于咬了咬嘴唇，抬头对小眉说：

"好吧，我就到杨伯伯家去。小眉，你先回家，我晚上再去看你。"

"你忙你的，别顾着我。"小眉说，"晚上还是陪你爸爸多谈谈，明天再来找我。好了，我先走！"她对云楼笑着挥挥手，又扬着眉毛加了一句："好好的，云楼，可不许和你爸爸吵架啊！再见！云楼。再见！杨伯伯！"

云楼看着小眉笑嘻嘻地跑出去，依然带着满脸的天真和挚情，浑然不知即将来临的风暴，不禁满怀胀满了难言的苦涩，直等到小眉的影子都看不见了，他仍然站在那儿发愣，还是杨子明喊了一声：

"快走吧！云楼！我先送你到家再去飞机场！"

云楼坐进了车子里，看着前面遥远的天空，他看到的不是灿烂的阳光，而是一片厚重的、堆积着汹涌而来的阴霾。

第二十九章

在杨家的客厅里，云楼坐立不安地走来走去，满脸罩着浓重的抑郁和忧愤。对父亲，一年前的积恨未消，而新的打击显然又要随着父亲一起到来。为什么呢？为什么身为父母，却常常要断送儿女的幸福，漠视儿女的感情和自尊！是谁赋予了父亲掠夺子女快乐的权利？是谁？是谁？是谁？一年多以前，当他正被甜蜜与幸福重重包围的时候，这个父亲竟残酷地将他的一切都撕得粉碎，践踏得鲜血淋漓。现在，好不容易，他重新找回了那份幸福，父亲就又出现了，就又要来践踏，来蹂躏，来撕裂，来破坏……为什么？为什么？

"他真是我爱情上的克星！"他突然大声地、冲口而出地喊，喊得那么响，他自己都吓了一跳。坐在一边的雅筠抬头看了看他，她正在打一件毛衣，一件小眉的毛衣，夏天打毛衣是她的习惯，她喜欢"未雨绸缪"。她显得很安详，很冷静，只是，她手指的动作却比往常快速。

"我看你坐下来吧，云楼，"她的语气里有着安慰和鼓励，"你走来走去把屋子里的空气都搅热了。"

"他一定派了人监视我！"云楼自顾自地说，仍然在室内走来走去，"否则他怎么知道小眉的事！"

"那倒很可能，他总之是你父亲呀，他无法真对你置之不顾的。"

"我巴不得他对我置之不顾呢！"云楼喊着说。

"云楼！"雅筠责备地说，"怎么这样说话呢！"

"你不知道，杨伯母，"云楼急促地嚷着，"你不知道他那个脾气……"

"我不知道？"雅筠笑笑，"我才知道呢！"

云楼想起了雅筠和父亲的那段往事，他不再说了，但他仍然像只困兽一样在室内兜着圈子，鼻子里沉重地呼着气，两只手一会儿放在身子前面，一会儿放在身子后面。雅筠悄悄地注视着他，敏感地嗅到了空气中的火药味。她认识孟振寰，熟知孟振寰，她也认识孟云楼，熟知孟云楼，她可以预料这父子两人一旦冲突起来会出现怎样的局面。但是，她是向着云楼的，她觉得自己像只想保护幼雏的母鸡，已经张开了翅膀，竖起了背脊上的羽毛，准备作战了。把毛衣放在膝上，她深深地吸了口气。

"云楼，你放心，"她说，"这一次，他不能再剥夺你的幸福了。"

"你怎么知道？"云楼问。

"我知道。"她看着窗外的天空，"我知道，"她的声音低低的、沉沉的，却具有信心和力量，"我知道世界上的许多事都该顺其自然，不能横加阻遏，我知道上天有好生之德，君子有成人之美。"

"对我父亲而言，这些道理可能全体不适用！"云楼愤愤地说，"他一直认为他是主宰，他是神，他是全能……"

门口一阵喇叭声，打断了云楼愤怒的语句，雅筠的毛线针停在半空，她侧耳倾听，说：

"他们来了。"

是的，他们来了，杨子明走在前面，手里提着孟振寰的旅行袋，首先走进了客厅。孟振寰紧跟在后面，他那硕大的身躯遮住了门口的阳光，室内似乎突然阴暗了。雅筠不由自主地站起身来，她的目光和孟振寰接触了，许多年没有见过面，雅筠惊奇地发现孟振寰那份冷漠、倨傲、自信的神态一如当年，只是，他胖了、老了，鬓边有了白发，看来却更威严和权威了，那张脸孔和锐利的眸子颇让人生畏。

"振寰！"她迎上前去，微笑地对他伸出手来，"好多年没见了。"

孟振寰的目光停在她的脸上，他看到的是个高贵、儒雅的妇人，那份清丽、那份秀气、那份韵致都不减当初，岁月没有在她身上留下什么残酷的痕迹，反而给她增添了几分雍容华贵的气质，显然她这些年来，跟着杨子明过得并不太坏。这使他觉得有种微妙的不满和近乎嫉妒的情绪。因此，他漠视了那只伸过来的、友谊的手，只是淡淡地点了一下头说：

"你还是很漂亮，雅筠。这两年云楼常在你家打扰你，让你费心了。"

雅筠尴尬地缩回了那只不受欢迎的手，唇边的微笑变得十分勉强了，向室内深处退了两步，她的言语也锐利了起来：

"哪里，你明知道云楼这一年并不住在这儿，而住在这里的时候，似乎让你不高兴呢！"

"我看彼此彼此吧！"孟振寰皱了皱眉，"全是这孩子不懂事，才造成这么多莫名其妙的事件！"他的目光对云楼直射了过去，是两道森冷的寒光。抛开了雅筠，他厉声地喊："云楼！"

云楼自从孟振寰走进门的一刻起，就闷闷地站在窗子前面，斜倚着窗子，不动也不说话。父亲在他的眼里像个巨石，是顽强的、庞大的、带着压迫力的。而且，这巨石眼看就要把他的幸福、前途、爱情，和所有的那种温馨的生活一起砸碎了，他靠在那儿，正屏息以待风暴的降临。这时，随着孟振寰的怒吼和目光，他身子震动了一下，不自禁地叫了一声：

"爸爸！"

"爸爸？你还知道叫我一声爸爸，嗯？"孟振寰严厉地盯着他，"你这个目无尊长、胡作非为的混账！"

"喂喂，振寰，"杨子明急急地拦在孟振寰的面前，"要管儿子，也慢慢来好吧？别刚进门坐都没坐就发脾气！来来，坐一下，坐一下，你要喝点什么？冷的还是热的？天热，要不要喝点冰西瓜汁？"

"他从不喝冷饮的。"雅筠说，一面高声叫秀兰泡茶，掉转头，她看着孟振寰，"香片，行吗？"

"随便。"孟振寰坐进了沙发里，拭去了额上的汗珠，杨子明坐在他的对面，递上了一支烟，燃起了烟，他喷了一口，这才打量了一下房间，室内那份阴凉和冷气对他显然很有缓和作用，他的火气似乎平息了一些。喝了茶，他竟叹了口气："子明，你不知道云楼这孩子让我操了多少心。"抬起头，他又怒目扫了云楼一眼，"别人家也有儿子，可没像我们家这个这样可恶的！"

"别动肝火，振寰，"雅筠插进来说，"或者你们父子间有误会，大家解释清楚了就没事了。云楼，你别尽站在那儿，过来坐下和你父亲谈谈呀！"

"什么误会！"孟振寰气冲冲地说，"这孩子从小就跟我别扭，我要他干这个，他就要干那个，我要他学科学，他去学什么鬼艺术，我看中了美萱那孩子做儿媳妇，他偏偏搅上了涵妮，涵妮也罢了，怎么现在又闹出个下三烂的歌女来了……"

"爸爸！"云楼大声喊着，背脊挺得笔直笔直，离开了视窗，他一直走向孟振寰前面，他的脸色苍白，眼睛里冒的火不减于他的父亲，咬着牙，他一个字一个字地说，"别侮辱小眉，她能唱，她用她的能力换取她的生活，这没有什么可耻的地方！她清雅纯真，她洁身自好，她比许多大家闺秀还高贵呢！"

"好呀！"孟振寰叫着，"我还没说什么呢，你就先吼叫起来了，你的眼中到底有没有父亲？"

"好好谈吧，振寰，"雅筠不由自主地又插了进来，"云楼，你怎么了？有话好好说，别吼别叫呀！"

"我怎么跟他好好说呢？"云楼看着雅筠，"他根本否决了小眉的人格和一切，我再怎么说呢？"

"振寰，"雅筠被云楼那痛苦的眼神撼动了，她急于想缓和那份紧张的空气，"或者你见见小眉再说吧，今天就别谈了，晚上我们请你去第一酒店吃饭接风，一切等明天再谈好吗？"

"我干吗要见那个女孩子？"孟振寰质问似的望着雅筠，"难道你也参与了这件事情？云楼自从到台湾之后，好像受你的影响不小呢！"

"哦，振寰。"雅筠有些激动了，"二十几年了，你的脾气还是不改！对事物的成见和固执也完全一样。不是我帮云楼说话，只是，你最起码该见见小眉，那女孩并不像你想象的是个风尘女郎，她是值得人爱的！你该信任你的儿子，他有极高的欣赏眼光和判断力！"

"好，我懂了！"孟振寰气得脸孔发白，紧盯着雅筠说，"我当初把儿子托付给你们真是找到了好地方，你们教会了他忤逆父母，教会了他出入歌台舞榭，教会了他花天酒地和堕落沉沦……"

"振寰！"杨子明按捺不住了，站起身来，他语气沉重地说，"你别含血喷人！我对得起你！问问你儿子，我们是怎样待他的？你自己造成了多少悲剧，关于涵妮那一段，我们已经略而不谈了，你今天怎么能说这种话呢？我和你已经算二三十年的朋友了……"

"真是好朋友！"孟振寰冷笑了一声。

"好了，别说了！"雅筠也站起身来了，她的脸色十分难看，"看样子，振寰，你这次来并不是来管教儿子的，倒是来跟我们吵架的了？"

"我并不是来跟你们吵架的，"孟振寰稍微缓和了一点，"只是，我把云楼托付给了你们，你们就应该像是他的父母一样，要代我管教他。怎么允许他泡歌厅，捧歌女！我现在自己到台湾来解决这件事，你们非但不帮我教训他，反而袒护他，这是做朋友的道理吗？"

"我们袒护他，是因为他没错！"雅筠激动地说，"如果你冷静一点，肯用你的心灵和感情去体谅一下年轻的孩子们，你也会发现他们是值得同情、值得谅解的……"

"他泡歌厅是值得同情的吗？"孟振寰大声说，"他在台湾是读书，还是堕落？"

"我并没有荒废学业！"云楼辩解地说，"我在学校的成绩一直不错，你不信可以去学校查分数，而且，我最近也没有去歌厅了，小眉早就离开歌厅了！"

"好了，好了，"孟振寰从鼻子里喷出一大口烟来，用一副息事宁人的态度说，"关于你的荒唐，我就不追究了。你倒说说，现在跟这个歌女的事情，你预备怎么办？"

云楼的背脊挺得更直了，他脸上有种不顾一切的果断和坚决。直视着孟振寰，他清清楚楚地说：

"我娶她。"

"什么？"孟振寰以为自己听错了，他坐正了身子，竖起了耳朵，盯着云楼问，"你说什么？"

"我说——"云楼迎视着他的目光，毫不退缩地说，"我要娶她，我要和她结婚。"

"你——"孟振寰的眼光阴骛而凶猛，鼻孔里气息咻咻，好半天，才冒出一句大吼，"你疯了！你这个混账！你想气死我！娶她？娶一个歌女？你居然敢说出口来！"

"我还敢做出来呢！"云楼顶撞地说，被父亲那种轻视的语气所激怒了，"难道歌女就不是人吗？你这种观念还是一百年前士大夫的观念！"

"你这是在对我说话？"孟振寰几乎直问到云楼的脸上来，"你荒谬得一塌糊涂，简直不可思议！我绝不允许这件事情，绝不允许！你马上跟我回香港去！"

"爸爸，"云楼冷静地说，"我早已过了法定年龄，我可以决定我自己的事情，做我自己的主了！"

"好呀！"孟振寰气得浑身发抖，"你大了，你长成了，你独立了！我管不着你了！好，我告诉你，假如你不和这个歌女断绝来往，我就不认你这个儿子！从此，你休想进我家的门，休想用我一毛钱……"

"爸爸，这一年多以来，我并没有用你的钱！"云楼抬高了头说。

"哈哈！"孟振寰冷笑了，笑得尖刻而嘲讽，"你没有用我的钱，你自立了，你会赚钱了，你在广告公司做事，是吗？你问问你杨伯伯吧！到广告公司是他给你写的介绍信，是不是？"

"振寰！"杨子明焦灼而不安地喊，"你——何苦呢？"

云楼的脊背发冷了，他的额上冒出了汗珠，脸色苍白得像一张纸，他明白了，他立即明白了，怪不得自己一搬出了杨家就找到了工作，怪不得广告公司不要他上班又对他处处将就，怪不得他设计的作品虽多，用出来的却少而又少！原来……原来……他倒抽了一口冷气，瞪视着父亲，喉咙沙哑地说：

"是……是你安排的？"

"哈哈！"孟振寰笑得好得意，"你现在算是明白了，你以为找工作是那么容易的事！你要在我面前说大话！你知不知道这家广告公司跟我的关系？羊毛出在羊身上，你赚的钱从哪儿来的，你知道吗？你知道吗？"

云楼咬住了嘴唇，一时间，他有晕眩的感觉，父亲的脸在他的眼前扩大，父亲的声音在他的耳边激荡地、反复地回响，他突然觉得浑身发冷，无地自容。站在那儿，他一句话也说不出来。他听到雅筠的声音，在激愤地喊：

"振寰！你太残酷！你太残酷！"

云楼猛地掉转了头，直视着雅筠和杨子明，他的眼里冲进了泪，颤抖地嚷着说：

"杨伯伯、杨伯母，你们参加了这件事情！你们也欺骗我，隐瞒我……"

"云楼！"杨子明喊着，"你不要激动，事情并不是你想的这样，广告公司当初用你确实是看你父亲的面子，但是近来你的工作已经足以值得你所赚的，你设计的图样很得客户的欣赏，广告公司也很器重你……"

"不！我都知道了！"云楼绝望地叫着，"好，爸爸！从今天起我就不再去广告公司，我也不用你的钱，你看我会不会饿死！"

"你的意思是——"孟振寰蹙起了眉头，浓眉下的眼睛锐利地盯着他，"你一定不放弃那个女人？"

"不放弃！"云楼坚定地说。

"你要娶她？"

"要娶她！"

孟振寰紧紧地盯着云楼，好一会儿，他才恼怒地点了一下头，说：

"好，算你有个性！不过，你就担保那个歌女会愿意嫁给你吗？"

"是的！"

"当她知道你不会从我这儿拿到一毛钱的时候，她还会愿意嫁给你吗？"

"哼！爸爸！"云楼冷笑了，"你以为她是拜金主义？你低估了小眉了！她从来就知道我一贫如洗！"

"恐怕她并不知道吧！"孟振寰的嘴角牵动了一下，目光是森冷的，"这种歌场舞榭中的女孩子，我知道得才清楚呢！"

"那么，你看着吧！爸爸！"云楼充满信心地说。

"是的，我就看着！"孟振寰气冲冲地站起身来了，"我就看着你和她的下场！我等着瞧！"他走向了门口。

"喂，振寰，你去哪儿？"杨子明叫。

"去旅社！"孟振寰提起了他的旅行袋。

"怎么，"杨子明拉住了他，"你到台湾来，难道还有住旅社的道理？我们家多的是房间，你留下来，和云楼再多谈谈。关于云楼和小眉的故事，你还一点都不清楚呢，等你都弄清楚了，说不定你会对这事另有看法！"

"我不想弄清楚，我也不要住在这儿！"孟振寰继续向门口走去，"这孩子既然不可理喻，我还和他有什么可谈？"

"无论如何，你得住在这儿！"杨子明说。

"别勉强我，子明！"孟振寰紧皱着眉，"我住旅馆方便得多！"

"好了，"雅筠走了过来，"子明，你就开车送振寰去统一吧！"

杨子明不再说话了，沉默地送孟振寰走出大门，孟振寰始终怒气冲冲地紧板着脸，不带一丝笑容，到了门口，他回头对云楼再狠狠地瞪了一眼，大声地说：

"我就看你的！看你的爱情能维持几天！"

云楼挺立在那儿，满脸的愤怒与倔强，看着父亲走出去，他不动也不说话，挺立得像一块石头。雅筠追到了大门口，看到孟振寰坐进了车子，她才突然伏在车窗上，用充满了感情的、温柔的、深刻的语气说：

"振寰！你有个好儿子，别因为任性和固执而失去了他！你一生失去的东西已经够多了，别再失去这个儿子，真的，振寰，别再失去他！"

孟振寰一时有些发愣，雅筠这几句话竟奇迹似的撼动了他，可能因为和雅筠往日那段情感，也可能因为雅筠这几句话触着了他的隐痛，他那顽强的心竟被绞痛了。当车子发动之后，他一直都愣愣地坐着，像个被魔杖点成了化石的人物。

这儿，雅筠退到屋子里来，她一眼看到云楼正沉坐在沙发里，痛苦地把脸埋在手心中，手指深深地陷进那凌乱的浓发里。她走了过去，站在沙发后面，把双手按在他的肩膀上，低低地说：

"生命的路程好崎岖哪，云楼，你要鼓起勇气走下去呀！"

"我并不缺乏勇气，"云楼的声音沉重地从手指中透了出来，"我永远不会缺乏勇气！我难过的是，人与人之间，怎么如此难以沟通呢？"

怎么如此难以沟通呢？雅筠也有同样的问题，多少父母子女之间横亘着巨石，为什么不能把它除去呢？为什么呢？

第三十章

对小眉来说，这个晚上真是难熬的。唐文谦突然病了，又发冷又发热，满头冷汗，浑身抽搐，在床上翻滚着狂吼狂叫狂歌狂笑，又呕吐，又胡言乱语。小眉知道这是怎么回事，以前也曾经发生过，医生说是酒精中毒的现象，并说总有一天，他要把命送在酒上。现在，小眉只好再请医生来，给他打了针，他仍然无法安静，医生表示最好送医院彻底治疗。可是，小眉手边的余款有限，她根本不敢想送医院的事。只是和阿巴桑两人守在床边，轮流地用冷毛巾压在他的额上，喂他喝一些浓咖啡，他又喝又吐，又闹着还要酒，小眉在床边手足失措，忙得满头大汗，正在这个慌乱的时候，门铃响了。小眉长长地吐出一口气来。

"是云楼！"她对阿巴桑说，把手里的冷毛巾交在阿巴桑手里，匆匆地跑向门口。人在急难之中，总是最期盼自己的爱人，在小眉心中，仿佛无论什么困难，只要云楼出现，就都可以解决了。她一面开着门，一面喊着说："幸亏你还是来了，云楼，我急死了……”

忽然间，她住了口，愕然地瞪视着站在门口的人，那不是云楼，那是个身材高大的中年绅士，一个完全陌生的人，用一对冷静的、锐利的眼睛瞪着她。

“哦，”她结舌地说，“请问，你、你找谁？”

“唐小姐，唐小眉，是住在这儿吗？”那绅士望着她问，脸上毫无表情。

“是……是的，我就是。”小眉诧异地说，“您有什么事吗？”

“我是云楼的父亲。”

“哦！”小眉大大地吃了一惊，立即有些手足失措起来，怎么云楼没有跟他一起来呢？而自己又正在这么狼狈的时候！家里那份凌乱的局面怎么好请他进来坐？他此来又是什么用意呢？特地要看看未来的儿媳吗？她满腹的惊疑，满心的张皇，不禁就呆呆地站在那儿愣住了。

“怎么，”孟振寰蹙了一下眉头，暗中打量着小眉，未施脂粉的脸庞不失清秀，大大的眸子也颇有几分灵气，但是，并不见得有什么夺人的美，为什么云楼竟对她如此着迷？“你不愿意我进去坐坐吗？”他问，这女孩的待人接物也似乎并不高明啊！

“哦哦，”小眉恍然地回过神来，慌忙把门大大地打开，有些紧张地说，“请、请进。”

孟振寰才走进客厅，就听到室内传来的一声近乎兽类的号叫，他惊愕地回转头，小眉正满脸尴尬和焦灼地站在那儿，一筹莫展地绞扭着双手，颤颤抖抖地说：

“对不起，孟伯伯，您请坐，那是我爸爸，他病了，病得很厉害。"

"病了？"孟振寰诧异地挑起眉毛，"什么病？"

"他——他喝了太多酒，"小眉坦率地说，看了看父亲的卧室，"您先坐坐，我去看一看。"

孟振寰立刻知道是怎么一回事了，发酒疯，他看着小眉慌慌张张地跑进去。再打量了一下这破破烂烂的房子，简陋的家具，和凌乱的陈设。心中的不满越来越大，何况，隔室的号叫一声声地传来，更加深了他的嫌恶。原来，这女孩不仅自己是个歌女，父亲还是个酒鬼，云楼倒真会挑选！他暗中咬紧了牙，无论如何，这婚姻一定要阻止！

好半天，那隔室的号叫渐渐地轻了、微了、消失了，小眉才匆匆地走出来，带着满脸的抱歉。

"真对不起，让您等了半天。"她勉强地笑着，"总算他睡着了。"

"唔，"孟振寰坐在那儿，冷冷地看了看小眉，掏出一支烟，他深深地吸了一口。小眉忙碌地给他倒了杯茶，又好不容易找出一个烟灰缸来，放在他手边的茶几上。她多么急于想给他个良好的印象，但是，这不苟言笑的人看来多么冷漠啊！"好了，唐小姐，你坐下来吧，别忙着招呼我，我有话想和你谈谈。"

小眉有些忐忑不安，在孟振寰对面坐了下来，她以一副被动的神态看着孟振寰，等待着他开口。孟振寰又深抽了两口烟，对室内环顾了一下，才慢吞吞地说：

"你的环境似乎不太好。"

"是的，"小眉坦白地承认，"爸爸失业了很久，生活就有些艰难了。不过，好在我已经大了……"

"可以赚钱了？"孟振寰接口问，唇边有抹难以觉察的笑意，微带点嘲讽的味道。

"唔，"小眉含糊地应了一声，不太明白孟振寰说这句话的用意，她那明慧的眸子研究地停在孟振寰的脸上，到这时候，她才敏感地觉得孟振寰的来意似乎不善。而且……而且……云楼为什么不一起来？"云楼怎么没来？"她忍不住地问。

"他没来，"孟振寰答非所问，然后，突然间，他挺直了背脊，开门见山地说，"好了，唐小姐，给你多少钱可以让你和云楼断绝来往？"

小眉像挨了一棍，身子不由自主地痉挛了一下，接着，她就高高地昂起头来，直视着孟振寰，她的脸色白得像一块大理石，对比之下，那对眼珠就又黑又亮，而且是灼灼逼人的。

"哦，"她喃喃地说，"这是你的来意？"

"是的，"孟振寰点了点头，迎视着她的目光，"你看，你显然很需要钱用。"

"哈，"小眉陡然地笑了，"你预备给我多少钱？"

"你开口吧！你要多少钱？"

"一百亿美金。"

"开玩笑！"孟振寰勃然大怒，"你是什么意思？"

"开玩笑？"小眉站起身来，笑容从她的唇边隐去，她的身子笔直地站着，挺着背脊，像一只被激怒了的小母狮，"我没跟您开玩笑，是您在跟我开玩笑！您凭什么认为我会出卖我的爱情？您又凭哪一点能要求我出卖我的爱情？"

"凭我是云楼的父亲！"孟振寰也激怒了，他万万料不到这个外表柔弱的小女孩竟会有如此犀利的口舌，而且胆敢用这种态度来顶撞他。

"父亲就能剥夺儿子的幸福吗？"小眉继续质问，"而且，您并不是我的父亲，您要用钱去收买，何不先收买您的儿子呢？"

"你明知道我那个儿子的牛脾气！"孟振寰在愤怒之余，又有份无可奈何，他发现这个女孩绝不是容易对付的了，"如果我能说服他，也不来找你了。"

"您会发现我比您的儿子更难说服！"小眉昂着头说，两道眉毛抬得高高的，"我不会放弃云楼，我觉得，我有权取得我自己的幸福，而幸福是无价的，您买不起，孟先生！"

孟振寰被击倒了，一时间，他竟想不出该如何来对答，只能气冲冲地瞪大了眼睛，怒视着小眉。好一会儿，他的怒气平息了一些，他才重新开了口。

"你有权取得你的幸福，但是，唐小姐，你没有权毁掉云楼的幸福！"

"毁掉云楼的幸福！"小眉嚷着，"为什么我会毁掉云楼的幸福？"

"因为你和云楼的身份不相当！"

小眉蹙起了眉头。

"您这句话是什么意思？"

"你不懂吗？"孟振寰直视着她，"我们孟家的儿媳妇一定要有良好的身世，我不能允许他娶一个歌女！而且，他的前途还远大得很，他需要有个能干的、能帮助他事业前途的妻子。如果他跟你结婚，会有批评，会有非议，你会拖累得他抬不起头来！"

小眉的脸色更白了，眼睛更黑了，她的身子簌簌地震颤了起来。"你以为歌女是什么见不得人的怪物？"她问，嘴唇颤抖着，以至于声音也跟着颤抖，"是的，我是个歌女，我用我的歌声去赚钱，这有什么见不得人的地方？你以为凡是歌女舞女就都不正经吗？就都不纯洁吗？殊不知我们里面有多少女孩子都洁身自好，都清白纯真，比你们这些穿着西装、扮成道貌岸然的上流绅士更纯洁，更干净！而且，这社会上有歌女，有舞女，还不都是因为你们这些上流绅士的需求而产生的？你觉得我可耻吗？我可不认为我自己有什么可耻的地方！你看不起我，我可看得起我自己！站在你面前，我不认为自己比你矮一截！你不要我这样的儿媳妇，我也不稀罕你这位公公！但是，你要我离开云楼，我是说什么也不干！"

孟振寰被小眉这一番话惊呆了，这是怎样一个女孩！那高昂着的头，那冒着火的眼睛，那浑身的倨傲和倔强！那些话虽然是在极度的激动和愤怒下吐出来的，却每一句都有每一句的力量，竟使人难以反驳。孟振寰有些明白云楼为她着迷的原因了。这女孩是一团火，她敢爱，她敢恨，她也勇于作战，而不轻言退缩。孟振寰觉得自己对她已毫无办法了。

"你竟不为云楼的前途着想吗？"他在为自己的目的做最后的一番努力，"不管这社会对待你是不是公平的，这社会却不用正常的眼光来看你们这种女孩子，你懂吗？你会拖累云楼的前途，你懂吗？因为云楼必须在这个社会上混！"

"我告诉你，"小眉用一副无比坚决的神态说，"我不会拖累云楼，我会帮助他，我会鼓励他！相反，如果我离开了他，他才真的会面临毁灭！"她顿了顿，她的目光深深地望着孟振寰，"你了解你的儿子吗？如果你不了解，我却十分了解。一年多以前，你已经几乎毁掉了他，难道你还要让旧事重演？不要口口声声地用云楼的前途来压我、来逼迫我，《茶花女》的时代早已过去了，你别来对我扮演《茶花女》里的父亲。我告诉你了，我不会离开云楼，说什么也不会离开他！说社会会因为我而轻视云楼，这只是你的看法，凭什么社会要轻视我呢？我没偷过，没抢过，没犯过法，没做过任何不可告人的事情，凭什么我该被轻视？即使社会真的轻视我，只要云楼不轻视我，我还在乎什么呢？"

"可是云楼会在乎的！当他在社会上混不下去的时候，他会在乎的！"孟振寰大声地说。

"您用错了一个字，"小眉也大声地说，声调高亢而激动，"您用了一个'混'字，要知道，真正的前途不是靠'混'出来的，是靠努力与恒心！我和云楼都还年轻，我们肯吃苦耐劳，肯努力，我们有两双坚强的手，我们不必在社会上'混'，前途握在我们自己的手里！"

"你在强词夺理！"孟振寰恼怒地吼着，却由于无法反驳她的话而更加愤怒，"你明知道人是不能离开社会而独居的！"

"人不能离开的东西多着呢，不能离开水，不能离开阳光，不能离开空气……这些对人比'社会'更重要，而对我和云楼来言，爱情就是我们的水、阳光和空气！您了解了吗？"

"反正，你的意思是，你绝不肯和云楼断绝来往，是不是？"

孟振寰站起身来，再钉了一句。

"是的！"

"你要知道，如果他娶了你，我势必要和他断绝父子关系，那他会是个一文不名的穷光蛋……"

"您又错了！"小眉打断了孟振寰的话，下巴抬得高高的，她的脸上有着骄傲，有着自信，有着爱情的光彩，"他永远不会是个穷光蛋，他富有，他比您更富有，更富有得多！他有才华，有能力，有热情，有智慧和信心！他具有这么多的美德，怎么可能是穷光蛋呢？他富有，他太富有了，即使他身边没有一毛钱，即使跟着他只能喝米汤，我都跟着他，跟定了他！因为在他身边，我的精神永不会饥渴，我的心灵永不会空虚！生活苦一点，又有什么关系呢？他成功了，我和他共用光荣，他失败了，我和他分担痛苦。你别想拆开我们！永远别想拆开我们！我不是涵妮，我有一颗坚强的心，我不会轻易地倒下去！你也别想收买我，如果我重视金钱，我早就可以找到比你还有钱的物件！我愿意嫁给云楼，是因为我爱他，我欣赏他，我崇拜他！这份感情可能是你不了解的，可能是你终身没有得到过的，因此你不能明白它强烈的程度和具有的力量！你说他会没有钱，我岂怕他没有钱呢？他上天，我跟他上天，他入地，我跟他入地，他讨饭，我帮他拿棍子打狗！"

她这番话是像倒水一样倒出来的，她的声调高而急促，她那起先苍白的脸颊现在因激动而发红了，她的眼睛又清亮又有神，又闪动着光彩，使她整个脸庞都现出一种非凡的美丽。这把孟振寰给折倒了，给惊呆了，给吓怔了。而更让他吃惊的，是在她这番话刚说完之后，玄关处就突然冒出一个人来，用比小眉更激动、更狂热的声调大喊了一声：

"啊！小眉！"

那是云楼，谁也没有注意到他按门铃的声音，谁也没有注意到阿巴桑去给他开门，也没有人知道他是什么时候进来的。但是，他显然在玄关处已经悄悄地站了很久了，这时，他冲了出来，一直冲到小眉的身边，他的手臂大大地张着，他的脸孔也发着红，他的眼睛也发着光，他的声音颤抖而带着哽咽：

"啊，小眉，你可愿意嫁给我吗？嫁给一个刚刚失业的、一无所有的穷学生？"

"噢！云楼！"小眉惊喜交集，"你什么时候来的？你在说些什么呀？"

"我在正式求婚呢！"云楼嚷着，"不过，在答应以前，先考虑一下，因为我刚刚失去了广告公司的工作，我现在是真正的贫无立锥之地了！你说吧！你可愿意嫁给我吗？"

"是的，是的，是的！"小眉一迭声地喊着，"我嫁你，明天，今天，或者，马上！"

于是，这一对年轻人拥抱在一起了，完全不顾那站在一边发愣的老人。老人？是的，孟振寰突然觉得自己老了、无力了。而在无力的感觉以外，他还有份奇异的、几乎感动的情绪。望着那对拥着的年轻人，他忽然在这对年轻的孩子身上看到了一份光、一份热、一份新的希望……他呆愣愣地站着，鼻子里酸酸楚楚的，闪动着眼帘，他的眼睛竟莫名其妙地潮湿了。

尾声

故事可以结束了。

但是，让我们把时间跳过两年，到一个小家庭里去看一看吧！这是一幢小小的公寓房子，位于三层楼上，四房两厅，房子虽不大，布置得却雅洁可喜。客厅的墙上，裱着米色带金线的壁布，一进客厅，你就可以看到对面墙上悬挂的一张巨幅油画，画中是两个女郎：一个飘浮在一片隐约的色彩中，像一朵彩色的云；另一个女郎却是清晰的、幽静的，脸上带着朦朦胧胧的微笑。如果你常常看报纸，一定不会对这幅画感到陌生，因为这幅题名为《叠影》的画，曾在一年前大出风头，被法国举办的一个艺术展览列为最佳作品之一，那年轻的画家还获得了一笔为数可观的奖金，报纸上曾大登特登过。与这幅《叠影》同时入选的，还有一幅《微笑》，现在，这幅《微笑》就悬挂在另一边的墙上。在《微笑》的下面，是一架钢琴，这架钢琴，我们也不会对它陌生的，因为涵妮曾多次坐在前面弹各种各样的曲子。钢琴的下面，躺着一只白色的京巴，我们对这只狗更不会陌生了，在《微笑》那张画里还有着它呢！现在，这钢琴前面也坐着人，你可能猜不着那是谁。那是个年约五十的老人，整洁地、清爽地、专心地，弹着一支他自己刚完成的曲子，那人的名字叫唐文谦。

除了钢琴以外，这客厅里有一套三件套的墨绿色的沙发，落地的玻璃窗垂着浅绿色的纱帘，你会发现屋子的主人对绿色调的布置有份强烈的偏爱，这房间荫荫地给你一份好清凉好清凉的感觉，尤其这正是台湾最炎热的季节。整个房间都是绿的，只是在钢琴上面，却有一瓶新鲜的玫瑰花，红色与黄色的花朵娇艳而玲珑，冲淡了绿色调的那份"冷"的感觉，而把房间里点缀得生气勃勃。

这是个夏天的下午，窗外的阳光好明亮、好灿烂、好绚丽。唐文谦坐在钢琴前面乐而忘疲地弹着，反复地弹，一再地弹。然后，一个年轻的女孩子从里面出来了，穿着件绿色滚黄边的洋装，头发上束着黄色的发带，她看来清丽而明朗。走到钢琴旁边来，她笑着说：

"爸，你还不累吗？"

"你听这曲子怎么样？小眉。"唐文谦问，"第二段的音会不会太高了一些？"

"我觉得很好。"小眉亲切地看着她的父亲，喜悦明显地流露在她的脸上。谢谢天！那难挨的时光都过去了，她还记得当她和云楼坚持把唐文谦送到医院去戒酒时所遭受的困难，和唐文谦在医院里狂吼狂叫的那份恐怖。但是，现在，唐文谦居然戒掉了酒，而且作起曲来了。他作的曲子虽然并不见得很受欢迎，但也有好几支被配上了歌词，在各电台唱起来了。最近，还有一家电影公司要请他去做电影配乐的工作呢！对一生潦倒的唐文谦来说，这是怎样一段崭新的开始！难怪他工作得那么狂热、那么沉迷呢！

"云楼今天什么时候回来？"唐文谦停止了弹琴，伸了个懒腰装成满不在乎的样子问。

"他说要早一点，大概三点多钟就回来……"小眉顿了顿，突然狐疑地看着唐文谦说，"爸，你知道今天大家在搞什么鬼吗？"

"唔——搞什么鬼？"唐文谦含糊地支吾着。

"你瞧，一大早翠薇就跑来，把云霓拉到一边，嘀嘀咕咕不知道说了些什么，云霓连课也不上就跟着翠薇跑出去了，杨伯伯和杨伯母又接二连三地打电话来问云楼今天回家的时间，你也钉着问，到底大家在搞什么？"

"我、我也不知道呀！"唐文谦说，回避地把脸转向一边，脸上却带着个隐匿的微笑。

"唔，你们准有事瞒着我……"小眉研究地看着唐文谦。

"什么事瞒着你？"大门口传来一个笑嘻嘻的声音，云楼正打开门，大踏步地跨进来，手里捧着一大堆的纸卷。他现在不再是个穷学生了，他已经成了忙人，不但是设计界的宠儿，而且每幅油画都被高价抢购，何况，他还在一家中学教美术，忙得个不亦乐乎。但是，他反而胖了，脸色也红润了，显得更年轻、更洒脱了。"你们在谈什么？"他问。

"没什么，"小眉笑着，"翠薇一早就把云霓拉出去了，我奇怪她们在干什么！"

"准是玩去了。"云楼笑了笑，"她们两个倒亲热得厉害！"

"翠薇的个性好，和谁都合得来，"小眉看了云楼一眼，"奇怪你会没有和她恋爱，我要是男人，准爱上她！"

"幸好你不是男人！"云楼往卧室走去，"小涵呢？睡了吗？"

"你别去亲她，"小眉追在后面喊，"她最怕你的胡子！瞧瞧，你又亲她了，你会弄痛她！"

"好，我不亲女儿，就得亲亲妈妈！"

"别……云楼……唔……瞧你……"

在客厅里听着的唐文谦不由自主地微笑了起来。多么亲爱的一对小夫妻呀，都做了爸爸妈妈了，仍然亲爱得像才结婚三天似的。人世间的姻缘多么奇妙！

一阵急促的门铃声，小眉抱着孩子从里面跑出来了，那个孩子才只有五个月大，是个粉妆玉琢般的小东西，云楼十分遗憾这不是一对双胞胎。他们给她取名字叫"思涵"，为了纪念涵妮。但是，云楼并不放弃生双胞胎的机会，他对小眉开玩笑地说：

"你得争气一些，非生对双生女儿不可，否则只好一个一个地生下去，生到有了双胞胎为止！"

"胡说八道！"小眉笑着骂。

走到门边，小眉打开了大门，云楼也跑出来了，一边问着：

"谁来了？是云霓吗？"

云霓在一年前就到台湾来读书了，一直和哥哥嫂嫂住在一起。是的，门外是云霓，但是，不止云霓一个人，却是一大批人，有杨子明、雅筠、翠薇，还有——那站在最前面的一对老年夫妇，带着满脸亲切慈祥与兴奋的笑容的老年夫妇——孟振寰和他的妻子。

小眉呆住了，云楼也呆住了，只有知情的唐文谦含笑地站在后面。接着，云楼就大叫了一声：

"爸爸！妈！你们什么时候来的？怎么不告诉我，我都没去飞机场接！"

"我们早上就到了，特地要给你们小夫妻一个惊喜！"孟振寰笑着说，"快点吧，你妈想见儿媳妇和孙女想得要发疯了！"

小眉醒悟了过来，抢上前去，她高高地举起了怀里的小婴儿，送到那已经满眼泪水的老妇人手中，嘴里长长地喊了一声：

"妈！"

于是，大家一哄而入了。云楼这才发现，翠薇和云霓正捧着一个大大的、三层的、白色的结婚蛋糕，上面插着两根红色的蜡烛。云楼愕然地说：

"这——这又是做什么？"

"你这糊涂蛋！"孟振寰笑着骂，"今天是你和小眉结婚两周年的纪念日呀！否则我们为什么单单选今天飞台湾呀！"

"哦！"云楼拉长了声音应了一声，回头去看小眉，小眉正站在涵妮的画像底下，满眼蓄满了泪，唇边却带着个激动的笑。云楼走了过去，伸出了他的双手，把小眉的手紧紧地握在他的手掌之中。

翠薇和云霓鼓起掌来了，接着，大家都鼓起掌来了，连那五个月大的小婴儿也不甘寂寞地鼓起她的小手来了。

在这种情况下，我们可以退出这幢房子了，让欢乐和幸福留在那儿，让甜蜜与温馨留在那儿。谁说人间缺乏爱与温情呢？这世界是由爱所堆积起来的！

如果你还舍不得离开，晚上，你可以再到那视窗去倾听一下，你可以听到一阵钢琴的叮咚，和小眉那甜蜜的、热情的歌声：

> 我怎能离开你，
> 我怎能将你弃，
> 你常在我心头，
> 信我莫疑。
> 愿两情长相守，
> 在一处永绸缪，
> 除了你还有谁，
> 和我为偶。
> ……

——全书完——

一九六八年三月九日黄昏于台北

（京权）图字：01-2025-0195

图书在版编目（CIP）数据

彩云飞/琼瑶著. -- 北京：作家出版社，2025.1.
（琼瑶作品大全集）. -- ISBN 978-7-5212-3236-3

I. I247.5

中国国家版本馆 CIP 数据核字第 20252P5J94 号

彩云飞（琼瑶作品大全集）

作　　者：琼　瑶
责任编辑：韩　星　李　雯
装帧设计：棱角视觉　纸方程·于文妍
责任印制：李大庆　金志宏
出版发行：作家出版社有限公司
社　　址：北京农展馆南里 10 号　　　邮　　编：100125
电话传真：86-10-65067186（发行中心）
　　　　　86-10-65004079（总编室）
E-mail: zuojia@zuojia.net.cn
http://www.zuojiachubanshe.com
印　　刷：三河市紫恒印装有限公司
成品尺寸：142×210
字　　数：246 千
印　　张：11
版　　次：2025 年 1 月第 1 版
印　　次：2025 年 1 月第 1 次印刷
ISBN 978-7-5212-3236-3
定　　价：2754.00 元（全 71 册）

品　琼　瑶　经　典

忆　匆　匆　那　年

琼瑶作品大全集